임억준 장편소설

서근배미 사람들

임억준 장편소설
서근배미 사람들

2011년 5월 20일 초판인쇄
2011년 5월 25일 초판발행

지은이 | 임 억 준
펴낸이 | 홍 철 부
펴낸곳 | **문 지 사**

등록일 | 1978. 8. 11(제 3-50호)
서울특별시 은평구 갈현1동 423-16
영업부 | 02) 386-8451
편집부 | 02) 386-8452
팩 스 | 02) 386-8453

값 12,000원

※ 잘못된 책은 구입하신 서점에서 바꾸어 드립니다. ※

임억준 장편소설

서근배미 사람들

인수는 아침부터 들떠 있었다.

아직 햇살이 퍼지기도 전인데, 콧등에 송글송글 땀방울이 맺히는 걸로 보아 오늘도 꽤 무더울 듯 했다.

"여보. 다녀올께."

인수는 고 2 짜리 아들과 함께 아내에게 다녀오마고 했다.

"갔다 오세요. 당신두 원 애들처럼……"

아내가 그렇게 말하는 데는 까닭이 있었다.

무슨 돈벌이가 돼서도 아니고, 그러지 않으면 안 될 피치 못할 사정이 있는 것도 아니건만, 단지 어릴 때 한여름 피난 가서 잠시 지냈던 곳을 몽매에도 잊지 못해, 늘 입버릇같이 보채는 남편이 한심해 보이기도 했고 순진한 것 같기도 해서였다.

하지만 인수에게는 그것이 아내의 생각처럼 그렇게 쓰잘 데 없이 단순하게 치부해서 덮어버릴 일이 아니었다.

그래서 38 이북 고향을 그리워하며 눈물 짓는 월남인들을 대할 때마다, 그 심정을 십분 이해할 만했다. 여름 한철, 석 달쯤 밖에 지내지 않았건만, 이토록 가슴 깊이 맺히는데, 수 년, 수십 년을 살아오던 그들을 말해 무엇하랴.

인수에게 그 곳은 고향이었으며, 그래서 깊은 향수병에 시달리고 있었다.

'애들처럼이라니…….'

당치 않은 말이었다. 그리고 할 일이 없어서가 아니었다. 언젠가는 실행해야 할 의무였다.

인수 부자는 시외버스를 몇 차례 갈아 타고서야 목적지에 도착했다.

'밤마을 입구'라고 쓰인 표지석이 흙먼지를 뒤집어 쓴 채, 그들을 맞이했다.

"아버지 여기가 거기예요?"

아버지에게서 그때의 이야기를 신물나도록 들어온 터라. 아들이 지레짐작을 했다.

"그래, 여기서 담배 두어 대 피울 만큼 더 올라가면, 그 동네가 나온다. 예꺼지두 애들허구 매일 놀러 내려왔었지."

인수는 마을이 점점 가까워지자 가벼운 흥분마저 느꼈다.

동네 *들머리에서 여기까지 오는 동안 구불구불하고 조붓한 길이며, 길을 끼고 나란히 흐르는 개울, 오른 쪽으로 그리 넓지 않은 밭뙈기들, 그리고 거기 이어져 있는 나지막한 등성이들, 오랜 세월이 흘렀건만 그 때와 별로 달라진 것이 없었다.

얼마나 변했을까? 어찌들 됐을까?

우리가 살던 집은 그대로 있을까?

마을 초입에 들어서면서 인수는 가슴이 뛰기 시작했다.

이제 마악, 큰 느티나무 길모퉁이를 돌아나가면, 오른 쪽으로 먼저 살구나무집이 있을 것이고 거기서부터 온 마을이 한눈에 올려다보일 터였다.

어질고 후하던 주인 노부부의 얼굴이 떠올랐다.

인수는 그 집 *바자울 안의 노랗게 익은 살구의 연하고 달콤한 맛을 잊지 못하고 있었다. 동네 애들은 밖으로 뻗어나온 가지를 당겨서 따 먹곤 했는데, 주인은 알면서도 늘 못 본 체 내버려두었다. 그러나 집의 자취는 아무 데도 남아있지 않았다.

'그래, 오랜 세월이 흘렀지……'

조금 더 올라가서 그때 살던 집자리라 생각되는 지점에 섰다.

누나와 둘이서 몸뚱이를 의탁했던 똘이네집도, 조그만 채마밭 사이를 두고 있던 상인네 집도 없어진지 오래인 듯, 두 집이 이

---

* 들머리: 들어가는 첫머리.
* 바자울: 대나무, 갈대, 수수깡 따위로 발처럼 엮은 울타리.

렇다 할 경계없이 하나의 큰 수박밭이 되어 있었다. 이쯤이 우리가 살던 건넌방(그 때는 방바닥에 기직을 깔아놓아 '기직방'이라 불렀다) 그리고 저쯤이 마루, 그 건너가 주인네 안방, 그 옆이 부엌, 뒤쪽이 장독대와 우물이 있던 뒤꼍―.

오늘처럼 무더운 날이면 더욱 생각나는 차고 시원한 우물이었다.

'남아 있었으면 좋았으련만……'

마을 한가운데 비탈진 다랑이논도 전부 밭이 되어 있었다.

기억을 더듬어가며 아득한 지난날의 정경을 되살리려고 세월의 끝자락에 매달려 본다.

뒷산에서 흘러내리는 도랑의 물도 줄었고 그렇게 울창하던 나무숲도 전만 같지 못했다.

인수는 수박밭 가에서 평평한 돌 하나를 골라 그 위에 그림자처럼 앉았다.

바쁘게 지난날을 더듬고 있는데, 이리저리 왔다갔다 하던 아들 녀석이 가까이 다가왔다.

"아버지, 무슨 생각을 그렇게 하세요? 이제 그만 가지요."

주저앉아 넋잃은 듯 하염없이 허공을 응시하는 아버지가 이상한 모양이었다.

'가다니……! 아니, 온 지가 얼마나 됐다고……'

인수는 어이가 없어 아들은 쳐다보지도 않고 시선을 고정시킨 채, 잠시 간격을 두었다.

"허무하고 서글픈 생각이 들어서 그런다."

가자고 하는 소리를 못 들은 체 무시했다.

"아버지도 참, 여기 와보니 뭐 경치가 좋길 한가, 무슨 고적이 있는 것도 아니고 흔해 빠진 촌구석 아녜요?"

"글쎄, 너 보기엔 그럴지 모르겠지만서두, 아버지한테는 그 어디보다 생각나는 게 많은 데란다. 아버지는 지금 뭐라 할까, 좌우간 오만가지 생각이 엇갈린다. 너두 그런 경험을 했다면 아마 아버지 생각과 다르지 않을 거다."

인수는 아들의 동의를 구하려는 듯 짐짓 사족을 달았다.

"아니, 그깟 전쟁이 뭐 대수라고, 그러면 고생도 하고 그러는 거지."

아들을 구태어 데리고 온 데에는 나름대로 까닭이 있었다.

부모가 지난 날 겪었던 어려움과 고생스러움을 현장에서 피부로 느끼게 해주어 아들이 이 세상을 살아가는데 조금이라도 도움이 되지 않을까 하는 나름대로의 욕심에서였다.

인수는 담배 한 개피를 꺼내 천천히 입에 물고 불도 붙이지 않은 채, 무엇이 눈에 어리는 듯 잠시 먼 하늘을 젖은 눈길로 바라보고 있었다.

아들은 따라 온 걸 후회하는 눈치였다.

괘씸했다.

아니, 야속하고 서운했다.

"넌 배고픈 게 뭔지 아니?"

갑자기 마땅한 말이 떠오르질 않아 불쑥 한마디 했다.

　인수는 이 천둥벌거숭이에게 계제에 한바탕 설교를 해야겠다는 의무감을 느끼면서 아랫배에 지그시 힘을 주었다.

　이런 종류의 가르침은 적절한 상황에서 해야 자연스럽지 밑도 끝도 없이 아무 때나 시도하면 거부감을 느낄 수도 있겠다는 생각이 들었다.

　"몰라요, 배고픈 거 알 필요도 없고, 지금 뭣 때문에 굶는 생각을 해요? 어른들은 툭하면 굶주렸던 걸 가지고 무슨 권리라도 되는 것처럼 내세우는데, 우린 그런 거 그리 대단하게 생각하지 않아요."

　혀로 입술에 침을 바르고 잔뜩 벼르던 인수는 생각지도 못한 아들의 저항에 맥이 빠져 입을 벌린 채 말을 잇지 못하고 마른기침을 했다.

　'대수롭지 않다니……'

　인간이 저지르는 사건 가운데 전쟁보다 더 큰 일이 있겠는가?

　그만한 나이로 체험하지 않았더라도 동의할 줄 알았는데, 한낱 *곰팡스러운 말로 취급을 하니 명색이 아버지라는 데에 모멸감을 느끼며 치솟는 노기를 지그시 눌러 참았다.

　아니, 뭘 설득해야 할 것 같았으나 자신이 없었다.

　상인네, 똘이네는 지금 어디서 무얼 하며 살고 있을까?

　그 여름 황톳길 부엉이고개를 넘어 올 땐 비도 그리 많이 오더니—.

------

* 곰팡스럽다: 생각이나 행동이 케케묵고 고리타분하다.

갑자기 목이 말랐다.

"얘, 뉘 밭인지는 모르지만, 수박이나 좀 먹고 보자."

인수는 훈계, 설교 따위는 다 그만두기로 했다.

"주인도 없는데요?"

"이 녀석아, 지금 주인을 어떻게 찾니? 혹시 나중에 만나면 그 때 주기루 허구, 우선 먹구 보자."

어른 머리통만 하고 무늬가 선명한 수박 하나를 골랐다.

주인을 기다리거나 찾는 것은 참기 어려운 고문이었다.

빨간 과육의 사각사각하고 단물이 메마른 목구멍을 씻어 내리며 넘어갔다.

인수는 손으로 아무렇게나 쪼갠 수박을 먹으면서, 무엇이 들었는지도 모르는 보퉁이를 메고 장대비 쏟아지는 고갯마루를 넘어오던 때를 회상하고 있었다.

한 세상 살면서 평화스럽고 안온하게 지내는 것이 가장 큰 행복이라면, 다시 그런 일이 생겨서는 안 될 것이었다.

모진 세파를 꿋꿋하게 헤쳐 나가며 살아가는 것도, 어떤 가치를 부여할 수 있겠으나, 그것이 값이 나간다 하여 죽을 고생을 해가며 진창에 목줄 매여 끌려다니는 개처럼 사느니 호강 못하고 구차하더라도 평범하고 조용히 살고 싶었다.

그 때처럼 건너 편 산에서 뻐꾸기가 울었다.

땀방울이 등골을 타고 도르르 흘러내렸다.

왕잠자리 한 마리가 그들 앞을 바삐 날아갔다.

인수는 한동안 맛보지 못했던 야취(野趣)에 흠뻑 빠져들었다. 이따금 불어오는 맞바람에 열어놓은 앞가슴이 시원했다.

아들 녀석은 저만치서 무언가 들여다보며 서 있었고 뭉게구름 속에서 비행기의 폭음이 은은히 들려왔다.

그런데 그때, 멀리 상점들이 있는 큰 길에서 다리를 건너 이 쪽으로 오는 사람이 있었다.

가까이 온 그는 인수 부자는 쳐다보지도 않고, 아무 말없이 주위를 어슬렁거리더니 밭으로 들어와 여기저기 둘러보았다.

밭 임자 같아 보여 인수는 불안했다.

"여기 주인이신가보죠?"

지은 죄가 있어 먼저 입을 열었다.

"예, 그렇긴 합니다만, 어인 일루 여기들 계십니까요?"

인수는 엉거주춤 일어섰다.

"어이구, 이거 미안하게 됐습니다. 날씨는 덥구, 하두 목이 말라 앞뒤 생각없이 우선 먹었습니다. 값은 쳐 드리겠습니다."

뒤가 구린 인수는 묻지도 않는데 혼자 판결까지 했다.

인수는 구부정한 자세로 뒷주머니에서 지갑을 꺼냈다.

경위가 그러해서 그냥 먹었지만 도둑질하고 들킨 꼴이 되고 말았다.

"아, 그리 되셨구먼입죠. 실은 저기서 건너다보니, 누가 여기 와 있는 거 같길래 건너왔습죠. 전엔 그런 일이 없었는데 저 아래로 아파트가 들어서면서, 가끔 젊은 애들이 올라와설랑

두어 통만 먹구 가면 괜찮은데, 먹두 않으면서 익은거 아닌거 어떤 땐 여나문 통씩 깨놓구가죠. 그래서 누가 여기 얼씬하면 얼른 와 보군 헙니다.”

그는 자신의 얘기를 들어줄 사람을 기다리기나 한듯 고충을 털어놓았다.

“하─ 그러셨군요. 저희는 이렇게 딱 한 개만 먹었습니다. 하하핫.”

인수는 어설프게 웃었다.

“예, 예, 알겠습니다. 잘 하셨어요. 그냥 돈은 넣어두시구, 그런데 여기 분이 아니신 거 같은데……”

밭주인은 수박 여러 통 안 깨진 것만 다행이라 생각했는지 돈은 거들떠보지도 않고 다른 데로 관심을 돌렸다.

“네, 서울서 왔습니다. 실은 육이오 때 이 근처에서 피난 생활을 잠깐 했는데, 옛날 생각이 나서 일부러 이렇게 왔습니다. 그런데 너무 변해서 어디가 어딘지 통 모르겠습니다.”

“그러실 겝니다. 여기 사는 저희들두 놀랠 뿐이죠. 참 별러서 내려오셨으니 많이 둘러보시구 마음놓구 수박 더 드십쇼. 전 이만 가보겠습니다.”

장대한 몸집에 사람이 *어숭그러해서 마음이 편했다.

“어이구 이거 고맙습니다.”

입만 벌리면 어이구였다. 밭주인은 가고 그들만 남았다.

---

* 어숭그러하다: 유난스러운 데가 없이 수수하다.

2

인수네는 그날 저녁 늦게 서울 집을 떠났다.

전쟁이 일어났기 때문이었다.

멀리 북쪽에서 나는 검은 연기가 서울에서도 아련히 보였고, 이웃집도 밤 새 불을 환하게 켜 놓은 채 부산스럽게 움직이고 있었다.

인수네는 상황이 더 나빠지기 전에 피난을 가기로 했다.

인수 아버지는 며칠 전 사태가 심상치 않다고 판단을 한 뒤, 대청밑 땅을 파고 쓸만한 것을 골라 묻었다.

그리고 패물 몇 가지 은수저 몇 벌, 옷가지며 양은그릇 나부랭이들을 싸서 들쳐 메고 머리에 이고 추적추적 비 내리는 길을 떠났다.

인수는 쏟아지는 잠을 주체할 수 없어 깜박깜박 졸면서 뒤를 따라 걷고 있었다.

그리고 목적지에 닿기만 하면 먹을 것과 휴식이 준비되어 있고, 그 자리에 앉음으로써 고행은 끝날 것이라는 생각만 했다.

그들은 새벽녘이 다 되어서야 밤마을에 도착했다.

인수네가 앞으로 지낼 이 곳 똘이네와는 미리 연통이 되어 있었는지, 그 이른 시간에 피난 온 손님(?)들을 위하여 부산스럽게 움직이고 있었다.

인사를 나누는 둥 마는 둥 젖은 옷을 대충 갈아입고 피곤한 몸뚱이를 아무렇게나 던졌다.

잠시 후에 인수네 네 식구는 그들이 지낼 기직방에 피난 보따리를 풀었다.

사람들은 때깔이 거무칙칙하고 좁은 *덜걱마루에 죽 앉아서 무슨 의논들을 하고 있었다.

마루라고 해야 손바닥만 해서 어른 한 사람이 누우면 안방과 건넌방 문지방에 머리와 발이 닿을 지경이었다.

그들은 이 세상의 모든 걱정거리를 몽땅 끌어다 떠안은 몰골을 하고 불안에 안절부절하는 모습들이다.

앞일을 도저히 예측할 수 없는 걱정이 그들을 그렇게 황폐하

---

* 덜걱마루: 디딜 때마다 덜걱덜걱 소리가 나는 허술한 마루.

게 만들어놓고 있었다.

밤새 내리던 비는 그쳤으나, 하늘은 아직도 어두운 회색 구름을 낮게 드리우고 습기를 머금은 찬 공기는 축축하고 음산하기까지 했다.

대관절 낮인지 늦은 저녁 나절인지 가늠할 수 없는 *잠포록한 날씨였다. 안개같기도 하고 연기같기도 한 *부영이가 산 중턱에 일직선으로 걸려 있어서 어디부터가 산이고 어디까지가 하늘인지 구별할 수 없이 *몽몽하고 *우련했다.

마을은 야트막한 산으로 삼면이 둘러쌓이고 가운데는 평평하면서 마을 초입 쪽으로 낮게 비탈진 *안골이었다.

띄엄띄엄 동산을 등지고 아늑히 자리한 옛이야기 같은 초가집들은 다 해야 열 채가 안 되었다.

어느 집이나 우물가처럼 돌담장을 해 놓았는데 뒷동산을 꼭 닮은 둥근 지붕들을 잇대어 가만히 엎드려 있었다.

마을 복판 좁은 평지는 *다랑이나 *텃논인데, 별 수 없이 천수답으로 논둑의 폭이 유난히 좁았고, 게다가 콩까지 심어놓아 다니기가 불편해 보였다.

저녁때가 다 되어서야 잠이 깬 인수는 부스스한 얼굴로 어디

---

* 잠포록하다: 날이 흐리고 바람이 없다.
* 부영이: 선명하지 않은 뿌연 빛.
* 몽몽하다: 비나 안개 따위가 내리거나 끼어서 앞이 자욱하고 몽롱하다.
* 우련하다: 빛깔이나 형체 등이 조금 나타나 보일 정도로 옅고 희미하다.
* 안골: 골짜기의 안 쪽. 골짜기의 안에 있는 마을.
* 다랑이: 비탈진 산골짜기 같은 곳에 층층으로 된 좁고 작은 논배미.
* 텃논: 마을 가까이에 있는 논.

가 무너질까 보아 조심조심 마루로 나와 댓돌을 딛고 봉당으로
내려서서 처음 보는 시골집을 찬찬히 둘러보았다.

나지막한 돌담장 안 *터알에는 *중갈이한 배추 열무가 칠칠
했다.

그리고 노랑색 큼직한 호박꽃과 연분홍 분꽃이 어울리는 작은
안마당의 풍경에 새삼스러운 환희를 느끼며 낯선 곳이지만 즐겁
게 지낼 수 있으리라는 희망과 용기가 솟아올랐다.

그것은 어느 맑은 날 아침, 떠오르는 태양의 찬란한 작열함을
보고 가슴 터질 듯한 기대와 벅찬 기쁨을 느꼈을 때와 비슷한
감정이었다.

생소한 환경과 주체하기 힘든 호기심, 그리고 새로운 살림에
야릇한 흥분마저 느끼며 주위를 둘러보며 가벼운 상념에 잠겼
다.

그리고 세상이 어떻게 돌아가던지 인수와는 상관 없는 일처럼
피하고 싶은 마음에 빠져 본다.

다만 새로운 세상이 눈앞에 펼쳐지고 있을 뿐이었다.

인수 부모는 앞으로 거처할 자리를 대충 잡아놓고 며칠 후,
다시 서울로 올라갔다.

부랴부랴 떠나 온 서울 집의 뒤치다꺼리도 하고, 저간의 동정
도 살필 요량이었다.

---

* 터알: 집의 울 안에 있는 꽃이나 채소 따위를 심을 만한 작은 밭.
* 중갈이: 철을 가리지 않고 그 때 그 때 씨를 뿌려 가꾸어 먹는 푸성귀.

한편으로 어른들 곁을 잠시도 떠나 본 적이 없는 아이들만의
고단하고 어려운 생활이 시작되었다.

처음 얼마동안 쌀과 보리 가끔은 콩이 드문드문 섞인 밥은 서
울서와 별로 다를 것이 없었다.

손으로 길게 쭉쭉 찢어놓은 오이지나 된장에 박아 두었던 풋
고추, 무말랭이 장아찌, 고춧닢 무친 것 등 건건이가 좀 달라졌
을 뿐이다.

어른들이 떠난 지가 꽤 되었고, 전쟁이 머물고 *복달임에 접
어들면서 끼니 때마다 쌀알이라고는 한 톨도 찾을 수 없는 꽁보
리밥을 먹어야 했다.

반찬은 주로 풋고추와 된장, 고추장, 찌개김치같은 거였는데,
아직은 그래도 괜찮은 편이었다.

얼마 안 돼 알곡은 바닥이 났고 호박죽이나 나물범벅이 밥상
을 차지하였다.

그것도 부족한 날은 붉으레한 밀가루에 물을 넉넉히 잡아 얇
게 썬 호박, 강낭콩을 조금 넣고 곤죽이 되도록 푹푹 끓여 소금
으로 간을 맞춰 먹었다.

도무지 씹히는 것이라고는 물러터진 콩알맹이 몇개 밖에 없는
데, 급하게 먹다가 그게 씹히지 않고 그냥 목구멍으로 넘어갈
때는 아깝기까지 했다.

간혹 밥을 먹어도 물말이였다.

---

* 복달임: 복(伏)이 든 몹시 더운 철.

닦달해 씻은 보리쌀은 쌀처럼 흰데, 그 보리알이 어찌나 큰지 볼 때마다 늘 감탄할 정도였다.

어떤 때는 날보리쌀이 물에 팅팅 불어서, 이미 그 크기가 곱절은 되게 커졌는데, 그걸로 밥을 지어서 더 많은 냉수를 부어 말아 먹었다.

밥만 건져서 먹으면 누나한테 야단을 맞았다.

그렇게 하지 않으면 양이 차지 않으니 물도 다 먹어야 한다는 것이었다.

된장도 그냥 먹는 게 아니었다.

물을 넣어 묽게 만들어서 호박잎을 찍어 먹었다. 호박잎을 잘 씻어 밥을 뜸 들일 때 그 위에 얹어서 같이 찌면 거친 호박잎이 젖은 창호지처럼 손에 착 달라붙을 만큼 부드럽게 숨이 죽는다. 거기다 밥과 된장을 적당히 떠 올려놓고 먹기 좋게 잘 싸서 입에 넣는데, 된밥도 아니고 찰기라곤 전혀 없는 물에 만 보리밥을 그리하기도 어렵거니와 어울리는 식사 예절도 아니었다. 별수 없이 그걸 따로 된장 찍기 편리하게 미리 길쭉하게 말아서 준비한 다음 *물말이를 한 술 떠 입에 먼저 넣고, 아직 밥이 입안에 있을 때, 된장 건건이를 얼른 집어넣는 것이다.

그 중에 어느 한 가지라도 먼저 삼키면 싱겁거나 짜서 간도 맞지 않고, 맛의 조화를 잃을 우려가 있기 때문에 이빨과 혓바닥, 목구멍까지 바삐 움직여야 했다.

---

* 물말이: 물에 만 밥. 물 만 밥.

물배라도 채워서 위벽을 바깥으로 적당히 밀어내 포만감을 느끼면 됐지, 열량이니 영양가니 하는 따위는 사치요, 허영이었다.

전에 엄마가 가끔 만들어 주던 *호박지짐이나 *설기떡이 눈에 선했다.

눈을 뜨고 있으면 등잔을 켜기 마련이어서 어둑어둑해지면 벌써 잘 준비를 하는데, 인수는 잠들기 전에 습관처럼 골몰하는 버릇이 있었다.

엄마를 그려보는 것과 맛있는 음식을 실컷 먹어보는 환상에 빠져드는 일이다.

먹거리 들어오기를 목이 빠지게 기다리는 위장은 시대를 잘못 만난 주인을 원망하였고, 그래도 별 수 없이 인수는 이 피난 생활에 적응하지 않으면 안 되었다.

세상이 바뀌었어도 아이들은 놀러 다니기에 바빴다.

그리고 저 아래 분당리까지 가는 오 리가 채 안 되는 길은 언제나 즐거웠다.

우마차가 다닐 수 있는 넓이의 신작로 오른 쪽으로 주욱 줄 서 있는 버드나무와 나란히 조그만 시내가 흐르고, 그 건너로 고만고만한 논들과 구불구불한 논둑들이 뱀처럼 저쪽 산 아래로 이어져 있었다.

---

* 호박지짐이: 얇게 저민 애호박과 파를 썰어 넣고 된장이나 고추장을 풀어서 만든 지짐이.
* 설기떡: 멥쌀가루로 켜를 짓지 않고 시루에 안쳐 찐 떡.
* 이내: 해질 무렵에 멀리 보이는 푸르스름하고 흐릿한 기운.

푸르스름하게 *이내 낀 야산들이 나지막이 어깨동무하며, 멀리 뒷쪽의 크고 검푸른 산들과 연면히 닿아 있었다.

길가 밭에서는 파, 양파, 콩, 들깨, 오이 호박이며, 감자, 고추, 가지 등등 제철의 온갖 푸성귀들이 땅 힘을 양껏 빨아 먹으며 싱싱하게 자라고 있고 있어 언제나 푸르렀다.

오른쪽 냇가 논두렁에서 젊은 아낙네가 어린 아들에게 우렁이, 개구리를 잡아주는 모습이 정겨웠다.

"어이, 우렁이다—."

"야, 털게 잡았다—."

사내애들이 외치는 소리가 들렸다.

사열하는 군인들 같이 키 큰 옥수수대가 길가에 나란히 서서 바람이 부는대로 이리저리 흔들리며 소나기처럼 요란한 소리를 냈다.

들깻잎의 독특한 향취가 코를 찔렀다.

노오란 양파의 동그란 꽃에서 비슷한 색깔의 나비가 날개를 접고 가만히 앉았다가 때 아닌 훼방꾼에 놀라 얼른 다른 데로 자리를 옮겼다.

땡벌 한 마리가 사람이 가까이 가도 하던 일은 마치고 말겠다는 듯 붕붕 주위를 맴돌며 아랑곳하지 않았다.

온통 녹색의 장관이었다.

산천초목이 다른 빛깔이라면 얼마나 살벌할까?

회색이나 검정, 또는 붉은 색이라면 얼마나 끔찍하고 소름 끼칠까?

한낮의 풍경을 깨끗하고 흰 종이에 연필 자국 그대로 선명하게 내비치는 수채화였다.

물감의 농도가 옅어서 더욱 싱그러운 한 폭의 풍경화였다.

도시에서 태어나 자라고 살아온 인수는 모든 것이 그저 신기하고 경이로울 뿐이었다.

그래서 산, 들, 물에, 그리고 연두와 초록에 흠뻑 빠져들었다.

하루도 안 빠지고 길 따라 리사무소가 있는 아랫마을까지 놀러가는 것이 일과가 되었다.

어떤 때는 거기서도 오리 쯤은 넉넉히 되는 정자말까지 가기도 했다. 그곳 마을 한가운데 진초록 물빛의 조그만 연못이 있었고, 부평초와 물 위에 가득한 연잎에는 연두색 새끼 청개구리가 꼼짝도 않고 앉아 햇빛과 놀았다.

볼일이 있을 리 없는 아이들은 노는 것 말고는 이렇다 하게 달리 할 일이 없었고, 이런 한나절이 즐겁고 신나는 일일 뿐더러 거의 의무같은 일과였다.

흰 반팔 윗도리에 검정 바지를 입은 어른이 자전거를 타고 횡하니 *날파람을 일으키며 애들을 앞질러 갔다.

"어이, 어이, 저 아저씨가 누군지 알어? 우리 아버지가 그러는데 내무서원이래."

한 애가 아는 체를 했다.

---

* 날파람: 빠르게 지나가는 서슬에 나는 바람.

"그게 뭔데?"

"나두 몰라."

개울둑 가 미루나무에서 매미 한 마리가 무더운 여름이 제것이라도 되는 양 한껏 목청을 돋우며 더위는 가슴을 부렸다.

애들은 나무밑으로 살금살금 다가갔다.

먼저 눈치를 챈 그 놈은 울기를 딱 멈추었고, 어디 있는지 찾을 수조차 없었다.

매미 잡기를 그만둔 아이들은 올이 성긴 천으로 만든 *무릎치기를 훌렁훌렁 벗어서 다시는 안 입을 것같이 아무렇게나 풀숲에 던져버리고 맨 볼기로 물에 뛰어들었다.

고추짱아 한 쌍이 *물똥싸움하는 애들 위를 따라다니며 *혼인비행을 하다가 물 위 허공에 가만히 정지해 있었다.

길고 긴 여름 하루를 머얼건 호박죽 한 공기로 때우고 사방천지를 쏘다니며 인수는 현기증을 느꼈다.

저녁해가 뉘엿뉘엿 서쪽 부엉이고개 마루에 붉게 걸리면 인수는 소리 죽여 울었다.

남에게 눈물 보이는 것이 부끄러워 몰래 울었다.

곧 올테니까 조금만 기다리라 해놓고 *자드락길 수풀 속 고개 넘어간 엄마 얼굴이 산 중턱 큰 바위에 걸려 있는 듯 싶었다.

---

* 무릎치기: 무릎까지 내려오는 짧은 반바지.
* 물똥싸움: 손이나 발로 물을 서로 튀기거나 끼얹는 아이들의 장난. 물싸움.
* 혼인비행: 교미를 하기 위하여 암수의 곤충이 한데 어울려 하늘을 나는 일.
* 자드락길: 산기슭의 비탈에 난 좁은 길.

노을이 너무 붉었다.

산, 나무, 하늘, 물, 바위, 모든 것이 붉었다.

노랑, 연노랑, 분홍 ,연분홍, 고동, 빨강, 보라, 갈색, 자주색, 이 세상에 존재하는 온갖 붉은 색 계열은 하나도 빠짐없이 어떤 순서와 배열에 따라 자연의 조화를 이루어 잔칫상 같았다.

너무 아름다워 슬프고 괴로웠다.

'엄마, 엄마-.'

하염없이 불러봐도 아무 소용없다는 걸 인수는 너무나 잘 알고 있었는데 그리움은 더 커갔다.

엄마도 오고싶어 할 거라는 생각은 들지만 어른들이 벌리는 짓들 중에는 도무지 아이들이 알 수 없는 수수께끼가 늘 따라다니는 것들이 있는 듯했다.

어느 때는 자칫 엎들어지기라도 하면 얼굴에 상처가 날 만큼 마디가 굵고 거친 멍석같은 기직 방바닥에 엎드려 울었다.

투박한 방바닥에서는 늘 퀴퀴한 거적 냄새가 습기와 함께 올라왔다. 언제 지은 집인지 방은 넓은 편인데, 방문 하나만 있을 뿐 *뙤창 하나 없어 대낮에도 어둠이 맴돌았다.

연기에 그을린 듯 거무튀튀한 서까래에는 헤진 귀저기 같은 거미줄이 쳐져 있었는데 산에서, 들에서 쉽게 보아온 그것은 굵으면서 탄력이 있고 햇빛에 반짝반짝 비쳐 윤기가 나면서 손을 대면 끈적끈적한 것이 척척 달라붙고 팽팽한 감촉을 주었다.

---

* 뙤창: 방문에 낸 작은 창문.

그런데 이 방의 거미줄은 얼른 보기에도 는적는적해서 매끄럽거나 끈기는 커녕 풀기라고는 하나도 없이 먼지를 퍼다가 껴얹은 듯이 지저분하고 가늘어서 떨어질 것 같았다.

주리고 땀 밴 몸뚱이에 뭘 뜯어 먹겠다고 날벌레까지 덤비는데, 스물스물 따끔따끔 근질근질했다.

밤마을의 *그리마, 노래기, 지네 따위는 전부 모였는지 낮은 천정 들보에서는 길고 가느다란 벌레가 방바닥으로 떨어져 희뿌연 배때기를 내놓고 뒤집느라 동그랗게 말린 몸을 폈다 오무렸다 하는데 냄새가 고약했다.

어떤 놈은 벽을 타고 부지런히 돌아다니다가 가만히 서서 사람 구경을 하고 있었다.

밖에서 불어오는 바람을 타고 담장밑 호박밭에 주인네가 뿌린 *물거름이 썩으면서 뜨듯한 구린내가 풍겨왔다.

언제 발라놓은 종이 나부랭이인지 너덜거리는 벽지는 퇴색해서 누릇누릇한데 구석구석 곰팡이가 피어 오랜 습기에 썪어 거뭇거뭇했다.

칸이 넓은 격자풍의 방문은 창호지라고 할 것도 없는 누런 종이를 백 번 쯤은 덧바른 듯 누더기가 되어 바랜 채 비끗이 매달려 있었다.

어느 소시쩍 솜씨인지, 꼴에 *굽도리랍시고 한 것이 누기에

---

* 그리마: 절지동물, 마루 밑 음습한 곳에 사는데 길이 3mm 암황갈색에 검은 반점이 있음.
* 물거름: 똥오줌을 썪힌 것이나 물에 녹인 화학 비료 따위, 액체 비료.

불고 썩고 하여 바람이 없는데도 나풀대고 맨 흙이 들여다보였다.

누나는 해가 뉘엿뉘엿하자 저녁 준비를 하는 모양이었다.

누나는 사실상 우리 집의 가장이었다.

중학 졸업반에 올라가자마자 바로 전쟁이 터지는 바람에 상상도 못한 곤욕을 치르는 신세로 전락하여 어린 동생들을 돌봐야 했다.

아직 저녁 먹기로는 이른 시간이었지만, 웬만한 일은 어둡기 전에 마무리하는 편이 좋았다.

캄캄한 데서 뭘 한다는 게 여간 불편한 일이 아니었다.

인수 누나는 한동안 이 곳의 자연이나 조건 형편에 익숙치 못하여 두수없이 우왕좌왕했지만, 사안에 따라 이건 먼저, 저건 나중, 이 일은 언제, 그리고 어떻게, 이런 식으로 나름대로 생활 방식을 고쳐가며 적응하고 변신했다.

물 반, 보리밥 반으로 배를 채우고 순전히 비생산적 활동에 지친 몸을 누이고 잠들기 전에 엄마 생각을 하는 것이 인수의 버릇이 되었다.

마음대로 유리한 조건을 만들어 놓고 하는 공상이기에 즐거운 시간이었지만, 서글픈 현실이기도 했다.

'아— 엄마와 이렇게 떨어져 살다니⋯⋯'

어찌 상상이나 했던 일인가?

---

* 굽도리: 방 안의 벽의 맨 아랫 부분.

인수는 전쟁 전 서울 살 때 이런 생각을 해본 적이 있었다.

엄마가 없다.

어디를 가셨는지, 돌아가셨는지 좌우간 없는 걸로 가정했다.

심각한 실제 상황으로 만들어보려고 꽤 애를 썼었다.

왜 그랬는지 지금도 잘 모르겠지만, 그 결과 실제의 분위기와 감정에 빠져들 수 있었다.

그것은 암담함과 절망, 그리고 몸서리 쳐지는 이상한 고독이었다.

광풍이 휘몰아치는 허허 벌판 어둠 속에서 방향을 잃고 혼자 내팽개쳐진 철저한 외로움과 공포 속에서 유일하게 살아날 수 있는 희망은 엄마뿐이라는 절대적인 목표와 기대감이 삶의 전부였다.

'엄마가 없으면 나도 없구나……'

엄마! 엄마!

인수는 소스라쳐 놀라 현실로 돌아왔고, 그러면 그렇지, 나에게 그런 끔찍한 일이 생길 까닭이 있나- 했었다. 엄마가 너무 보고싶어 목이 메이고, 아니 엄마가 없어 죽을 지경이었다. 맛좋은 음식과 엄마 중에서 하나를 고르라면 당연히 엄마였다.

어른들은 어째서 아이들에게 이런 고통을 안겨주는지-.

온 식구가 밥상머리에 둘러앉아 밥을 먹으며 하루의 애기꽃을 피우고, 한 이부자리 속에서 발길질하며 장난하다가 나란히 누워 자는, 그 지극히 평범하고 아무 것도 아닌 일상들이 이다지도 그리울 줄이야-.

‘아! 그것이 바로 행복 아니던가?’

행복이란 사소한 일상에서 비롯되는 삶의 무지개이다.

왜 사람들은 향유하고 있을 때는 느끼지 못하고 지난 다음에야 비로소 그 따뜻함을 아는가?

소박하고 어쩌면 지루했을 것들이 그리워진다면, 이미 그 행복을 잃은 다음일 것이었다.

하찮고, 색다를 것 없고, 보통의 일상 속에 진정한 행복이 깃들어 있을 것이다.

거의 비슷한 나날이 흐르고 있다.

앞으로도 이렇다 할 변화는 없을 것은 지루한 흐름이다.

그러나 한편으로 지금은 꽉 막혀서 아득하지만, 언젠가는 반드시 좋은 날이 오리라 기대해 본다.

천만 년 이 대로일 수는 없을 것이다.

희망을, 그리고 꿈을 갖자.

확실하지도, 구체적이지도 아닌 바램이지만, 믿고 기다리자.

어제, 그제가 그랬고, 내일 모레가 오늘과 크게 다를 리 없겠지만, 그래도 이 짜여진 틀에서 벗어날 수 있는 변화가 오고 기회가 있을 것이다.

번번이 속으면서도 인수는 상황을 그렇게 만들어 놓고, 이미 준비된 일상을 애써 부인한다.

지금의 이 자리는 머물러 있어야 할 곳도, 해야 할 일도 없으며, 길을 가다가 소나기 만나 잠시 들른 남의 집 구차한 추녀 밑이었다.

빗물과 흙탕물이 튀어 올라 거북하고 편치 않았다.

인수는 처음 이 곳에 와서 아이들의 구경거리 대상이었다.

또래들보다 키가 훤칠했고, 하얀 피부에 귀티 나는 생김새를 하고 있었기 때문에 여기 아이들은 모두 빡빡 깎은 머리에 기계충 먹은 자국이 보였는데, 인수는 하이칼라 머리에 옷차림이 말끔해서 지체부터 달라 보였다.

손가락, 발가락, 심지어 손톱, 발톱까지 기름기름한데다 오똑한 콧날, 가늘고 긴 눈이 어딘지 모르게 이지적인 인상을 주었다.

아이들은 저희가 가 보지 못한 세계에서 갑자기 나타난 *경아리를 신기한 듯이, 그리고 부러운 눈으로 바라보았다.

서울에서 그의 별명은 '인수씨'였다.

이름이 그대로 별명이었던 것이다.

어른들 이름자에나 쓰는 '씨'라는 존칭이 어린 인수의 이름에 붙어 다녔다.

나이에 비해서 큰 키에 곱상한 외모, 그리고 어느 '순자'쯤 되는 여자애와 그럴듯한 연애라도 했음직해 보이는 그의 이름 때문이었다.

인수가 여기에 와서 풋고추에 절임김치만큼이나 친해진 동무

____

* 경아리: 지난 날, 서울 사람을 약고 간사하다 하여 욕으로 이르던 말.

는 옆집의 상인이었다.

같은 나이에 키는 좀 작고 뚱뚱한 편인데 말수가 적어 묻는 말에나 간단히 대답하고 금세 벙어리가 되는 그런 아이였다. 누가 우스운 소리를 해도 가볍게 싱긋 표시만 했다.

일찍부터 그의 찡그린 얼굴을 본 사람은 아무도 없었다.

하는 짓이 모두 인수의 언니(당시 서울에 사는 또래의 남자애들은 형이라 하지 않고 언니라 불렀다)뻘쯤 되어보였고, 늘 상냥하고 사근사근해서 마음이 편했다.

그가 보이지 않고 찾아도 없으면 불안하고 허전했다.

상인이도 다른 애들 못지 않게 인수에게 호감을 갖고 있었는데, 제일 가까운 이웃이라는 점도 있었으나, 그보다는 인수의 인상과 분위기에서 오는 호기심 때문인지도 몰랐다.

둘은 거의 붙어 다니다시피 했다.

상인이는 가끔 찐 옥수수나 날 고구마 따위를 가지고 와서 인수를 살그머니 불러내곤 했다.

이미 *게걸쟁이가 돼버린 인수에게 그런 건 씹을 사이도 없이 입에서 슬슬 녹는 먹을거리였다. 인수는 주인네 *기름콩 몇 알을 몰래 훔쳐 먹어본 적이 있었는데, 그 고소하고 *배틀한 맛을 잊을 수 없어 훗날 서울로 돌아와서 한 번 먹어보았다.

그리고 너무 비려서 바로 뱉아버렸다.

---

* 게걸쟁이: 체면 없이 마구 먹으려 하거나 가지고 싶어 하여 탐내는 사람.
* 기름콩: 콩나물을 기르는 자디잔 흰 콩.
* 배틀하다: 약간 배릿하다.

어른들이 피난 다니면서 늘 이야기하기를, 기름기 흐르는 이밥에 새하얀 새우젓 한 젓가락 듬뿍 얹어 먹어봤으면 했는데, 그것도 막상 먹어보니 별 것 아니었다.

언젠가 상인이가 구운 개구리 다리를 가지고 온 적이 있었다.

뽀얀 다리살에 노릇노릇 기름이 잘잘 흐르고 있어 먹음직스러웠다.

어금니로 씹을 때 배어나오는 육수의 감칠맛, 연한 고기의 부드러우면서도 쫄깃쫄깃한 육질, 남의 살 특유의 풍취- 뜻하지 않은 육붙이에 놀란 혓바닥은 그만 정신까지 혼미해져 입 속 구석구석을 핥고 문지르고 쑤셔댔다.

어느 틈바구니에 건더기가 조금이라도 남아 있으면 그것을 놓치지 않으려고 속으로는 필사적이었다.

'몸통은 저 혼자 다 먹고.'

인수는 내심 서운했다.

개구리는 다리만 구워 먹는다는 사실을 나중에 알고 혼자서 얼굴을 붉혔다.

*부전조개 이 맞듯 거의 붙어 다니다시피 하는 둘이었지만, 상인이는 인수를 자기 집에 데리고 간 적이 한 번도 없었다.

상인네는 세 식구였다.

상인이와 엄마, 할머니-.

상인이 아버지는 멀리 장사하러 나가서 아직 안 돌아왔다고

---

* 부전조개 이 맞듯: 빈 틈 없이 잘 들어맞음, 사이가 아주 가까움.

했다.

대대로 농사일만 해 온 집안에 더구나 달포 전까지만 해도 논, 밭일을 했었는데, 갑자기 장사라니 그걸 곧이 듣는 사람은 상인이 뿐이었다.

상인이 엄마와 할머니는 집안에 틀어박혀서 하루 종일 무얼 하는지 좀처럼 밖으로 나오질 않았고, 이따금 먼 발치로만 볼 수 있었다.

상인네도 다른 집들처럼 돌담으로 둘러쌓여 있어서 안이 들여다보이지 않았다.

그리고 빈 집처럼 늘 조용했다.

이야기 소리, 웃음 소리 한 번 새어 나오지 않고 돌같이 무거운 분위기가 감돌았다.

이웃들과 어울리기는 커녕 친척들조차도 만나지 않고 왕래도 없이 *외돌았다.

뒤꼍 장독대 돌담은 원래 허술했으나, 그나마 일부분이 허물어져 사람이 드나들 수 있게 낮았고, 거기에 바로 잇대어 뒷산에서 흘러내리는 작은 도랑으로 이어진 *가풀막이었다.

이 곳 산들은 얼른 보기에 뾰족뾰족한 데가 없이 두루뭉실하고 밋밋해 보이지만, 여기저기 돌과 바위, 샘이 많고 골짜기가 험해서 야산 치고는 음침하고 숨겨진 구석이 많았다.

---

* 외돌다: 남과 어울리지 않고 따로 떨어져 행동하다.
* 가풀막: 가파르게 비탈진 곳.

대낮에도 나무 그늘과 우거진 수풀로 어둑어둑 음랭한 기운이 감돌았다. 아카시아나무, 참나무, 도토리나무, 밤나무 등 온갖 종류의 수목과 잡초가 무성하여 다니기조차 힘들었다.

특히 곳곳에 밤나무가 울창했다.

숫자만 그런 게 아니라, 철이 되어서 따는 밤의 양도 다른 지방보다 유난히 많았는데, 알이 굵어서 한 톨의 무게가 족히 세 근이 나간다고 했다.

그래서 이 지방의 행정명은 돌마면 율리였으나 이곳 사람들은 '세 근 짜리 밤'이란 뜻의 '서근배미'라고 불렀다.

여기에 처음 오는 이들은 겉으로 보기와 너무 다른 산세에 놀라곤 했다.

다래, 칡, 땅 위로 올라와 얽힌 *넌출과 푸새가 키를 넘는 수풀 속에 깔려있어 걸려 넘어지거나 발을 헛디뎌 좁은 바위 틈새로 빠지기도 했다. 풀숲밑 험한 돌틈 사이 도랑은 늘 맑은 물이 돌돌돌 소리를 내며 흐르고 거기엔 도롱뇽, 산새우가 살고 있었다.

인수는 대낮에도 이 산 골짜기에 혼자 오기가 무서워 대개는 상인이와 같이 왔다.

동네 아이들과 만나는 시간은 따로 약속을 하지 않아도 거의 일정했다.

햇살이 퍼져 따가워지기 전 늦은 아침 나절이었고, 장소는 마

---

* 넌출: 길게 벋어나가 너덜너덜 늘어진 식물의 줄기.

을 한가운데 큰 느티나무밑 조붓한 빈 터였다.

아침밥은 좀 늦게 먹는데, 너무 이르면 배가 일찍 꺼져 긴 긴 해를 견디기 어려웠기 때문이었다.

인수는 산에 오르기를 유난히 좋아했다.

거기엔 수많은 종류의 야생화며 곤충, 뺑대쑥 밑으로 도마뱀, 다람쥐, 뱀, 꿩들이 눈에 띄지 않게 부지런히 움직이고 있었고, 뻐꾸기, 눈빛이 노오란 소쩍새, 부엉이, 말똥가리 등등 이름도 모를 새들이 지천이었다.

솔바람에 실려 저 아래 동네에서 개 짖는 소리가 아련히 들려 왔다.

청정한 수목의 그윽한 향기가 주위를 감싸고 건너 앞 산에서 우는 뻐꾸기 소리가 산중의 정밀함을 더해 주고 있었다.

파란 바탕의 넓은 도화지에 상상할 수 없는 웅대한 규모로 별별 형상을 다 만들어내는 백옥의 뭉게구름은 여름의 축제였다.

처음에는 하양이었는데, 그것이 어느새 옅은 옥색으로 변하더니 곧이어 청색, 회색으로 바뀌는가 하면 층층으로 쌓여있던 구름 봉우리가 눈에 띄지 않게 천천히 뭉그러져 옆으로 넓게 퍼지기도 했다. 하늘의 바다였다.

바람 한 점 없이 푹푹 찌는 여름 오후, 무한대의 하늘을 무대로 구름이 펼치는 향연은 자연이 인간에게 던져 주는 선물로 조화의 극치라 할 것이었다.

뭉게구름 뿐이랴-.

비가 오락가락하면서 구멍 뚫린 구름 사이로 햇빛이 뻗쳐내려 땅 위의 어느 한 부분에만 집중적으로 쏟아지는 것을 보고 있느라면 신비롭고 경외스럽기까지 했다.

아무리 인간이 잘난 체 해도, 감히 범접할 수 없는 대자연의 섭리와 위대함의 변화가 아닌가.

납작납작 엎드려 있는 초가집들이며, 같은 녹색이면서 그 농담이 각양각색인 논, 밭, 들판, 한 줄로 늘어선 미루나무들 사이로 휘돌아 흐르는 시내, 그리고 정지한 듯 보이는 사람들의 조심스러운 움직임-.

아스라히 멀리 보이는 산과 들, 울창한 나무들, 그 사이의 깊고 낮은 골짜기에 마을이 있고, 순박한 사람들이 있고, 수많은 사연과 곡절이 세월에 쌓여 숨어있을 것이다.

그러나 인수는 그런 것들과는 아무 상관 없는 예외자이며 구경꾼일 뿐이었다.

갑자기 배가 고파왔고 호박죽 생각이 났다.

헐렁해진 허리끈을 습관처럼 바짝 조였다.

그런데 암만 생각해도, 그걸 날마다 먹을 수 있다는 게 다행스럽지만, 어찌보면 신기한 일이기도 했다.

우리 것이라고 명토 박은 것을 눈으로 한 번도 본 적이 없는데, 여태까지 먹어치운 호박만 해도 적지 않을 것이다.

아무래도 주인네 덕으로 생각되는데, 아무리 부처님 가운데 토막같은 자비심을 가졌다 하더라도 하루, 이틀 열흘, 길어야 보름이지, 곳간에서 인심 난다고, 더구나 너 나 할 것없이 배주리는 난리통 어려운 판국에 하고 한날 적선도 한량이 있을 것이다.

그러나 인수는 살림이나 집안 형편에는 흥미가 없었다.

그저 하루 한 두 번의 호박죽이나 먹고 놀러 다닐 수만 있으면 족했다.

날이 갈수록 그릇 *운두에 올라오는 음식의 높이가 낮아졌다.

아버지가 아이들만 떨구고 가실 때, 똘이네에게 건넨 금전의 효과가 떨어진 때문일까?

어른들이 아이들을 맡기고 부탁하면서 주인네한테 섭섭하지 않게 손을 썼다는 걸 안 것은 그들이 훗날 다시 서울로 온 뒤였다.

넌덜머리가 나게 물려버린 호박죽이라지만, 그나마 배불리 못먹고 늘 배고픈 인수와 누나는 양이 적다고 투정할 계제가 아니었다.

밀기울이나 옥수수 속겨를 먹기 시작했다. 거칠고 누우런 *막지밀기울은 물로 반죽해서 쪄 먹고, 붉으레한 수수겨는 지짐질을 하는데, 허기가 반찬이라고 그 맛이 일품이었다.

이 마을은 평지가 적은 산간에 거의가 *조약밭인데, 똘이네는 순전히 밭농사로 일하기가 더욱 어려웠다.

---

* 운두: 그릇이나 신 따위의 둘레 높이.
* 막지밀: 밀의 한 가지. 가시랭이가 길고 빛이 누르며 질이 낮음.
* 조약밭: 조약돌이 많은 밭이나 그러한 땅.

똘이 아버지 남씨는 작달만한 키에 검은 얼굴, 햇빛에 그을은 구리빛 피부는 팽팽했고, 작은 눈이 유난히 반짝였다.

요즘 그는 밭일보다 다른 일로 더 분주했다.

밖에 일하러 나갈 때는 구멍난 밀짚모자에 누런 광목 천 나부랭이를 반바지 허리춤에 아무렇게나 찔러넣었다. 그런데 요즘에는 달걀색 바탕에 검정테 두른 후줄근한 중절모를 쓰고, 흰 반팔 윗도리에 긴 검정 바지 차림이 더 잦았다.

얼핏 듣기로 그는 아랫마을에 있는 내무서에 나간다고 했다.

전에는 없던 일로 가끔 낯선 사내들이 찾아오기도 하는데, 이 근동 출신은 아니라고 했다.

총을 멘 인민군이 올 때도 있었다.

똘이 아버지는 이 곳 토박이였지만, 농사도 시원치 않았고 그나마 *배메기였다.

거의 찾아오는 사람도 없고, 어디 가 상석에 앉아 그럴 듯한 대접 한 번 변변히 받아보지 못한 찌그러진 양은냄비 같은 천덕꾸러기 인생이다.

삼십 중반에서야 똘이를 얻은 것도 한미한 집안에 형편마저 구겨져 차일피일 세월을 보내다 늦장가를 들었기 때문이다.

그들 내외는 나이 차가 많았다.

똘이 엄마는 *어섯눈이나 겨우 뜰 나이에 시집 와서 거의 십

---

* 배메기: 지주와 소작인이 소작을 똑같이 나누어 가지는 일.
* 어섯눈 뜨다: 사물을 대강 이해하게 되다.

년이 다 되도록 애를 못 낳는 죄를 진데다가 촌부치고는 영악하
고 되바라져서 매사 내 주장이었고, 이를 늘 마땅찮게 생각하는
시어머니에게 구박깨나 받으며 살다가 그가 돌아가고 나서 거의
십 년이 다 되어 똘이를 낳았다.

자식을 못 볼 것이라 치부했던 마을 사람들은 의아해 하면서
도 내 일처럼 좋아하며 축하해 주었다. 도무지 배도 부르지 않
았고 해산 바로 전 날까지도 이장집 *두렛일로 밤을 새웠기 때
문에 아무도 짐작을 못했고, 새벽에 애를 분만하자 그 강단에
혀를 내둘렀다.

똘이 엄마는 애를 못 낳는 자격지심과 죄책감으로 반찬 훔쳐
먹은 개처럼 새말 큰고개 너머에 해가 아직 숨어 있을 때 *자릿
조반을 하고 나와 해가 서쪽 부엉이고개로 넘어가 산들이 시커
멓게 보일 때까지 손을 부지깽이 삼고 다리를 쟁기삼아 억척스
레 밭일을 했다.

시집살이 십 년이 다 되도록 깨끼저고리 양단치마 한 번을 제
대로 못 입어보고 문서 없는 종노릇을 하고 있지만, 한 번도 신
세를 한탄하지 않았다.

자기의 팔자로 알고 차라리 고된 삶을 즐기고 있었는데, 그것
은 그가 무슨 인생관 따위의 사고를 생각하는 것이 골치 아파서
가 아니라, 판무식에 그럴 주제도 못 되고 그런대로 생활에 만

---

* 두렛일: 농촌에서 농번기에 서로 협력하여 공동 작업을 하는 일.
* 자릿조반: 새벽에 일어나는대로 그 자리에서 먹는 죽이나 마음 따위의 간단한 음식.

족하고 있기 때문이었다.

워낙 기반이 없는 터라 셈평은 펴질 않았고, 마른 논에 물 대기로 만날 그게 그 타령이라, 자칫 잘 살아보기는 커녕 *빚두루마기나 되지 않을까 전전긍긍하며 *따비밭이고 *무텅이고, *버덩에 *백파(白播)며 마다하는 것이 없었다.

그러한 그를 사람들은 '깜장콩'이라 불렀다.

검고 작지만 단단하고 단백질이 풍부한 검정콩을 연상할 만했다.

시집 온 지 얼마 안 되어 디딜방아에 곡식을 빻다가, *확에서 미처 손을 빼기 전에 공이가 내려와 짓찧는 바람에, 오른손 둘째, 셋째 손가락 끝이 으스러진 채로 아물어 붙어 끄트머리가 납작했다.

인수는 처음 그걸 보고 질겁을 했으나 나중에는 만성이 돼버려 아무렇지도 않았다.

그래서 '오리손'이라고도 했다.

워낙 찌든 살림에 통 꾸미질 않고 늘 아무렇게나 *민낯을 해서인지 실제 나이보다 많아 보였다.

하기야 그럴 여유도 이유도 없을 터였다.

---

* 빚두루마기: 많은 빚에 억매어 헤어날 수 없게 된 사람.
* 따비밭: 작은 농기구로 갈 만한 좁은 밭.
* 무텅이: 거친 땅에 논, 밭을 일구어 곡식을 심는 일.
* 버덩: 나무는 없고 잡풀만 우거진, 좀 높고 평평한 들.
* 백파: 거름을 주지 않은 맨 땅에 씨를 뿌림.
* 확: 절구의 아가리로부터 밑바닥까지 패인 곳.
* 민낯: 화장을 하지 않은 여자의 얼굴.

그리고 여름 내 한 가지 옷만 입었다.

인수는 그를 볼 때마다 나는 저런 여자한테는 절대 장가 가지 않겠노라 내심 다짐했다.

제 색시는 고운 살결에 예쁘고 상냥한 미소를 날리며 좋은 옷 입은 천사라는 걸 마치 보장이라도 받은 것처럼─.

인수는 어느 날 혼자서 산에 갔다가 쐐기에 팔을 쏘였다.

화끈화끈하면서 벌겋게 부어오르고 몹시 따가웠다.

집에 오자마자 우물물을 퍼 올려 자꾸 씻었다.

쉽게 가라앉을 것 같지 않았다.

모두 어디들 갔는지 아무도 보이질 않았다.

인수는 성이 나서 들먹들먹하는 상처에 계속 찬 물을 껴얹으며 울상이 되어 입으로 훅훅 불어 댔다.

그런데 어디 있었는지 그 때까지 안 보이던 똘이 엄마가 올이 풀린 무명 수건으로 손을 닦으며 인수에게 다가왔다.

"인수야, 왜 그러니? 어디 다쳤니?"

"산에 갔다가 쐐기한테 쏘였어요."

그는 땀과 눈물로 얼룩진 인수의 얼굴과 상처를 번갈아 보다가, 그의 머리를 숙이게 하고 팔과 낯을 씻긴 다음, 아뭇소리 않고 부엌에서 된장을 가져다가 붙이고 헝겊으로 찬찬히 싸매주었다.

그리고 나서 인수의 눈을 가만히, 또 지그시 들여다봤다.

"조금 있으면 괜찮아질 거다."

인수는 제 팔을 매만지는 그의 손가락을 보고 우스운 생각이

들었다. 그리고 고마움과 함께 부끄럽기도 했다. 수줍음이 많은 그는 무슨 사례의 말을 하긴 해야겠는데 적당한 말이 얼른 떠오르질 않아 우물쭈물했다.

치사도 인사도 그 자리에서 때 맞춰 바로 해야지, 지난 다음 새삼스럽게 어쩌구저쩌구 하는 것도 쑥스러운 일일 것이다.

결국 아무 말도 못하고 말았다.

그냥 멀건이 서서 눈만 껌벅이며 계면쩍어한 것이 전부였다.

인수는 똘이 엄마라는 사람을 한 집에 살면서도 그렇게 가까이 마주 해 본 적이 없었다.

하루에도 몇 번씩 보아왔건만, 그가 어떻게 생겼는지 잘 모르고 있었던 것이다.

이상한 일이었다. 인수는 지금까지 보아 오던 얼굴이 아닌 다른 얼굴을 발견했다.

그것은 처음 보는 낯선, 그리고 *새퉁스런 얼굴이었다.

그리고 거기엔 입때까지 모르고 있던 정감이 흘렀다.

어느 구석인지 꼬집어 말할 수 없는 예쁜 데가 있었다.

눈동자 마주칠 때 가슴 뭉클하게 전해 오는 정겨움.

진한 감동이랄까 깊숙이 밀려오는 따뜻한 마음.

서울 살 때 가까이 지내던 동무와의 사이에서 가끔 느꼈던 것과 비슷한 따뜻함이었다.

'아, 그런 데가 있었구나.'

---

* 새퉁스럽다: 어이없을 만큼 새삼스럽다.

그동안 형편 없는 여자를 데리고 사는 똘이 아버지가 한심해 보였었는데…….

이렇다 할 이해 상관없이 누구를 막연하게 깔보고 우습게 여겨오다가 그에게서 우연히 어떤 장점이나 매력을 발견했을 때, 자기의 선입견이 얼마나 잘못되고 틀려먹었는지를 깨닫고 당황할 때가 있다.

단지, 얼굴 씻겨주고 된장 붙여준 일로 그녀를 전과 달리 좋게 보는 것이 결코 아니었다.

인수는 그 날 이후, 기회 있을 때마다 몰래 그를 훔쳐 보았고, 새삼스럽게 다시 낯이 익어가면서, 그의 대한 자기의 생각이 전과 달라진 데에 스스로 흠칫 놀라곤 했다.

그것은 주인네와 나그네, 어른과 아이, 원주민과 피난민이라는 상대적 관계와는 다른, 다만 젊은 아주머니로서의 존재라는 그런 느낌이었다.

거기엔 똘이 아버지나 누나, 동무들, 상인이에게서까지, 그리고 엄마에게서조차 느끼지 못한 포근함 따듯함 정다움이 감돌았다.

전혀 우스꽝스런 일로 사람을 보는 눈이 이렇게 새로워질 수 있을까. 더구나 지금까지와는 정 반대의 양상으로—.

그리고 이건 무슨 오해나 편견으로 서로 미워하거나 소원해 있다가, 그것이 풀려 화해하고 다시 친밀해지는 등, 그런 경우도 아니지 않는가.

이제는 아침에 일어나 그를 볼 수 있어 즐거웠다.

날마다 태양은 떠올라 찬란하게 세상을 비추고, 그와 한 지붕 밑에 있는 게 고마웠다.

밖에서 놀다 들어와 그가 보이지 않으면 허전했고, 어디서 목소리가 들려오면 저도 모르게 얼른 그쪽으로 고개를 돌리는 자신을 발견했다.

엄마와 오랫동안 떨어져 있는데서 오는 외로움, 그리움에서 오는 보상 욕구의 심리일까?

고단한 몸과 허전한 마음을 맡겨 편안하게 쉴 수 있는 엄마품과는 다른 냄새와 포근한 분위기가 거기 있었다.

손발을 항상 깨끗이 하고 세수를 자주 했다.

불결한 모습이면 더 천하게 보일까봐, 비록 *막나이 *입성일망정 더러워지지 않게 조심했다.

누구에게 어떻게 보이려고 애쓰는 것은 피곤하고 짐스러우나, 거기엔 어떤 즐거움과 함께 바라는 바가 꼭 집어 무엇이라고 하기는 어려우나, 그것이 성취될 수 있으리라는 기대감이 숨어 있어 비밀스런 감정을 맛볼 수 있었다.

'이 어찌된 일인가?'

누가 있으면 소 닭 보듯 관심 밖으로 무덤덤하다가, 둘만 있을 때면 방시레 웃으며 인수의 볼을 살짝 꼬집기도 하고 볼기를

---

* 막나이: 아무렇게나 짠, 품질이 좋지 않은 막치 무명.
* 입성: 옷의 속된 말.

찰싹 때리기도 하는 똘이 엄마였다.

인수에게 똘이 엄마는 이미 깜장콩이나 오리손이 아니었다.

인수를 보는 똘이 엄마의 시선은 늘 솜같이 부드럽고 따듯했다. 거기에 그의 안식처가 있었다.

맑은 물처럼 촉촉하게 젖은 그의 눈빛은 어린 인수의 마음을 애틋하게 흔들어 놓았고, 마주칠 때마다 무언의 대화가 거북함 없이 자연스럽게 오고 갔다. 감정의 나눔이다.

그것은 어느 한쪽의 마음만으로 이루어질 수 없는 일이다.

똘이 엄마가 생글거리며 빤히 쳐다볼 때면 잔부끄럼이 많은 인수는 눈동자를 어디다 두어야 할지 몰라 괜히 안절부절하기까지 했다.

제 속을 속속들이 훤하게 들여다보는 것 같았다.

그는 인수를 보고 애늙은이, 또는 영감(서방)같다고도 했다.

그것도 숨소리가 귀에 들릴 정도로 가까이서-.

인수는 처음 그게 무슨 소리인지 몰랐다.

인수가 똘이 엄마를 의식함으로서 좀 더 어른스러워지려고 매사에 조심하고 신중하다 보니 애들 주제에 어울리지 않게 *자깝스런 짓을 하는 데서 듣는 소리인가 싶었다.

늘 그렇듯이 날이 어둡자, 안마당에 모깃불을 피워 놓고 *개먹은 멍석 위에 되는 대로 여기저기 앉기도 하고 눕기도 했다.

---

* 자깝스럽다: 어린 아이가 너무 어른스럽게 행동하여 깜찍스럽다.
* 개먹다: 개개어서 닳거나 상하다.

저녁나절 *산돌림 한 줄기로 여늬 때보다 덜 무더웠고, 밤하늘의 별빛도 더 푸르고 크게 보였다.

이렇다 할 얘기꺼리가 없거나 아니면 힘들었던 하루를 조용히 마무리하고 싶어서인지 모두 입을 다물고 있었다.

하기야 애들 뿐이지 어른이라곤 똘이 엄마 하나니 무슨 대화가 있을 리 없었다.

대나무살이 너덜대는 부채로 덤비는 모기를 탁탁 쫓는 소리가 났다.

이 고약한 놈만 없으면 여름밤의 시골은 얼마나 좋을까?

중복허리에 밤이 깊어지면서 날씨가 더욱 *물쿠었다.

모기잿불이 *꼬다케 *사위어가면서 여기저기서 하품 소리가 났다.

인수는 멍석 귀퉁이에 누운 채 지나 온 하루를 생각나는 대로 되씹고 있었다.

아침에 일어나서 지금 이 시간까지 있었던 오늘 하루의 행적을 하나도 빠짐없이 차근차근 생각하다 보니 슬슬 잠이 오려 했다. 똘이 엄마가 일부러 인수 옆으로 왔는지 아닌지는 알 수 없었다.

비가 또 오려는지 물에 솜을 풀어놓은 듯 희끄무레한 구름띠

---

* 산돌림: 여기 저기 돌아다니며 한 줄기씩 내리는 소나기.
* 물쿠다: 날씨가 찌는 듯이 더워지다.
* 꼬다케: 불길이 세지도 않고 그렇다고 꺼지지도 않은 채 붙어 있는 모양.
* 사위다: 불이 다 타서 재가 되다.

가 명멸하는 별빛을 언뜻언뜻 가리며 천천히 흐르고 개구리들이 무슨 행사를 치르려는지 왁자그르르하기 시작했다.

한 놈이 선창하면 모두가 따라 하고 동시에 그쳤다.

시간은 그렇게 흐르고 밤은 점점 깊어갔다.

똘이 엄마가 앉은 채로 누워있는 인수의 손을 살며시 잡았다.

'......?'

마악 잠이 들려던 인수는 흠칫했으나 그냥 가만히 있었다.

당황해서 손을 빼려했다 해도 똘이 엄마는 놔주지 않았을지도 모른다.

'왜 이러지?'

*북두갈고리 같을 거라 생각했던 똘이 엄마의 손은 의외로 *움파처럼 부드럽고 나긋했다. 싫지 않았다.

잠시 후 똘이 엄마는 잡았던 손을 인수의 반바지 가랑이 사이로 슬그머니 넣었다.

인수는 어찌해야 좋을지 몰랐고 가슴이 뛰었다.

갈피를 잡을 수 없어 그냥 자는 척 했다.

조그만 호두알 위로 더위에 축 처져 늘어붙은 고추를 가볍게 살짝 쥐고 가만히 들어올려 만지작만지작했다.

땀과 소금기에 절어 생기를 잃고 있던 고추는 왠 일인지 원기를 회복하고 고개를 들었다.

---

* 북두갈고리 같다: '크고 험상궂게 생긴 손'을 비유하여 이르는 말.
* 움파: 움 속에서 기른 빛이 누런 파.

인수는 죽은 사람처럼 꼼짝달싹할 수가 없었다.

그는 인수가 잠이 들었건 아니 들었건 아랑곳하지 않는 것 같았다. 무차별 공격이다.

이럴 때 기침이라도 나면 어쩌나-.

아무렇지도 않던 목구멍이 간질간질했다.

깊이 잠이 들어 무슨 일이 있었는지 아무 것도 모르는 걸로 해야 될 텐데-.

그래야만 나중에 서로 창피하고 민망스럽지 않게 시치미를 뗄 수 있을 것이라는 생각이 들었기 때문이다.

고추는 인수의 뜻과는 상관없이 무럭무럭 자랐다.

손놀림에 따라 이리저리 눕기도 하고 오르락내리락 하며 여물어 갔다.

꽉 쥐어져 크게 부풀어 올랐다.

인수가 에라 모르겠다 죽은 척 하고 있었던 까닭은 기실, 나중 그를 보기가 부끄러울 것을 염두에 두어서라기보다 싫지 않아서였다.

똘이 엄마가 아닌 다른 사람이었다면-?

아닐 것이다.

아무리 생각해도 아닐 것이었다.

야릇한 몸의 떨림-.

온 몸의 구멍이 있는 대로 열리고, 그리로 여름밤의 끈적대는 공기가 드나들고 있었다,

좁고 길고 어두운 굴 속-.

눈을 꽉 감은 채 작고 동그란 창밖을 응시하며 탈출하려 몸부림쳤다.

정수리에서 미간으로 천천히 밀려오는 뜨거운 경련은 발끝까지 내려오고 있었다.

그리고 꿈인지 현실인지 분간을 할 수 없는 경이로움에서 벗어나지 않으려고 땀까지 흘리고 있었다.

알 수 없는 두려움과 팽팽한 긴장감으로 생각은 마비되었고, 모든 움직임은 일순 정지되는가 싶었다.

더 이상 참을 수가 없었다.

길게 뻗었던 다리를 꼬부려 가슴 쪽으로 무릎을 붙이면서 천천히 몸을 옆으로 뉘였다.

하품, 딸꾹질, 기침이나 재채기 등등 생리적 현상과는 전혀 다른 소리가 인수의 입에서 흘러나왔다.

억제하기 어려운 원초적 본능적 목소리였다.

지금까지 줄곧 눈을 감고 있었나?

눈을 크게 뜨고 저 높은 데서 자기를 다 내려다보고 있었던가?

찬란하고 행복한 순간이었다.

보이는 모든 것이 아름다웠다.

구름, 별, 연기, 나무, 돌담장.

심지어 개구리 울음소리까지도-.

온 천지가 다 자기 것이었다.

똘이 엄마가 손을 뺐다.

왜 그렇게 침이 고이는지―.

침 넘어가는 소리가 너무 커서 사람들이 다 들은 것 같았다.

모기 한 마리가 앵하며 귓전을 날았다.

어찌된 일인지 기운이 쏙 빠져 움직일 수가 없었다.

똘이 엄마는 멍석에 두 손을 짚고 앉아 눈을 감고 꼼짝도 하지 않는 인수의 얼굴을 가만히 내려다보고 있었다.

그 밤 이후, 인수는 똘이 엄마를 똑바로 보질 못했다.

아무 일 없었던 듯 모르는 척 약속이라도 한듯이.

똘이 엄마도 그러기는 마찬가지였다.

인수는 그 앞에서 무슨 죄를 지은 사람같이 고개를 들지 못했다. 하지만 똘이 엄마가 인수를 대하는 게 전과 달리 예사롭지 않았다.

처음에는 자기처럼 보기가 면구스러워 그러나보다 했는데, 암만 봐도 그게 아니었다.

스스럼 없고 자연스러워야 할 그런 경우에도 표나게 일부러 피하거나 상대를 안 해 주었다. 말을 걸기는 커녕, 도무지 *곁을 주지 않았다. 인수가 자기를 쳐다보고 있는 것 같으면 얼른 자리를 피했다.

무슨 복수심이 발동을 했는지, 똥 묻은 개가 겨 묻은 개를 나

―――――――――――――――――――

* 곁: 사람이나 사물에 달린 어느 한쪽.

무란다더니, 인수를 무시, 아니 멸시하고 있었다.

그리고 날이 갈수록 사나운 눈매에 입에서 나오는 소리는 앙칼지기가 살쾡이 같았다.

인수는 억울하고 괘씸했다.

서로 배려하며 아끼던 둘 사이가 이렇게 되다니 기가 막혔다.

똘이 엄마는 철부지 아이에게 장난을 쳤다는 죄책감과 수치심으로 괴로워하면서도, 이왕 벌어졌던 일을 씻어 덮을 수도 없는 노릇이었고 후회하는 자신이 미워지면서 어른으로서의 체면이나 권위를 회복해 본다는 노릇이 오히려 뒤틀린 말과 행동으로 나타나 상대를 학대함으로서 만족을 느끼는 것 같았다.

인수가 어느 날, 산에서 때까치 한 마리를 잡아 와 신기하고 좋아서 때 없이 들여다보며, 물을 먹인다, 모이를 준다, 부산을 떠는데, 똘이 엄마는 바로 옆으로 왔다갔다 하면서 짐짓 본 척도 안 했다.

네깟놈 하는 일에 아무런 관심도 없다는 걸 시위하고 있었다.

아니, 어떤 때는 인수 가까이 와야 할 까닭이 하나도 없는데, 구태여 다가와 알씬거리면서 어떻게 해서든지 그를 불편하게 하기도 했다.

그리고 혹여 *비솟거리라도 될 것을 염려해서, 예방 차원으로 생각하여 일부러 그러는 것 같았다.

그뿐 아니었다.

---

* 비솟거리: 남의 비웃음을 받을 만한 일. 또는 그 사람.

　며칠 후, 인수가 새에게 주려고 풀에 꼬여 기둥에 매달아 놓은 메뚜기, 잠자리를 집에서 기르는 닭에게 홀랑 먹여 버렸다.

　'새 먹이 잡아다 매단 거 혹시 못 보셨어요?' 하고 묻고 싶은 마음이 굴뚝 같았으나, 시비 걸기를 목빼고 기다리는 똘이 엄마의 축쳐진 눈꼬리를 보고 그만두기로 했다.

　'그래, 내가 우리 닭 멕였다. 어쩔래? 그깐 새새끼가 그렇게 중하냐?'하고 기다렸다는 듯이 욕구 불만을 없애겠다고 덤빌 게 뻔했다.

　가만히 하는 짓거리를 보니 매사에 *냉갈령을 부리며 트집을 잡고 있었다.

　조금만 거들면 한결 쉬울 일도 낑낑대며 끝까지 혼자서 했다.

　너 같은 놈 신세는 조금도 안 지겠다는 듯이-.

　아니 내가 뭘 잘못했다고?

　먼저 그런 게 누군데?

　그것이 어른들 하는 짓이라면, 절대로 나는 어른이 안 되리라 생각을 했다.

　"애, 애, 그거 건들지 말고 놔 둬."

　이런 식이었다.

　아니, 가만 놔두지 뭐, 내가 그걸 만지기나 했나?

　부아가 치밀었다.

　"여기 마루에 있던 거 어쨌니?"

---

* 냉갈령: 매정하고 쌀쌀한 태도.

사뭇 시빗조로 그 물건이 토마루 끝에 나둥그러져 있는 걸 뻔히 알면서도 말이다.

암만 싸움을 걸어도 상대를 안 하고 피하는 인수가 더욱 얄미워진 똘이 엄마는 말이 되거나 말거나 가리질 않았다.

밸이 꼴렸다.

하루는 인수가 나갔다 집에 와 보니 아무도 없는데, 때까치 주려고 잡아다 기둥에 매단 메뚜기를 똘이네 암수 두 마리의 닭이 교대로 푸드득푸드득 날아오르며 거의 다 쪼아 먹어버렸다. 메뚜기가 꽤 많았는데 아래쪽은 벌써 다 먹어치웠고, 꼭대기 것만 몇 마리 남긴 채 빈 풀대만 뎅그마니 남아 있었다.

"아니, 이런 우라질 놈들!"

전에 일로 잔뜩 심사가 뒤틀려 있어 그러지 않아도 벼르고 있었는데, 또 당하고 보니 머리 끝까지 약이 올랐다.

댑싸리 빗자루로 후려치니까, 놈들은 화들짝 놀라 공중잡이를 하다가 열려 있는 부엌 쪽으로 도망을 쳤다.

아쭈, 느이들 잘 됐다ㅡ.

부엌으로 얼른 따라 들어가 앞 뒷문을 꼭 닫아버렸다.

년놈은 놀란 눈을 희번덕이며 뒤에 쌓아놓은 땔나무 위에 나란히 올라가 앉았다.

절체절명의 위기에 어떻게 해야 할지 모가지를 있는 대로 길게 빼고 위아래로 꺼떡이며 살 궁리를 하는데, 눈깔을 있는 대로 확대해 대가리 면적의 거의 반을 차지하고 있었다.

이제부터 작업을 시작할 판이었다.

빗자루를 꼬나들고 이리저리 후려치니까 비명을 내지르며 이리 날고 저리 솟구치며 길길이 날뛰었다.

인수는 미처 닭이란 놈들이 이렇게 날랜 줄 몰랐다.

재미있었다.

살아 있는 짐승을 상대로 노는 것이 동무들과 장난하는 것보다 훨씬 재미있었다.

정통으로 한 번 맞춰야 후련할 텐데, 어찌나 빠르게 잘 피하는지 맘대로 되질 않았다.

그런데 멀쩡해 보이던 암놈이 별안간 푸르르 기세 좋게 날아오르며 다시 부뚜막에 내려앉았다가 소당에 올라서는 듯 하더니 몇 번 찍찍 미끄러진 다음, 아궁이 앞으로 맥없이 떨어졌다. 한쪽 죽지를 천천히 길게 펴고 모로 쓰러진 채 허우적대며 일어서질 못하는데, 부리에서 피가 흐르고 있었다.

정확하게 때린 적이 한 번도 없었던 것 같은데, 휘두르는 서슬에 어딘가 맞은 모양이었다.

놈은 원한에 사무친 표정으로 버르적거리며 인수를 노려보았다.

숫놈은 뻘개진 눈알을 바삐 굴리며 제 마누라가 비명횡사하는 광경을 내려다보고 있었다.

가슴이 덜컥했다.

사실 그렇게까지 할 마음은 처음부터 없었고, 그냥 버르장머리나 고쳐놓을 생각이었던 것이다.

끄트머리가 다 닳아빠져 부드러운 몽당비라, 이렇게까지 되지는 않을 것 같았는데, 그만 일을 저지르고 말았다.

사실 미운 놈은 수탉이었다.

인수는 놈에게 감정이 많았다.

평소에도 그 놈은 인수가 피난 와서 남의 집살이나 하는 얼간이임을 벌써 알고 늘 거만을 떨었다.

뱀의 그것같이 크고 넓적한 두 다리의 비늘하며 거무칙칙, 붉으죽죽한 벼슬은 무슨 권위의 상징인양 꼿꼿이 세우고, 당최 대가리를 숙이는 법이 없었다.

떡 벌어진 어깨, 부리부리한 두 눈을 번득이면서 굵고 튼튼한 다리로 대지를 딛고 서서 위풍당당하게 휘저으며 걸어다니는 꼴이라니-.

무슨 불평불만이 그리 많은 지 눈알은 항상 벌겋게 충혈되어가지고 안 가는 데 없이 구석구석 돌아다녔다.

*토욕질이나 하는 놈이 날 업신여기다니-.

건방진 놈이었다.

좌우간 아침마다 똘이네 밥상에 오르는 달걀 공급원이 이 꼴이 됐으니 아닌 게 아니라 큰일이었다.

인수가 당황하여 부리나케 부엌문을 나서는데, 언젠가 나갔던 똘이 엄마가 하필 그 때 안마당으로 들어서고 있었다.

---

* 토욕질: 닭이 흙을 파헤치고 들어앉아 버르적거리는 일.

' ? '

똘이 엄마는 자기네 부엌에서 나오는 인수를 보고 의아해 했다.

―참, 재수 옴붙었네. 요때 들어올게 뭐람.

인수는 못본 체하고 마당을 돌아 뒷방문으로 해서 제 방으로 얼른 들어갔다.

똘이 엄마는 고개를 숙이고 재빨리 내빼는 인수를 보면서 얼른 부엌으로 가 안을 들여다보았다.

"아니, 애, 애, 너 일루 나와 봐!"

그는 눈에 쌍심지를 세우고 인수를 불러냈다.

인수는 앞니로 손톱을 깨물며 고개를 푹 숙이고 다시 마루로 나왔다.

"네가 그랬지? 네가 닭 죽였지?"

인수는 대꾸를 못하고 바닥만 내려다보고 서 있었다.

할 말이 없었다.

"여보쇼, 동네 양반들…… 피난민 주제에 쥔네 닭 때려 죽이는 놈 여기 있소!"

똘이 엄마는 손나팔을 만들어 담장 밖을 향해 고래고래 악을 썼다.

눈알이 뾰족해 가지고 씨근대는데, 죽을 때의 암탉 눈깔과 비슷했다.

"왜 그랬니?"

난감했다.

"아니, 왜 그랬어 이놈아!"

서슴없이 욕이 나왔다.

"메뚜기 때문에"

"메뚜기? 메뚜기라니?"

"다 쫘 먹어서……"

"쫘 먹어서? 이런 날불한당 같은 놈, 그래 닭이 중하냐, 메뚜
기가 중하냐? 어떡할래? 살려 놀래? 사다 줄래?"

서릿발 같이 나무라며 윽박질렀다.

그 동안의 정리로 이럴 수 있다는 말인가- 서운함과 슬픔에
눈물이 났다.

서러움과 함께 엄마 생각이 났다.

인수는 날 잡아 잡수- 쇠귀신같이 직수굿하고 말뚝처럼 서 있
었다.

"아, 이놈아 어떡할 거야? 말을 해!"

말끝마다 놈이었다.

한바탕 난리를 치고는 횅하니 *냅떠서며 밖으로 나갔다.

사람들에게 인수의 잔인한 심성과 참혹한 사건의 진상을 널리
알리기 위해서였다.

"에이, 재수가 없으려니까 참"

막상 똘이 엄마가 한사코 물어내라고 들볶아대면 감당키 어려

---

* 냅떠서다: 기운차게 (남을) 앞질러 나가다.

운 일이었다.

'*사경추니 주제에 그 놈이나 죽지.'

그날밤 똘이네 집에서는 닭 삶는 냄새가 진동했고, 물린 밥상 머리에는 닭뼈다귀가 널려 있었다.

똘이 아버지는 트림을 하면서 이빨을 쑤시고 똘이 엄마는 아직도 분이 덜 풀렸는지, 듣기만 하고 있는 남편에게 일의 전말을 부연 설명하느라고 밥상 치우는 것도 잊고 있는 듯했다.

그 후, 두 사람의 냉랭함은 계속되었고 한 지붕 밑에 살면서 여간 거북한 게 아니었다.

사이가 *버성기고 서먹서먹해지면서 인수는 *덴둥이가 되어 *굽잡히는 신세가 되었다.

그 후부터 인수는 모멸감을 갖고 늘 의붓어미 눈치 보듯 *족대겨 지냈다.

전쟁의 여파는 이 구석진 데까지 밀려왔다.

방구쟁이라 불리우는 미군 정찰기가 낮게 날면서 마을 이 곳 저 곳을 기웃거리고, 뭔가 수상쩍다 싶으면 얼마 후 전투기가 날아오곤 했다.

큰 나무 밑에 인민군 탱크 한 대가 있었는데 발견하지 못해 무사했다.

---

* 사경추니: 보통 닭보다 일찍 사경쯤에 우는 닭.
* 버성기다: 벌어져서 틈이 있다. 사귀어 지내는 사이가 탐탁하지 않다.
* 덴둥이: 미운 사람을 욕으로 이르는 말.
* 굽잡히다: 남에게 쥐어 지내며 기를 펴지 못하다.
* 족대기다: 남을 못 견디게 마구 볶아치다.

인수는 어느 맑개 갠 날 점심 때쯤, 멧미나리가 잘 자란 뒷산 도랑에서 가재를 잡다가 천지가 깨지는 소리에 놀라 그대로 엉덩방아를 찧으며 물에 주저앉았다.

얼른 고개를 들어 소리가 난 쪽 하늘을 보니 비행기 두 대가 앞뒤로 날고 있었는데 은수저처럼 뽀얀 색에게 뒤쫓기던 앞의 회색 비행기는 꽁무니로 검은 연기를 꾸역꾸역 내뿜으며 대가리를 밑으로 숙인 모양이 머지않아 떨어질 형국이었다.

그건 인민군 비행기였는데 멀리 산 너머 새말에 떨어졌고, 조종사는 코 큰 외국인으로 아직 숨이 붙어 있는 것을 그곳 사람들이 올라가 죽였다는 소문이 났으나, 사실은 이미 죽어 있었다는 이야기였다.

소련 사람이라 했다.

그리고 어느 맑게 개인 한낮의 일이었다.

그 날도 인수와 상인이는 함께 산에 올라 분당리 쪽을 바라보며 바위에 나란히 걸터앉아 무료한 시간을 달래고 있었다.

그런데 하늘 멀리 우유빛 나는 비행기 한 대가 왼쪽에서 오른쪽으로(남쪽에서 북쪽으로) 날고 있는 것이 보였다. 먼 거리였는데도 잘 보이는 걸로 보아 꽤 큰 비행기였다. 그런데 이상한 것은 그 비행기의 날개 길이가 늘 보아오던 비행기의 반도 안 되게 짧았고, 큰 대포알 두 개를 붙인 것은 몸통이 두 개였는데, 이게 날아가다가 딱 서더니 그 아래쪽 은빛 문이 열리면서 뽀얀 빛깔의 작은 비행기들이 쏟아져 나오기 시작했는데 9대였다. 그

새끼 비행기들은 늘 보아오던 쌕쌕이 모양이었는데 잠깐 서 있는가 싶더니 모두 날아갔다.

그리고 서 있던 어미 비행기도 순식간에 없어져버렸다.

둘이는 아무 말없이 서로를 쳐다봤다.

"상인아, 근데 저게 뭐니?"

"비행기지 뭐."

이장집 돌담에 붙인 스탈린 원수와 김일성 장군의 사진에 누가 장난질을 친 것이 발견되자 똘이 아버지가 바빠졌다.

두 영웅의 눈을 후벼 파놓고 입에 똥칠까지 해놓았던 것이다.

처음 얼마 동안은 반동을 색출한다고 법석을 떨었지만, 뚜렷한 증거도 없이 무턱대고 아무나 붙들어다 두들겨 패 보았자 그 결과도 확실치 않을 뿐더러 인심만 잃을 것이라 판단하고 용의자를 발견할 때까지 두고 보기로 했다.

인수는 배가 고파 저녁을 짜게 먹고 찬물을 들이켜서인지, 밤 늦도록 배가 살살 아프고 꾸룩꾸룩하는 소리가 났다.

아니나 다를까, 한밤중에 똥이 마려웠다.

비까지 추적추적 내리는데, 뒷간 갈 생각을 하니 큰일이었다.

뒷간은 안마당 끝 돌담 옆이었다.

해어진 거적문이 너덜거리다 떨어져 나가 시커먼 아가리를 커다랗게 벌리고 있는데, 암만해도 혼자서는 갈 자신이 없어 결국은 자는 누나를 깨웠다.

누나는 졸린 눈을 억지로 뜨고 손으로 얼굴을 비비며 일어나

앉아 동생을 멀뚱멀뚱 처다보았다.

"누나, 똥 마려."

귀찮아 하는 누나의 눈치를 보며 마당으로 함께 내려왔다.

"비가 오시네."

가랑비라고 하지만 잠깐 동안에 옷이 푹 젖을 정도였다.

똥 눌 놈이 앞장을 서야 하는데, 왠지 마음이 내키질 않았다.

누나를 앞세우고 싶은 생각을 하면서 뒷간 가까이 가 가만히 들여다보니까, 검게 뚫린 그 안에 무언가가 있었다.

흰 보자기나 자루 같은 걸 머리에서 아래로 푹 내려 쓴 꼭 사람 크기의 형체였다.

몸이 오싹해지면서 머리카락이 곤두섰다.

누나를 뒤에 세워놓고 몇 걸음 떼어놓던 인수는 주춤했다.

'저게 뭐지?'

인수는 그 물체에서 눈을 떼지 못하고 뒷걸음질을 쳐 누나 옆에 바짝 붙어 팔을 잡았다.

"누나, 누나, 저게 뭐야?"

"뭐, 뭐 말야?"

누나는 잠결에 끌려나왔다가 동생의 호들갑에 영문을 모르고 불안해 했다.

그리고 동생이 가리키는 뒷간을 응시했다.

"누난 안 보여?"

"가만 있어 봐"

"아니, 근데 저게 뭐지?"

누나 눈에도 뭔가 보이는 모양이었다.

그는 얼른 동생의 팔을 잡아당겼다.

누가 먼저랄 것도 없이 부둥켜안고 거의 동시에 빗물 바닥에 주저앉았다.

누나는 어느 결에 달아나 혼자서 방으로 뛰어들어가 버렸고, 인수는 담장밑 똘이네 호박밭에 원수 같은 물찌똥을 내갈겨 버리고 호박잎을 따 밑을 씻는 둥 마는 둥 방으로 몸을 던졌다.

설사는 넓적다리를 타고 흘러내려와 종아리까지 칠갑을 하고 저녁 때 얻어먹은 참외씨가 발등에 붙어 있었다.

인수는 그 후, 밤중에 뒤가 마렵지 않도록 조심했다.

한바탕 난리를 치고 심신이 녹초가 되어 마악 잠이 들려는데, 그리 멀지 않은 데서 어렴풋이 두런두런 사람 소리가 들려왔다.

암만해도 그건 상인네 집 쪽에서 나는 소리였다.

비까지 내리는 이 깊은 밤중에, 대낮에도 죽은 듯이 조용한 집에 도대체 무슨 일일까-?

눈을 크게 뜨고 어둠 속을 응시했다.

소리의 방향이나 크기로 미루어 보아 상인네 마당쯤이었다.

그 집 방 안에서라면 그렇게 들릴 리 없었다.

가만히 귀 기울여 들어보니 상인이 할머니 목소리였다.

'……?'

별일이었다.

사람 왕래가 잦고 늘 출입이 많은 집이라면 그럴 수 있겠거니 하겠지만, 그런 것도 아니지 않는가?

더구나 상인이 엄마도 아닌 할머니가-.

더욱 예삿일이 아닌 것은 일상적으로 주고 받는 평범한 대화의 음성이나 억양이 아니라는 점이었다.

그 시간에 비까지 내리고 있는데, 거기서 그런 소리가 난다는 것은 괴이한 일이었다.

하지만 *작달비 소리에 묻혀 그 내용을 알 수가 없었다.

인수는 방문을 조금 열고 쪼그리고 앉아 귓구멍을 최대한 열어놓았다.

상인네 집은 인수네 방문 쪽에서 볼 때 정면에 위치해 있었고, 두 집 사이에는 조그만 채마밭이 있었다.

목소리는 빗소리에 묻혀 들리다 말다 했다.

"아이구 어쩌나, 선상(생)님 용서하세요."

할머니는 무슨 사정을 하고 있었다.

"애야, 애야, 이러면 안 된다. 참아라, 애야."

"아이고, 아이고, 이걸 어쩜 좋아."

비가 잠시 뜸해지고 할머니의 음성은 더 커져 조금 전보다 또렷이 들렸다.

보통 일이 아닌 듯했다.

그건 피눈물의 호소였고, 한 치 앞을 가늠할 수 없는 극한 상

---

* 작달비: 굵고 거세게 퍼붓는 비.

황에서만 나올 수 있는 기묘한 음성이었다.

"어허, 어허, 애, 애, 놔 드리려무나."

"선상님, 선상님, 어이구, 어, 어!"

절규하는 할머니 목소리에 인수는 소름이 끼쳤다.

대관절 애는 누구이고, 난데없이 선상님은 누구인가?

뭘 참고 용서하란 말인가?

인수는 단지 할머니의 처절한 부르짖음만으로 지금 벌어지고 있는 사건의 내용을 나름대로 짐작이라도 해보려고 마냥 애를 쓰고 있었다.

상인 엄마나 상인이의 목소리가 들리지 않는 것도 이상했다.

두 사람한테 벌써 무슨 일이라도 생겼단 말인가?

풀기 어려운 궁금증으로 머리 속에서 윙소리가 날 판이었다.

짐작컨대 지금 거기서는 선생님과 애의 두 사람 중에 오직 하나만 살아 남아야 하는 목숨 건 싸움이 처절하게 벌어지고 있음이 분명했다.

할머니는 이미 정신이 나간 모양으로 똑같은 소리만 되뇌고 있을 뿐이었다.

"애야, 놔 드려라."

"선상님, 용서하세요."

그러나 이미 할머니의 애걸 따위로는 해결될 일이 아닐 성싶었다.

부탁, 사정, 애원, 호소가 조금도 줄지 않는 것만 보더라도,

사태가 점점 나빠지고 있음이 틀림없었다.

젊은 사내들이 힘쓰며 숨을 몰아쉬는 듯 윽! 흑! 하는 거치른 소리, 툭탁거리는 소리가 계속 들려왔다.

또 할머니의 자지러지는 비명-.

아무리 곰 백 번 생각해도 이해가 되지 않는 것은, 저런 일이라면 당연히 상인 엄마가 나서야 할 텐데 왜 할머니가 저러나 하는 점이었다.

뜸 하던 비는 다시 세차게 내리기 시작했고 말소리는 다시 잘 들리지 않았다.

조용했다.

'끝났나?'

불안하고 초조했다.

누나도 언제부터인지 일어나 동생 옆에 쪼그리고 앉아있었다.

둘은 꼼짝도 않고 바깥 동정에 집중하여 귀를 열어놓았다.

'할머니가 어떻게 됐나?'

할머니의 얼굴이 떠올랐다.

'타-앙!'

총소리였다.

둘은 앉은 자리에서 위로 얼마간 튀어 올랐다가 주저앉았다.

그리고 똑같이 다리를 길게 뻗고 팔을 등 뒤로 해서 바닥을 짚었다.

난리통이라 해도 이렇게 가까이서 총소리를 들어본 적이 없었기 때문이다.

가슴이 떨리고 정신이 *혼 떴다.

이 곳 밤마을은 산으로 둘러싸인 절구통 같은 분지로 소리의 진동이 빨리 흩어져 나가지 못하고 공명을 일으키며 뱅뱅 돌기 때문에 유난히 소리도 크게 들리고 오래 머물렀다.

더구나 깊은 밤중에랴-.

또 총소리가 나지 않을까 가슴 졸이며 긴장하여 가슴이 타는 듯했다.

'할머니가 총에 맞았나?'

총소리에 이어 바로 할머니의 울부짖는 소리가 다시 들렸다.

"아이고, 아이고, 어쩌나, 상인아, 상인아, 아이고……"

갑자기 웬 상인이란 말인가?

영문을 몰라 답답하기 그지 없었다.

-할머니만 있는 줄 알았는데 상인이가 잘못됐단 말인가?

암만해도 할머니의 부르짖음으로 미루어 보아 상인이가 총 맞아 죽은 것 같았다.

할머니의 애끓는 절규 속에 남자들의 고함과 급하게 뛰는 발자국 소리가 들렸다

발소리로 보아 여러 사람인 듯 마을 아래쪽에서 인수네 앞을 지나 상인네로 치닫고 있었다.

그들이 상인네 집에 들이닥쳤는지 무엇을 걷어차는 소리, 깨

---

* 혼 뜨다: 몹시 놀라거나 무서워서 혼이 떠서 나갈 지경이 되다.

지고 부서지는 소리, 심한 욕설이 어지럽게 들렸다.

"탕!"

날카로운 금속성이 비내리는 밤공기를 또 한번 갈랐다.

알아듣기 어렵게 빠른 말투의 이북 사투리로 떠들어대는 소란이 잠시 계속되었다.

그리고 바로 또 이어지는 세 번째 총성-

"이 보라우, 임자, 와 날뛰니?"

어쩌고 하는 소리가 빗소리에 섞여서 크고 똑똑하게 들렸다.

얼마 후 상인이네 집을 떠나 돌아가는지 소란스런 발소리가 인수네 앞을 지나갔다.

마을 입구 이장집, 인민군 숙소로 돌아가는 모양이었다.

그리고는 조용했다. 아무 일도 없었던 것처럼-

한참을 옴짝달싹 못하고 앉은 채로 또 무슨 일이 있으려나 조마조마했지만, 더 이상 별다른 기척이 없었다.

만일 지금 막 여기에 온 사람이 있다면 저간의 사정은 모르고 평화스런 마을, 그리고 세상의 번거로움과는 거리가 먼 곳이라 생각할 것이다.

다시는 떠올리고 싶지 않은 할머니의 형용할 수 없는 애원과 짐승 같은 비명 소리, 여태껏 한 번도 들어보지 못한 소름 끼치는 소리들은 시간과 함께 저 어둡고 깊은 밤하늘로 사라져 버리고, 이제 날이 밝으면 간밤의 처참한 결과만 거기에 남아 있을 것이다.

상인네 세 식구의 운명은?

상인이의 둥글고 유순한 모습이 떠올랐다.

무슨 일이 있었나는 듯 아무렇지도 않게 다시 날이 밝았다.

밤새 내린 비로 공기 중의 먼지가 말끔하게 씻겨나가 더욱 상쾌하고 해맑은 아침이었다.

지난밤의 변괴로 보아서는 어떠한 자연의 이변이라도 일어날 법한데, 태양은 여전히 동쪽에서 떠올랐다.

겉으로 보기에 마을은 여전히 평온한 듯했으나 폭풍이 지난 후의 마음 놓이지 않는 적막함이 감돌았다.

불 땐 아궁이에서 막 꺼내다 퍼담은 화로의 시뻘건 불덩어리를 인두로 꼭꼭 눌러 재에 덮힌 채 불돌밑에서 내연하고 있었다.

두 사람이 죽었다.

상인이 아버지와 할머니였다.

할머니가 상인아! 상인아! 하며 울부짖었던 것을 감안하면, 필시 상인이가 잘못되었을 텐데, 어찌 된 까닭인지 알 수가 없었다.

*움도 싹도 없던 상인이 아버지가 자기집 마당에서 오밤중에 총을 맞아 죽은 것도 이상했다.

상인이 아버지는 건장한 체격에 똑똑한 데가 있어 이 곳 청년 단장으로 일하고 있지 않는가.

---

* 움도 싹도 없다: 사람이나 물건이 감쪽같이 없어져서 간곳을 모름.

인민군이 남침했다는 소식을 들었으나 대통령이 국민들은 아무 걱정 말라고 안심을 시키는데다 집을 떠나 식솔을 길바닥으로 내몬다는 게 보통 일이 아니기에 우물쭈물하다가 그만 때를 놓치고 말았다.

또 38선에서 여기까지 거리도 가깝지 않은데다가 인민군의 진격 속도가 그렇게 빠를 줄 몰랐고, 이쪽도 군대가 있는데 설마 여기까지랴 싶었다.

아니, 사실은 알았다 하더라도 혼자 몸이라면 얼마든지 피할 수 있었겠지만, 식구들, 특히 노모를 생각 안할 수 없었다.

형편 따라 대처할 요량으로 하루 이틀 관망하는 사이에 다른 세상이 되었던 것이다.

청년단장만 아니였다면 젊은 남자라고 해서 다 잡아가고 죽이고 하지는 않을진대, 어찌어찌 넘길 수도 있을지 모르겠지만, 주로 하는 일이 빨갱이를 색출해서 때려잡는 일이었던지라 감히 나 여기 있소하고 머리 내밀 계제가 아니었다.

살아 남으려면 피해야 했다.

그러나 세상이 갑자기 변하고 보니 이제 와서 멀리 뛸 수도 없게 되었고, 이왕 이렇게 된 바에야 낯선 데보다 지리에 밝고 여러 가지로 집 가까이가 낫겠다고 생각했다.

식구들한테 장사하러 객지에 가 있다고 소문을 내라고 했지만, 그걸 곧이듣는 사람은 아무도 없었다.

이웃마을 상인이 아버지 친구는 경찰관이었는데, 일찌감치 식구들을 데리고 어디론가 떼도망을 간지 오래였고, 이장은 손 쓸 사이가 없었는지 식구들은 놔두고 혼자서 몸을 숨겼다.

상인 아버지는 멀리 피하지는 못했지만 나름대로 대비는 하고 있었다.

마을을 한눈에 내려다 볼 수 있는 뒷산 등성이에 은신처 하나를 만들어놓고 산을 하나 더 넘어 동네 나무꾼들이나 혹간 지나다닐까 깊고 험한 산골짜기 바위 틈에 숨을 곳을 또 한 군데 마련해 두었다.

마을 바로 뒷산의 장소는 틈이 있을 때 사람들의 움직임을 살펴보고 앞으로의 행동 계획을 짤 생각으로 준비한 곳이고, 또 하나는 언제까지가 될지 모르나 앞으로 그가 기거할 주된 공간이었다.

넓적하고 기름한 바위 두 개가 서로 마주보고 서 있는 좁은 틈새로 엎드려야 겨우 들어갈 수 있게 낮고 좁았으나, 일단 안으로 들어가면 장정 한 사람쯤은 발을 뻗고 누울 수 있는 여유가 있었다. 윗쪽은 바위가 비스듬이 서로 닿을 듯 서 있어서 평평한 돌 두엇만 갖다 올려놓으면 그대로 지붕이 되는 그런 곳이었다.

그 위에 흙을 덮고 뗏장과 풀을 뿌리째 떠다가 옮겨 심었다.

입구에는 잡초와 키 작은 도토리나무, 아카시아, 참나무 등 * 보드기와 넝쿨들이 엉켜 있어 그런대로 위장이 되었다.

---

* 보드기: 크게 자라지 못한 나무.

소리만 안 내면 바로 코앞에서도 모를, 더 없이 숨어 지내기 좋은 곳이었다.

상인 아버지는 이 짓을 하면서 내가 왜 여기서 이래야 하나 생각하니 기가 막히고 헛웃음이 나왔다.

삼십 여년 간, 단 한 번도 떠나 본 적이 없는 내 고향에서 숨어 살려고 산 속에 굴을 파리라고는 상상이나 했으랴-.

정황을 살피던 그는 더 이상 주저할 때가 아니라 판단하고 날을 잡아 보따리를 챙겨 산으로 올라갔다.

보따리라고 해 봤자 옷가지 몇 벌, 미숫가루, 칼, 낫, 참기름 한 병, 소금, 양재기 두어 개, 밑반찬 등속 이런 것들이었다.

그는 아내에게도 자기가 있을 곳을 가르켜 주지 않았다.

아내는 그래도 나는 알고 있어야 하지 않겠느냐 채근을 했지만 끝내 비밀로 했다.

아니, 아예 먼 데로 가 있을 거라 했다.

인민군들이 아내에게 남편 있는 데를 대라고 다그치면, 양쪽 다 곤경에 빠질 것을 염려해서였다.

어머니와 아들도 안 보고 길을 떠났다.

날이 어두운 다음, 바로 뒷산에 만들어 놓은(만들었다기 보다 깊은 수풀 더미를 손질한) 곳에 들러 마을을 한 번 내려다보고 곧 바로 주거지가 있는 큰 산으로 넘어갔다.

마른풀을 바닥에 두텁게 깔고 그 위에 가마니를 폈다.

미숫가루는 습기 차지 않게 잘 두고, 만일에 대비하여 낮은 아무 때나 잡아들기 쉬운 자리에 놔두었다.

그가 할 일이란 없었다.

가만히 앉아 이 생각 저 생각하니 후회스럽기 한량 없었다,

진작 서둘러 손쓸 것을 잦달맞은 것들을 두고 *옴니암니 따지다가 울타리 없는 영어의 신세가 되다니―.

처음 며칠 동안은 밖에서 바람도 쐬고 조금 높은 데 올라가 주위도 살피고 했지만, 그것도 그만두기로 했다.

지금쯤 자기를 잡으려는 인민군의 수색이 시작되어 이 산, 저 산 구석구석을 쑤시고 다닐지도 모를 꺼라는 생각이 들어서였다.

뭐니뭐니해도 제일 무서운 것은 사람의 눈이었다.

비행기, 탱크 등 총포 따위의 물리적 힘은 요행 피할 수도 면할 수도 있겠지만 사람은 아니었다.

얼마 동안이나 이러고 있어야 하나―.

생활 아닌 생존의 나날이었다.

무릎을 세워 그 사이에 머리를 박고 있다가 벌렁 드러눕기도 하고 벌벌 기어나가 엎드려서 살며시 근처의 동정을 살피기도 했다.

변한 것도 변할 것도 없었다.

바람에 나뭇잎 흔들리는 소리, 벌레소리, 새소리 뿐이었다.

숟가락이 그릇에 부딪치는 소리에 질겁을 한 후 쇠붙이 따위

---

* 옴니암니: 자질구레한 것까지 따지는 모양.

를 쓸 때는 각별히 조심했다.

그런데 무엇보다 담배가 문제였다.

골초인 그에게 아무리 긴박한 때라 해도 담배는 식량이나 진배없이 중요한 물건이었다.

지금까진 그래도 *반불경이만 피워 왔는데, 그런건 바랄 수 없고, *막초나 *썩초라도 있어야 할 것이었다.

별 수 없이 명아주잎을 따서 바싹 말려두었다가 손바닥으로 싹싹 부벼서 가루를 낸 후 집에서 굴러다니던 헌 사전을 찢어 거기다 가루를 돌돌 말아 침으로 살짝 붙여서 피웠다.

담배 피울 때, 제일 어려운 것은 불 붙이는 일이다.

*부시로 *부싯돌을 쳐서 *부싯깃에 불을 붙이는데, 한두 번에 되는 것이 아니라 여러 번 부딪쳐야 했고, 그 때 일어나는 마찰음을 무시할 수가 없었다.

담배 생각이 날 때마다 굴밖에 나가 신경을 곤두세우고 부싯돌을 두드렸다.

목숨이 왔다갔다하는 일임에도 불구하고 담배질은 해야 했고, 이 모험을 건 담배맛은 피워 오던 중 최고였다.

또 한 가지 게을리할 수 없는 일이 있었다.

---

* 반불경이: 빛깔과 맛이 제법 좋은 중길의 살담배.
* 막초: 품질이 매우 낮은 살담배.
* 썩초: 빛깔이 거무스름하고 품질이 낮은 살담배.
* 부시: 부싯돌을 쳐서 불똥이 일어나게 하는 쇠조각.
* 부싯돌: 질이 단단하여 부시로 쳐서 불을 일으키는데 쓰는 차돌의 하나.
* 부싯깃: 부시로 칠 때 불똥을 받아서 불을 붙이는 물건.

해가 *설핏할 때, 솔잎을 따다가 그 끄트머리를 미리 따 두는 일이었다. 하룻밤 재우고 나서 아침에 보면 송진이 잎끝으로 빠져나와 있었다. 송진을 제거하고 미숫가루와 함께 먹는데, 솔 내도 안 나고 향긋한 냄새와 가루의 구수한 맛이 어울려 먹을 만했다.

좋은 물과 맑은 공기, 솔잎과 미숫가루의 자연식은 건강을 유지하는데 별 지장이 없었다.

아침마다 기름도 반 숟갈씩 먹었다.

몸이 뿌듯해지는 것을 느끼며 팔 다리에 힘을 주어보았다.

틈틈이 운동도 게을리하지 않았다.

웬만한 사내 두엇쯤은 감당하리라는 자신이 생겼다.

그러나 언제까지 이러고 있어야 할지 답답하기 그지 없었다.

전황은 어떻게 돌아가고 식구들은 어떻게 지내는지-?

마음 같아서는 당장 뛰어내려가고 싶었다.

토굴에 들어앉아 *곱꺽이를 하며 열흘, 보름 이렇게 날을 보내자니 더욱 불안하고 초조했다.

이거 내가 지금 무언가 잘못 처신하는 것은 아닌지-.

아마 지금 아내가 제일 고난을 겪고 있을 것이 걱정되었다.

그리고 인민군들이 자기를 잡으려고 온 산을 구석구석 뒤지고 있을 것이 분명했다.

---

* 설핏하다: 해가 져서 밝은 빛이 약하다.
* 곱꺽이: 뼈마디를 오그렸다 폈다 하는 짓.

틀림없이 멀리는 못 가고 인근에 처박혀 있으리라 판단하고, 눈에 불을 켜 뒤짐질을 하고 있을 것이다.

이런걸 무시하고 경계심 없이 밖으로 나갔다가는 지키고 있던 그들에게 단박 붙들릴 것 같았다.

그래서 그의 활동 범위는 극도로 제한되었다.

숨은 데를 불라고 식구들을 족치지는 않는지―.

무참히 두들겨 맞아 피투성이가 되어 쓰러져 있는 아내의 모습이 연상되어 살이 떨렸다.

시간을 까먹으면서 일을 그르치는 것 같았다.

상상이지만 현실일 수도 있었다.

먼 산 바라기처럼 먹을거리나 축내며 *초라니 대상 물리듯 하고 있을 때가 아니었다.

그리고 자신에게 닥친 현실에 기가 막혔다.

청년단원 가운데 단신 월남한 이가 마을에 있었다.

처자식을 놔두고 혼자 온 그는 이북에서 겪었던 일을 자주 얘기하곤 했다.

한 마디로 거기서 살면 안 된다고 했다.

오죽하면 목숨을 걸고 사선(38선)을 넘었겠느냐, 앞으로도 많은 사람들이 계속 남으로 올 거라고 큰 소리쳤다.

넘어오면 호의호식시켜 주마고 장담한 것도 아니건만―.

항상 처진 어깨에 맨땅만 내려다보고 기운이라곤 조금도 없어

---

* 초라니 대상 물리듯: 언젠가 치러야 할 일을 자꾸 미루는 모양을 비꼬는 말.

보이는 그는, 입만 열면 체제의 우열과 승패는 판가름났다고 떠들곤했다.

상인이 아버지는 요즘 그의 생각을 자주 하고 있었다.

사실 그의 이야기가 아니더라도 어느 쪽이 정의고, 어느 쪽이 옳지 않다는 상인 아버지의 신념은 늘 확고했지만, 그의 말에 최면이 되었는지, 그의 존재는 상인 아버지의 믿음을 더욱 공고히 하는 단초가 되었고, 또 고무되어 단장의 활동을 더 적극적으로 하게 된 점도 간과할 수 없다.

그의 말에 너무 심취해서 *드리없이 청년단 일에 너무 깊이 빠져 이 꼴이 되었는가도 싶었다.

후회가 되었지만 한낱 촌구석의 필부로 살면서 세상이 이렇게 갑자기 바뀌리라고는 어찌 상상이나 했겠는가?

엉뚱하게도, 그 사람 때문에 내가 이 지경이 되지 않았나하는 생각까지 해 본다.

부질없이 남의 탓을 하다니-.

그 사람은 지금 어떻게 됐을까?

상인이 아버지는 가마니에 드러누워 이 난관을 어떻게 헤쳐 나갈지를 여러모로 궁리했다.

그리고 좀이 쑤셔 배길 도리가 없었다.

식구들 고생이 말이 아닐텐데-.

반동의 새끼들이라고 얼마나 핍박이 심할까-.

---

* 드리없다: 기준이나 대중이 없다. 두서가 없다.

기회 보아 한 번 내려가 보리라 작정했다.

작심을 하고 보니 결행하고 싶은 마음에 가슴이 뛰었다.

'오늘 밤이다.'

날이 어두워지자 주위를 살피면서 조심조심 밖으로 나왔다.

별 이상이 없어 보이자 천천히 산을 내려가기 시작했다.

마른 나뭇가지를 밟아 딱 하는 부러지는 소리가 산을 울리는 것 같았다.

한참을 내려가 마을이 한눈에 내려다보이는 나무 위에 올라가 우선 기미를 살폈다.

푸른 별빛에 둥근 초가지붕들의 윤곽이 어렴풋이 보였다,

발을 조심하며 미끄러지듯이 구르듯이 내려가 집 뒤 도랑을 건너 허물어진 돌담 사이로 해서 뒷마당 장독대에 엎드렸다.

제 집에 들어가기를 도둑질하듯 해야 하니, 어쩌다 이 지경이 됐나 싶어 거지발싸개 같은 신세를 탓하며 방 뒷문 쪽을 노려보았다.

고요했다.

자세를 낮추고 뒷마당을 가로 질러 뒷방 추녀 밑으로 얼른 들어섰다.

달빛이 너무 밝았다.

낫을 단단히 고쳐 잡고 벽에 바짝 붙어 고개를 돌려 다시 한 번 주변을 살피고나서 방문을 가볍게 톡톡 두드렸다.

늘 *조리치며 *토끼잠 자는 것이 버릇이 되어 밤새움하는 상

인 엄마가 인기척에 잠깐 놀랐으나, 이 밤중에 도둑고양이처럼 살그머니 와서 들릴락말락하게 조용히 방문을 두드릴 사람은 남편 밖에 없다고 육감으로 알아차렸다.

살며시 문으로 다가가 *타래쇠를 돌려 풀고 동그란 쇠문고리를 조심스럽게 벗겼다.

서로의 걱정으로 밤낮 노심초사하는 두 사람은 오랫만에 얼굴을 마주하고도 아무 말을 못하고 있었다.

상인 아버지는 자고 있는 아들을 들여다보았다.

방문을 방기죽 열어놓고 편히 앉지도 못한 채 여차하면 튀어나갈 자세를 취하고 온 신경은 밖을 향했다.

"어머니는?"

"저 방에 계셔요."

"무슨 일 없었어?"

상인 엄마는 대답 대신 고개를 돌려 다시 한 번 밖을 살폈다.

"별 일은 없었어요, 그런데 거의 날마다 인민군이 왔다 가요."

"와서 뭐래?"

"정말 모르냐구요. 정말 그렇대니까, 처음 며칠 이거저거 묻더니 요새는 오면 그냥 여기저기 살펴보기만 허구 가요. 예고없이 밤에 올 때두 있는데."

---

* 조리치다: 졸릴 때 잠깐 자고 깨다.
* 토끼잠: 토끼처럼, 깊이 들지 못하고, 아무데서나 잠깐 자는 잠.
* 타래쇠: 작은 문고리 따위를 벗겨지지 않게 꿰어 거는 태엽 같이 둥글게 서린 가는 쇠고리.

상인이 엄마는 몹시 불안해 했다.

"아니, 그러나 저러나 당신은 어때요? 잡숫는 거랑."

"내 걱정은 하지 마, 난 괜찮아."

목소리가 모르는 사이에 커질까 봐 서로가 손으로 주의를 주었다.

둘의 시선은 교대로 밖에 가 있었다.

"여보, 빨리 가세요, 언제 또 올런지 몰라요."

좌불안석이었다.

어머니도 보고 아들과 이야기 몇 마디라도 하고 싶었으나 그럴 형편이 아니었다.

그리고 자기가 왔었다는 말을 어머니한테도 하지 말라고 당부했다.

상인 엄마는 준비해 두었던 듯 조그만 보퉁이 하나를 남편에게 건네주었다.

미숫가루와 할머니 뱃가죽처럼 쪼글쪼글하게 물기를 눌러 뺀 오이지였다.

그는 산으로 다시 돌아왔고, 또 다시 기약 없는 산 사람의 생활이 시작되었다.

그리고 지난 밤 아내와의 만남이 마지막이 될 줄 몰랐다.

내일도 오늘과 같으리라고 무심히 헤어지는 것이 우리네의 일상이다.

조금 전에 만났던 사람이 무슨 일로 유명을 달리 했을 때 애

통하고 한탄하며, 이럴 줄 알았으면 내 이렇게 해 줄걸, 저렇게 대할걸, 후회하곤 한다.

그러나 이 사람과의 지금 만남이 마지막이 되리라고 인간의 능력으로 어찌 예측할 수 있으랴.

생각보다 조용한 동네의 분위기가 의외였다.

모닥불이 오르고 호각 소리, 군화 소리가 땅을 울리고 총칼 부딪치는 속에 고함이 오가는 살벌한 곳이 아니었다,

지금의 밤마을은 마땅히 짖눌린 용수철, 늘어날 대로 늘어난 고무줄같이 팽팽한 긴장에 잠겨 있어야 할 그런 곳이어야 했다.

아무 것도 아닌 것, 그야말로 별 일 아닌 걸 가지고 노루 제 방귀에 놀랜다고 산 속에서 헛고생하는 건 아닌지.

이 정도라면 남쪽으로 어떻게 가 볼 것을 그러지 않았나?

잠시도 마음을 놓지 못하는 그의 어깨는 힘이 들어가 늘 경직되어 있었다.

누운 채로 팔 다리를 쭉 뻗어 굳은 몸을 풀어보았다.

그리고 위기의 칼날 위에 서 있음에도 오히려 더욱 강렬한 삶의 욕구와 희열을 느꼈다.

*고라리일지언정, 인간으로 태어나 숨쉬고 있음을 감사해야 하지 않는가.

그리고 이상하리 만큼 자신만만했다.

한 번 내려갔다 온 후 집 생각이 더 간절했다.

---

* 고라리: 아주 어리석은 시골 사람. 시골 고라리.

방에 들어갔을 때의 그 따듯함과 익숙한 살림 냄새, 웬만하면 그대로 주저앉고 싶었던 심정, 전에는 도무지 느껴보지 못한 가족의 애틋한 그리움으로 가슴이 녹아내렸다.

푹푹 찌는 어느 여름 날, 두레박물로 땀에 젖은 몸을 좍좍 씻어내고 마당 멍석의 점심 밥상머리에서 주먹만한 상치쌈을 아귀아귀 틀어넣는 상인이를 대견하게 바라보던 어머니와 아내의 얼굴이 떠올랐다.

어떻게 해서든지 이 어려움을 극복하고 식구들과 행복하게 살아보겠다는 희망과 용기가 구름처럼 피어올랐다.

또 내려가 보고 싶은 조급한 마음에 불알 밑이 근질근질하기까지 했다.

그는 자신감이 생겨서인지, 한 번 갔다 온 경험이 있어서인지, 생각보다 수월하게 집에 올 수 있었다.

앞서와는 달리 장대비가 *노드리듯 내리는 밤이었다.

잘 됐다는 생각이 들었다.

빗물은 돌담장을 타고 철철 흘러내렸고 땅바닥은 물이 괴어 질퍽거렸다. 쏟아져 내리는 비는 어둠 속에 구름 같은 안개를 만들면서 세상의 온갖 음향을 빨아들여 희석시키고 있었다. 먼저 왔을 때는 조심성 없이 곧바로 방으로 들어갔으나 재수가 없으면 접시 물에도 빠져 죽는다고, 이번에는 세심한 주의를 하기로 했다.

---

* 노드리듯: 노끈을 드리운 것처럼 빗발이 죽죽 쏟아져 내리는 모양.

곰곰 생각하니 그 때는 아무래도 운이 좋았던 것 같았다.

그래서 앞마당과 문 밖 길쪽을 먼저 살펴보기로 했다.

그 때는 식구들 만나볼 생각에 눈이 어두워 앞마당 쪽은 아예 처다보지도 않고 방으로 곧장 들어갔는데, 만일 거기 누가 있었으면 큰 일 날뻔 하지 않았겠는가?

생각만 해도 아슬아슬했다.

어둠 속에 닫혀 있는 방 뒷문(먼저 왔을 때 들어갔던)을 그대로 지나 사립문이 있는 앞마당으로 가기 위해서 일단 부엌으로 들어갔다. 부엌으로 해서 마당으로 가는 편이 부엌 뒤 바깥으로 해서 가는 것보다 훨씬 안전할 것은 생각에서였다.

손바닥으로 얼굴의 빗물을 훑어내리고 낮고 움푹한 부엌 바닥에 *물초가 된 몸을 낮추고 조심스레 마당과 열려 있는 문 쪽을 내다보았다.

아까보다 좀 더 굵어진 빗줄기로 온통 연기가 낀 것처럼 부옇게 보였다.

한참 동안 살펴보았다.

이렇다 할 기미가 없었다.

예상대로였다.

파밭 밟듯 조심스레 마당으로 올라섰다.

먼젓번에 깜빡 담장 밖 길에는 관심을 두지 않고 바로 방으로 들어갔었는데, 별 탈 없었기 망정이지-.

---

* 물초: 온통 물에 젖은 상태.

이번에는 위험천만한 짓을 하지 않으리라 신중에 신중을 더 했다.

허리를 약간 굽히고 낮은 자세로 앞마당을 가로 질러 사립문에 거의 다 가서 이제 한두 걸음만 더 가면, 바로 돌담 밖 길을 살펴볼 수 있는 지점에 이르렀을 때였다.

그때였다.

문 밖 길쪽에서 인민군 하나가 막 상인네 마당으로 들어서고 있었다.

빗소리가 서로의 발소리를 흡수하여 인기척을 느끼지 못했고, 담장과 어둠이 시선을 막아 하마터면 부딪칠 뻔했다.

인민군은 인민군대로 평소 늘 하듯 별 생각없이 반동의 집 동태나 살필 생각으로 그야말로 무심하게 들어오던 참이었다.

거의 의례적이었기로 방심하고 있었다.

그래서 인민군은 더욱 더 놀라 자빠졌다.

갑자기 뜻밖의 일을 당한 상인 아버지도 마찬가지였다.

청년단장을 지낸 골수 반동이 멀지 않은 산 속에 숨어 있는 걸 모르지 않는 인민군들은 처음 한동안 상인 엄마를 핍박했는데, 별 소득이 없자 그 임무를 똘이 아버지에게 일임하였다.

수족처럼 부릴 수 있고, 바로 밭 하나 사이로 옆집이니 누구보다도 정보에 접하기 쉽고, 또 우연히 눈에 띄일 수도 있는 등 여러 모로 적격이었다.

그러나 그는 상인 아버지에 대하여 알고 있는 정보가 너무 없었다.

인민군이 마을에 들어오기 직전에 사라진 뒤로 한 번도 못 보았고, 무슨 얘기도 들은 바 없어 중 도망은 절에 가서나 찾아야지, 다만 산 속 어디에 숨어 있을 것이라는 막연히 짐작만 할 뿐 그 정도의 추측은 누구나 다 하고 있는 형편이 아닌가.

다만 식량이 바닥 나서 언젠가는 집에 오지 않을 수 없으리라는 데에 희망을 걸 뿐이었다.

조만간 무슨 소득이 있겠거니 기대를 하면서 틈틈이 상인네를 감시했다.

이렇다 할 성과가 없자, 하루하루 지나면서 마음이 해이해졌고, 그래서 인민군들도 그냥 일상적으로 무심히 상인네를 들려보곤 할 뿐이었다,

그렇기 때문에 상인 아버지와 맞닥뜨린 인민군도 총을 메었지만 거의 무방비 상태였다.

그는 일순간 경악했지만, 군인답게 반사적으로 어깨의 총을 내리려 했다.

그러나 먼저 상인 아버지가 동물적 본능으로 잽싸게 솔잎대강이(인민군들은 머리를 짧게 깎아 사람들은 이렇게 불렀다)에게 몸을 날렸다.

그리고 정확하게 상대의 미간을 들이받았다.

모든 것이 불리한 조건에서 찍 소리 한 번 못하게 단방치기로 결딴을 내야 했다.

총소리는 고사하고 큰 목소리만 나도 낭패였다.

인민군은 상인 아버지의 번개 같은 박치기 한 방으로 아얏 소리 한 번 못 하고 넉장거리로 나가 떨어졌다.

상인 아버지는 자빠진 채 어깨에서 반쯤 풀려내린 총을 쏴 보려고 버둥대는 인민군의 배를 타고 앉아 온 힘을 다해 목을 조르기 시작했다.

정통으로 받쳐 얼굴 복판이 묵사발이 된 인민군은 눈, 코, 입에서 붉은 피가 터져나와 빗물에 씻기면서 턱으로 귀로 목으로 흘러내렸다.

한 손으로 목을 조르고 또 한 손으로 면상을 박살내고 싶었으나, 막상 목의 압박을 늦추었다가 그 틈에 자유스러워진 목구멍으로 악을 쓸까봐 그러지도 못하고 있었다.

소리 지르지 않기로 약속하고 하는 싸움이라면 얼마든지 좋았다. 그래서 인민군의 모가지는 더욱 곤욕을 치르는 중이었다.

기습을 당한 인민군은 생사의 갈림길에서 필사의 저항을 하며 사투를 벌였다.

상인이 할머니가 속곳 바람으로 방에서 마당으로 나온 것은 바로 이 때였다.

잠시 후, 상인이도 놀란 눈으로 뛰어나와 두 사람이 죽살이 치고 있는 것을 보았다.

처음에는 둘 중에 한 사람이 아버지인 줄 몰랐다.

웬 사람들이 이 깊은 밤중에, 더구나 비까지 이렇게 쏟아지는

데 왜 남의 집 마당에서 저러나 했다.

할머니도 비 오는 어둠 속에서 뭣하는 사람들인지 모르고 있었는데, 신음 소리나 몸집, 머리 생김새를 가까이 가서 한참 보고 나서야 아들임을 알았다.

상인이 엄마는 어머니가 편치 않다는 전갈을 받고, 엊저녁 늦게 아랫마을 친정집에 가고 없었다.

할머니는 이게 도대체 어찌된 일인가, 얼이 빠져 멍하니 그 자리에 서 있었다

까닭은 모르겠으나, 나는 살고 너는 죽어야 한다는 처절한 싸움이 벌어지는 현장이었다.

네가 미워서 그러는 게 아니라, 내가 살기 위해 너를 꼭 죽여야 하는 살기 다툼이다.

인민군 세상이 되면서 몸을 피했던 아들이, 어째서 이런 꼴이 되었는지 종잡을 수 없었다.

배를 깔고 앉은 사람은 아들이고, 밑에서 캑캑대며 몸부림을 치는 사람은 입은 옷과 총으로 보아 인민군이라는 것을 알고 나서, 이러지도 저러지도 못하고 있는 어미였다.

당연히 아들이 살아야 했다.

그러나 자식이 살고 인민군이 죽었을 때, 그 댓가를 치르지 않을 수 있을까?

식구 모두가 전멸되는 보복이 따를 것이다.

누구의 편도 들 수 없는 기막힌 처지였다.

막다른 할머니는 애원하기 시작했다.

"선상님, 용서하세요."

인민군에게 하는 말이었다.

그에게 선생님은 최상의 존칭어였다.

그래서 꼭 이승만 대통령 선상님이라 했다.

철 없는 아들 녀석의 무례한 행동에 노여워하지 마시라고, 흙 바닥 물구덩이에 깔려 버둥대는 핏덩어리 선상님에게 애원하는 중이었다.

죽지 않고 둘 다 살아서 마무리되었다고 가정할 때, 그들의 무시무시한 앙갚음을 피할 수 없으리라는 확신에서 생면부지의 피감탕에게 미리 용서를 빌고 있는 중이다.

"애야, 참아라, 제발 참아라, 애야."

"놓아드리려무나, 애야."

공평해야 했다.

한쪽에 치우치지 않게 중립의 자세에서 빌어야 했다.

어떻게 끝장이 나든, 그래야만 후환이 덜할 것 같았다.

아들 편만 든 게 아니고, 인민군 편도 들었다.

또 그러지 말라고 아들을 나무랬다.

"선상님 용서하세요, 우리 애가 철이 없어 뭘 모릅니다."

"애야, 어쩌려구 그러니, 놔 드려라."

인수가 어제 밤, 매화 보러 칙간에 갔다가 *귓것에 놀란 다

---

* 귓것: 귀신, 도깨비.

음, 방에 들어가서 마악 잠이 들려고 할 때 들려왔던 바로 그 말이었다.

밑에 깔린 인민군을 타고 앉아 있는 이가 아버지라는 사실을 상인이가 안 것은 이 때였다.

비는 계속 내렸고, 둘은 *메기 잡은 꼴이 되었다.

상인 아버지는 인간의 목줄이 이렇게 질긴 줄 몰랐다.

산에 있을 때 생각 같아서는 힘깨나 쓰는 놈이라도 능히 해치울 수 있으리라는 자신감이 넘쳐났는데, 실제로 부닥뜨리고 보니 그건 혼자만의 독선이었다.

그는 혼신의 힘을 다해 목을 내리눌렀고 상대는 소리도 지르지 못 하고 가쁜 숨만 몰아쉬었다.

상인이 아버지보다 적은 체격에 마른 편인 인민군은 겨우 힘 센 상인 아버지의 공격을 초인적으로 버텨내고 있었다.

눈알이 돌출되고 혓바닥이 아랫입술을 덮을 만큼 빠져나오면서도 안간힘을 다해 견디고 있는 모습은 처절했다.

상인 아버지는 평생 한 번도 써 본 적이 없는 기운을 다 쏟는데도 저항이 여전하자, 내 힘으로는 이 고비를 넘기기 어렵겠다는 절망감과 함께 뒤이어 무시무시한 죽음의 그림자가 엄습해 왔다.

급했다.

'아, 칼이라도 갖고 올 껄.'

---

* 메기 잡은 꼴: 비를 맞거나 물에 빠져 옷이 흠뻑 젖다.

먼젓 번처럼 낫을 안 가지고 온 것을 골백 번 후회했다.

인생사에서 예상과는 정반대의 길로 흘러가는 일이 어찌 한두 번 뿐인가.

먼저 왔을 때 의외로 수월해서 빈 몸으로 온 것이 잘못이라는 생각이 들었다.

"어머니, 식칼 가져오세요! 빨리요!"

*멱이라도 따서 위기를 넘겨야 했다.

똑같은 말만 하고 있는 어머니에게 낮고 단호한 목소리로 도움을 청했다.

비상수단 아니고는 방법이 없었고 시간이 없었다.

그러나 노파는 그게 무슨 말인지 이해를 못했다.

설령 알아들었다 하더라도, 그를 죽이라고 칼을 가져다가 아들 손에 쥐어 줄 위인도 못 되었다.

아무리 자기 목숨보다 귀한 자식이지만, 그가 살아온 인간으로서의 기본적 사고방식으로는 그리 할 수 없었다.

혼미한 정신을 가까스로 추스려가며 쓰러지려는 육신을 겨우 지탱하고 있을 뿐이었다.

아들의 피를 토하는 부르짖음에는 아무 반응없이 그저 판에 박은 듯, '용서하세요, 얘야, 참아라'만 되풀이하고 있었는데, 이미 사리를 판단하는 것은 그의 능력 밖이었다.

아들이 생사기로에 있는데 돕지 못하는 기막힌 처지였다.

---

* 멱을 따다: 목을 칼로 찌르다.

  자기 *깜냥으로는 진정될 판국이 아님을 진작부터 알고, 모든 것을 포기한 심정으로 넋두리만 늘어놓고 있는데, 나중에는 자기가 하고 있는 말이 무슨 뜻인지, 왜 하는지도 모르는 것 같았다.

  그 때까지도 무엇이 어떻게 된 건지, 무엇을 어찌해야 좋을지 몰라 갈피를 못 잡던 상인이는 정신이 퍼뜩 들었다.

  연유야 어떻든 잘 잘못을 떠나 아버지가 이겨야 한다는 일념으로 가득 차 있던 그는, 그러나 성난 황소처럼 무섭게 날뛰는 어른들의 위세에 감히 접근조차 못하고 있다가 지금 자기가 해야 할 일이 무엇인가를 아버지가 가르쳐 주었다.

  잽싸게 부엌으로 달려갔다.

  칼이든 젓가락이든 아버지에게 갖다 줄 생각이었다.

  부엌 쪽으로 머리를 두고 자빠져서 생사의 고빗길을 넘나들던 인민군은 숨이 막히면서도 어렴풋이 꿈 속인 듯 칼 가져오라는 소리를 들었고, 부엌으로 향하는 아이놈의 뒷모양을 눈을 치뜨고 보았다.

  가물가물 흐려지는 의식 속에서 잠이 올 것 같았다.

  세상을 마감할 때가 빠르고 확실하게 다가오면서 저승의 입구가 크게 보이고 *땅내가 고소해졌다.

  죽는다, 이러다간 정말 죽는다, 정신 차려야 산다, 정신 차려

---

* 깜냥 : 일을 가늠해 보아 해 낼 만한 능력.
* 땅내가 고소하다: 오래지 않아 죽을 것 같은 느낌이 들다.

야 산다. 상인 아버지가 칼 부탁을 하고 할머니가 우물쭈물하는 그 시간이 그가 살아남을 수 있는 짧고 유일한 기회가 되었다.

이대로 당할 수는 없었다.

두 팔로 상인 아버지의 억센 팔목을 전력을 다해 잡고서 모가지에 미치는 압박을 완화시키고 있었는데, 일부러 팔 힘을 천천히 빼다가 아예 손을 놓아버렸다.

그러자 상인 아버지의 목 조르기도 그에 비례하여 늦춰졌다.

상인 아버지도 인민군을 쉬지 않고 계속 제압하느라 힘을 거의 소진한 상태였기 때문에 잠깐의 여유라도 갖고 싶었다.

인민군은 그 순간을 놓치지 않고 어깨에서 반쯤 내려져 있던 총을 머리 위로 재빨리 이동시키면서, 부엌문 쪽으로 총구를 겨누어 방아쇠를 당겼다.

'탕!'

찰나였다.

순간 상인이 아버지의 머리는 진공 상태가 되었다.

이렇게 되기 전에 묵주머니를 만들었어야 하는 건데, 인민군이 힘을 빼자 덩달아 늦추었던 것이 실수였다. 총신을 빠져나간 쇠알은, 마악 부엌 바닥으로 내려서는 상인이의 왼쪽 귓바퀴를 때리고 흙벽에 들어가 박혔다.

인수가 칙간에 갔다가 혼이 난 다음, 방에 들어와서 처음 들었던 바로 그 총소리였다.

상인이는 천지가 진동하는 폭발음과 거의 동시에 엎드려져 부뚜막 모서리에 머리를 부딪치면서 달군 쇠꼬챙이로 머리통을 잠깐 콱 쑤셨다가 빼내는 강렬한 통증을 느낀 뒤, 그대로 정신을 잃었다.

비린내 나는 더운 액체가 볼을 타고 내려와 목과 어깨, 가슴을 붉게 적셨다

목소리만 크게 나도 이로울 게 없는 판국인데 하물며 대낮도 아닌 오밤중 산골 마을에 총소리가 울렸으니 상인 아버지는 정말 촌각을 다투지 않을 수 없었다.

그러나 급한 건 마음뿐이었다.

그리고 절망했다.

총을 맞고 부엌 바닥에 푹 고꾸라지는 아들을 보면서 온 몸의 힘이 쑤욱 빠져나갔다.

저렇게 클 때까지 밟고 다니던 멍석 펴고 누워 푸른 별 헤아리던 마당, 붉은 고추 말리고 도리깨질하던 이 터가 식구들의 최후의 무대가 될 줄이야–.

이미 그는 깊고 어두운 골짜기로 떨어져 내리고 있었다.

이제 밝은 세상을 본다는 것은 한낱 허황된 꿈이리라.

여태까지는 상인 아버지가 일방적 공세였으나 상황이 나빠진 다음부터 호각을 이루고 있었다. 얼굴을 받쳐 기선을 빼앗긴 이후 줄곧 수세였던 젊은 인민군은 우군이 곧 들이닥칠 것이라는 생각에 새 힘이 솟아 오히려 상인 아버지에게 *드팀새를 주지

---

* 드팀새: 밀거나 비켜 나가거나 하여 약간 틈을 낸 정도나 기미.

않았다.

'아, 이제 내가 죽는구나.'

아들과 아내, 늙은 어머니가 뒤섞여 한 덩어리가 되어 누구랄 것 없이 혼합된 상태로 머릿속에 녹아들었다.

삼십 여 년 살아오면서 가졌던 기쁨, 슬픔, 희망, 절망, 사랑, 우애, 어머니에 대한 효성, 질투, 미움까지.

번갯불처럼 뇌리에서 언뜻언뜻 스치면서 하나하나 정리가 안 되었다.

상인아! 상인아!

'내가 *무녀리같이 미련하여 자식을 앞세우다니……'

내 욕심 버리고 자식에게 복을 안겨주지를 못하고 오히려 비명에 죽게 하는 자신이 얼마나 모자라는 인간인가?

단 일초라도 빨리 인민군을 떼어놓고 빠져나가야 했다.

그러나 인민군의 생각은 달랐다.

좀 전과 다르게 어떻게든 잡고 늘어져 붙잡아 두려고 상인 아버지의 손목을 놓아주지를 않으니 진퇴양난이었다.

그렇다고 상인 아버지가 먼저 인민군의 손을 뿌리칠 수 있다 해도 위험한 일이었다.

자유스러워진 그의 손이 지체없이 총질을 할 것이기 때문이었다.

망연자실하여 멍하니 서 있던 할머니는 느닷없는 총소리와 함

---

* 무녀리: 말이나 행동이 좀 모자란 못난 사람.

께 부엌 바닥에 엎어지는 손자를 보고 순식간에 대꼬챙이에 찔리는 듯한 비명과 함께 으흐흐… 괴상한 신음을 내며 자빠질 듯 뛰어들어갔다.

그것은 드는 칼로 제일 연한 부위의 살점을 생으로 도려 낼 때에나 나옴직한 비명소리였다.

할머니는 피투성이가 된 손자를 끌어안고 이름을 부르며 울부짖었다.

잠시 후 어지러운 발소리와 소란 속에 상인네로 들이닥친 사람들은 셋이었는데, 둘은 총을 든 인민군이었고 한 사람은 똘이 아버지였다.

상인 아버지와 인민군은 서로 공수가 엇비슷했는데, 이 때는 상인 아버지가 마지막 남은 힘을 쏟아 부으며 힘겹게 몰아붙이고 있었다.

인민군들이 마당으로 몰려들어오는 것을 눈으로 보기 전에 이미 정적(情迹)으로 알아차린 상인 아버지는 전신의 근육이 축 늘어져 기운이 빠지면서 눈앞이 캄캄해졌다.

극에 달한 공포심 속에서 눈 뜨고 보는 마지막 세상이었다.

‘아, 내가 정말 죽는구나.’

막판에 다시 몰리던 인민군은 우군이 바로 닥칠 것이라는 확신에 고무되어 어디에 비축했던 완력인지, *선불 맞은 악박골

---

* 선불 맞은 호랑이 같다: 상종을 못할 만큼 사납고 무섭게 날뛰는 짓.
* 제겨차다: 발등으로 올려 차다.

호랑이처럼 냅다 상인 아버지를 뒤로 밀어제쳤다.

상인 아버지는 허수아비 모양 벌렁 나자빠졌고 인민군은 재빨리 일어나 그의 아래턱을 냅다 *제겨찼다.

그리고 곧이어 총으로 반짝 들린 상인 아버지의 면상을 향해 쏘았다.

다른 인민군들이 마당에 들어서는 것과 거의 동시였다.

구멍난 혈관에서 젊고 건강한 선혈이 죽죽 뻗쳤다.

"쌍 간나 새끼, 퉤!"

방심하고 들어왔다가 세상을 하직할 뻔 했던 그는 주검에 침을 뱉고 힘껏 발길질을 했다. 몰려온 동료들이 채 간섭도 하기 전에 일은 모두 끝나버렸다.

방금까지 숨쉬고 말하고 생각하며 움직이든 사람이 순식간에 한낱 물체로 변해 버렸다.

"대관절 어드러케 된 일이가?"

"쥑여버렸시오."

"와 둑이니? 조사락두 해 봐야 할 거이 아니가?"

군관 계급의 인민군이 반동분자를 생포하지 못한 걸 못내 아쉬워하고 있었다.

인민군은 상관의 힐난은 들은 척도 않고 후다닥 부엌으로 뛰어들었다.

식칼을 가지러 갔던 아이 새끼가 죽었는지 도망을 갔는지 눈으로 확인하고 작살을 낼 판이었다.

붉은 물감통에 머리를 처넣었다가 빼낸듯 피감탕이 되어 돌진하는데 저승야차가 따로 없었다.

동료 인민군들도 끔찍한 그의 몰골에 뒤로 물러섰다.

부엌에서 손자를 끌어안고 넋을 잃은 채 흑흑 흐느끼기도 하고 무어라 중얼대기도 하던 할머니는 붉은 귀신이 들이닥치는 것을 보고 또다시 사색이 됐다.

아들이 마당에서 총 맞는 것을 부엌에서 내다보고 모든 것을 체념한 할머니는 무의식적으로 얼른 손자를 감쌌다.

할머니는 손자가 살았는지 죽었는지 판별도 못하고 있었다.

오랜 인생을 살아오면서 짧게 혹은 길게 온갖 역경과 고난을 겪어왔지만, 찰나라고 할 수밖에 없는 지금 이 상황에 비하면, 그런 것들은 오히려 행운이며 행복이었다.

흩어지는 정신을 한데 주워 모아 묶어보려 해보지만, 가위 눌린 꿈 속에서 아무리 발버둥쳐도 걸음이 떼어지지 않는 것처럼 가물가물 의식의 세계에서 차츰차츰 멀어져 갔다.

이미 이성이란 눈꼽만치도 없이 흥분한 인민군은 애새끼고 할망구고 가릴 것없이 또 한 방을 갈겨댔다.

대신 죽겠다는 일념으로 손자를 감싸안고 있는 할머니의 쪽찐 머리를 총알이 뚫고 나갔다.

머리카락이 다 풀어 헤쳐져 누가 일부러 둘둘 감아놓은 것처럼 얼굴이 안 보였다.

피에 젖은 백발이 먹물 보다 더 검었다.

이윽고 할머니는 손자를 품에 안은 자세 그대로 그 위에 포개어 엎드러졌다.

그는 이미 가사 상태였고, 그것은 안락사나 다름없었다.

"이 보라우, 와 날뛰니? 한 놈이락두 살콰 둬야 나중에 문초락두 할꺼이 아니가?"

뒤따라 들어온 군관이 이성을 잃고 설치는 그를 제지했다.

모두 상인이 아버지 시체 주위에 둘러섰다.

숨통이 끊어지기 직전까지 갔던 인민군은 고초를 겪은 울대와 얼굴을 만지고 쓰다듬으며 고개를 좌우로 돌려보고 있었다.

상인 아버지의 죽음을 확인한 그들은 다시 부엌으로 가서 이미 절명한 할머니는 놔두고 겨우 힘겹게 숨을 몰아쉬는 상인이를 밖으로 끌어냈다.

"이 보라우, 동무가 이 간나를 업고 오라우."

큰 부상은 입었으나 반동의 새끼가 목숨은 끊어지지 않았으니 혼자있게 놓아두었다가 무슨 일이 생기지 않을까 염려되었고, 유일한 생존자로서 사건의 전말을 조사하는데 도움이 될 것이기 때문이었다.

군관은 *매골이 다 되어 엉거주춤 *가리사니를 못 잡는 똘이 아버지에게 이 일을 맡겼다. *고두리에 맞은 새 꼴이 된 똘이 아버지는 오랫동안 오순도순 사이좋게 지내 오던 이웃의 기구한

---

* 매골: 볼품없이 된 사람의 꼴.
* 가리사니: 사물을 가리어 헤아릴 실마리.
* 고두리 맞은 새: 고두리에 맞은 새처럼 놀랍고 두려워 어찌 할 바를 모름.

운명에 휩쓸려 든 자신을 탄식했다.

남의 희생을 발판으로 자신의 영달이나 출세를 도모할 생각은 털끝 만치도 없었으나, 상인네 비극이 자기로 말미암은 듯, 아니면 적어도 불난 것을 끌 생각은 커녕 잘 타라고 부채질이라도 한듯 항상 마음이 무거웠던 터였다.

그는 까마귀밥이 된 모자의 시체에 가마니를 덮어주었다.

날이 밝았다.

수세미와 나팔꽃 덩굴이 서로 붙들고 엉켜 돌담장을 기어오르고 있었다. 젓가락으로 하나하나 찍어 올려놓은 듯 함초롬이 이슬을 머금은 잎새와 보랏빛 나팔꽃이 어우러지는 한여름의 상쾌한 아침이 펼쳐졌다.

눈송이같이 하얀 뭉게구름이 동쪽 하늘에 피어오르고 있는 광경이 너무나 아름다웠다.

독충과 박쥐가 우글거리는 캄캄한 동굴 속을 헤메다 나온 것처럼 두 번 다시 겪고 싶지 않은 무서운 지난 밤이었다.

앞산 등성이 위로 낮게 깔린 구름은 머지않아 불끈 솟아오를 태양을 영접하기 위하여 연분홍으로 물들어 가고 있었다.

하늘의 붉은 기운이 가시고, 다시 보랏빛으로, 맑은 옥색이 되도록 모두가 정진된 듯 움직임이 없었다.

오늘은 제 아무리 하늘이 놀라고 땅이 무너지는 일이 있어도, 문 닫아 걸고 바깥 걸음을 하지 않기로 작정한 모양이다.

모두들 먹지도 마시지도 않고 밖의 하회를 기다리고 있었다.

어느 집에서 먼저 사람 소리가 나고, 닭이 울고 개가 어슬렁 거릴지 경쟁하고 있었다.

맨 먼저 밖으로 머리를 내미는 집에서 간밤의 일을 떠안으라고 추궁 받을 것을 걱정이라도 하는 듯이-.

서로 누군가 앞장 서 길 터주기를 바라고 있는 눈치였다.

이상하리 만큼 마음이 차분해진 인수는 상인네가 어찌 되었는지 궁금해 견딜 수가 없었다.

한참을 망설이다가 상인네 집엘 가 보기로 했다.

여늬날 이맘 때면 마을 어른들 몇 정도는 길에서 만날 수 있었는데, 사람이 살지 않는 마을인양 아무도 볼 수 없었다 .

인수는 지난 밤에 총소리만 몇 번 들었지, 누가 죽었는지 어떻게 되었는지 아무 것도 모르고 있었다.

아무도 밖으로 나오지 않고 몰래 숨어서 내다 보며 이제 저 인수란 녀석 무슨 횡액을 당하지 숨죽이고 지켜 보았다.

온 집안을 싸고돌며 풍기는 역한 비린내가 마당에 들어서기도 전에 코를 찔렀다.

그런 냄새는 한 번도 맡아 본 적이 없었다.

'아! 이게 피 냄새구나.'

저도 모르게 코를 움켜쥐고 고개를 돌려야 할 역겨운 냄새에 정신이 아찔했다. 냄새는 마당 가득히 낮게 깔려 맴돌았고, 담 밖에까지 풍겼다.

시체는 마당 한가운데 버려진 듯 있었다.

가마니 밑으로 조금 보이는 머리는 부엌 쪽으로 향하고 있었는데, 얼굴과 뒤통수가 구별되지 않았다.

앞뒤없이 시뻘겋고 둥근 호박덩이 모양으로 피와 머리카락이 엉겨붙은 채 거기 있었다.

바지는 발목까지 내려와 있었고 맨발이었다.

어디서 갖다 퍼붓고 거기다 뉘어놓지 않았나 싶게 시체는 거의 핏속에 잠겨 있었다.

좀 움푹 파인 데였다.

피는 더 얕은 곳으로 흐르다가 몇 개의 조그만 웅덩이를 만들어 놓고 있었다.

인수는 사람의 몸에서 그렇게 많은 피가 나오는지를 몰랐다.

하루 종일 날피의 기묘한 냄새가 인수의 코를 떠나지 않았다.

전시라 해도 비교적 조용하던 밤마을에 아침부터 살벌한 공기가 감돌았다.

인민군들과 내무서원이 빠른 걸음으로 돌아다니면서 사람들을 이장집 마당에 모이게 했다.

전부 모이는데 시간이 걸려 거의 한낮이 되어서야 끝이 났다.

어른들 이십 여 명과 구경 나온 아이들이 땡볕 아래 타원형으로 둘러섰다.

집행자들은 마당 쪽 벽을 터버린 헛간 그늘 밑에서 불안해 어쩔 줄 모르는 마을 사람들을 고압적으로 둘러보며 서 있었다.

행여 화를 당할까 보아 어느 집이건 한두 명씩 나와 있었다.

얼마 후 상인네 모자가 끌려와 마당 한복판에 세워졌다.

상인이는 무명천으로 귀와 머리를 잔뜩 감싸맸는데, 헝겊 밖으로 피가 검붉게 배어 나오고 얼굴이 너무 부어올라 다른 사람처럼 보였다.

그리고 쓰러질 듯 힘겹게 서 있었다.

아랫마을 친정집에 가 있던 상인 엄마는 그 밤으로 잡혀왔다.

그는 오밤중에 자기를 데리러 온 인민군들을 보고 *생게망게했다.

천성이 *숙부드러운 그녀는 단정한 머리와 옷매무새를 하고 체념한 듯 조용히 머리를 떨구었다.

바래고 투박한 무명 치마 저고리를 가동그러지게 입고 각오가 이미 되어 있는 듯 입술을 꼭 깨물고 있는 모습이 더 처절해 보였다.

많이 배운 것은 없어도 뼈대 있는 가정에서 자랐음인지 처연한 기품을 잃지 않았다.

적당히 살찐 몸에 둥근 얼굴이 어느 때보다 상인이와 많이 닮아보였다.

상인 아버지를 죽인 인민군은 머리에 붕대를 감고 있었는데, 시커멓게 멍든 눈과 부어오른 얼굴은 지난 밤의 격투가 얼마나 처절하였나를 짐작케 했다.

---

* 생게망게하다: 갑자기 벌어진 뜻밖의 일이 너무 엉뚱하고 터무니 없어서 도무지 이해
　할 수 없다.
* 숙부드럽다: 몸가짐이나 마음씨가 얌전하고 부드럽다.

턱을 앞으로 빼들고 얼굴을 바짝 쳐들고 눈을 내리깔아 사람들을 천천히 휘둘러보는 꼴이 자기가 이번 사건의 주인공이요, 일등 공신이라는 것을 과시하려는 것 같았다.

군관과 똘이 아버지도 당연히 자리에 있었다.

똘이 아버지는 *객주집 칼도마같이 생긴 사내와 함께 조금 떨어진 곳에서 불안한 표정으로 사태의 추이를 지켜보고 있었는데 그의 옆에는 밀짚모자에 붉은 완장을 찬 *꺼병이 하나가 죽창을 들고 사방을 두리번거렸다.

아이들은 놀라움과 호기심으로 상인이와 엄마, 그리고 인민군들과 처음 보는 사람들을 번갈아 쳐다보고 있었다.

어제까지만 해도 한 동아리였건만, 상인이는 지금 자기들과는 생판 다른 먼 세상 저쪽의 특이한 존재였다.

아이들은 지금까지 전쟁의 무서움을 이렇다 하게 겪어본 적이 없었는데, 동무의 망가진 모습을 보면서 그 참혹함을 뼈저리게 느끼지 않을 수 없었다.

"동무들 일루 땡겨들 서시라요."

될 수 있는 대로 그들 눈에 덜 띄려고 한 걸음 멀찌감치 물러나 다른 사람의 뒤에 있으려는 사람들에게 군관이 가까이 오기를 권했다.

그 군관은 인민군들이 처음 왔을 때부터 줄곧 함께 있었다.

---

* 객주집 칼도마 같다: 이마와 턱이 툭 불거져 나오고 코 부근이 움푹 들어간 얼굴을 비유.
* 꺼병이: 겉 모양이 짜임새가 없고 엉성하게 생긴 사람.

　*걸때가 크고 우람한 체격으로 보아서는 울퉁불퉁 거칠게 생겼어야 제 격일텐데 희고 고운 피부에 잘 생긴 얼굴로 인상이 좋은 사람으로 보였다.

　성도 최씨인데다 조밥이 엉겨 붙어 식은 것처럼 보이는 곱슬머리였다.

　사람들은 옥니냐 아니냐까지 수근거렸는데, 그것까지는 몰라도 아무튼 그와 가까이 하기를 꺼렸다.

　그러나 날이 가면서 그에게 호감을 갖는 이들이 많아졌다.

　노인을 보면 깎듯이 인사하며 지나는 길에 이 집 저 집 들러 고생스럽지만 조금만 있으면 좋은 세상이 될 꺼라 위로하는 등, *거쿨진 사람이었다.

　어린애를 안아올려 어르기도 하고, 무거운 짐을 대신 들어주는 그의 행동이 단지 *눈비음만은 아니었다.

　사람들은 그가 이번 일을 주재하자 조금 마음이 놓였다.

　사실 지난 밤만 해도 그가 아니었으면 상인이도 지금 이 자리에 없었는지도 모른다.

　절대로 잔혹한 짓을 하지 않을 것 같았다.

　"간밤에 반동 간나를 처단하였소. 간나는 우리 해방군 동무를 죽이려 했소."

　최군관은 잠시 간격을 두었다.

---

* 걸때: 사람의 체격. 몸의 크기.
* 거쿨지다: 몸집이 크고, 언행이 시원시원하다.
* 눈비음: 남의 눈에 좋게 보이기 위하여 겉으로만 꾸밈.

"이 자, 반동 종자와 새끼를 어찌할까, 동무들 생각을 말해 보기요."

빙 둘러보며 의견을 듣고자 했으나, 모두 고개 숙여 땅만 내려다보거나 먼 산만 바라보며 입을 여는 사람이 없었다.

하나 같이 *개맹이 없이 남의 눈치만 보고 있었다.

"이들 보시라요, 동무들, 무슨 말을 해보기요."

그러나 이 곳 토박이들 가운데서 죽여라 말아라 *출반주하고 나설 사람이 하나도 없을 꺼라는 것을 잘 아는 그는 빙그레 웃었다.

인민군 편에 서 있던 산골 중놈 같은 밀짚모자가, 어느 결에 마을 사람들 틈으로 와서 소리를 질렀다.

"죽이시요!"

그는 정잣말 사람으로 인공(人共)이 되면서 인민군보다 더 열성분자가 되어 사람들을 괴롭혔는데, 대대 소작농으로 자기가 부쳐 먹던 땅의 주인뿐만 아니라, 아무 상관 없는 다른 지주들까지 거덜나게 한 사람으로 별명이 '지주귀신'이었다.

다른 데는 어쨌거나 사실 이 마을 사람들은 인민군들을 그렇게 무서워하고 경원하지 않았다.

그들이 오기 전의 소문처럼 잔인하거나 없는 일을 꾸며 잡아가는 게 아니라 친절하고 개인적인 걱정거리도 진지하게 의논을

---

* 개맹이: 똘똘한 기운이나 정신.
* 출반주: 여럿이 모인 자리에서, 어떤 일에 대하여 맨 먼저 말을 꺼냄.

하는 등 될 수 있는 대로 민폐를 끼치지 않으려 조심하는 눈치였다.

최군관의 영향이 크다고 생각했지만, 실상 이 곳 인민군 하나하나를 보더라도 별로 모진 데가 없고 성품들이 무난한 편이었다. 그래서 원망의 대상은 아니었다.

최군관은 휘둘러보다가 한 사람을 지목했다.

"동무, 동무는 이 반동들을 어드랬으문 좋갔시오?"

살구나무집 영감은 흐르는 땀을 씻을 생각도 못하고 두 손을 한데 모아 비비기만 했다.

"동무, 입이 없소? 말해 보라요."

계속 벙어리가 되었다가는 우선 입이 무사하지 못할 형편이었다.

"예, 예, 엄, 엄벌해야 합지요. 예, 예."

모기 소리토 겨우 한 마디 해 놓고 후 한숨을 쉬었다.

"동무는 어찌 생각하오?"

이번에는 돌이 아버지에게 화살이 날아들었다.

군관과 시선을 마주치지 않으려고 딴 전만 부리던 그는 어찌할 바를 몰랐다.

죽이라고도 안 된다라고도 할 수 없는 기막힌 처지였다.

상인네와는 옛날부터 한 집안이나 다름없이 지내온 사이 아니던가-.

사람들은 대답을 못하고 우물쭈물하는 돌이 아버지를 고개를 숙인 채 눈을 치뜨고 쳐다보았다.

저 입에서 무슨 말이 나올까?

똘이 아버지는 재앙이 닥치더라도 모진 말을 할 수가 없었다.

군관의 위협 못지 않은 마을 사람들의 무언의 시선이 압박으로 작용하고 있었기 때문이다.

최군관은 말을 못하는 그를 더 이상 다그치지 않았다.

기운이 빠지면서 수족이 떨렸다.

죽이라는데 동의, 아니 선동하지 않았으니 반드시 어떤 보복이 따를 것이 분명하였기 때문이다.

*어깨차례로 윽박지르는 그들에게 *나절가웃 시달린 마을 사람들은, 하나같이 눈이 *대꾼해져 있었다.

그들이 말 못하는 사정을 아는 최군관도 더 이상 들볶지 않고 *늑줄을 주었다.

사실 군관은 성깔있고 뾰롱뾰롱하다고 생각되는 사람들은 일부러 제쳐두고 원만하고 유순한 이들만 골랐다.

"좋소. 인민들의 의견에 따라 처단키로 하갔소. 이 에미나이부터 우선 처치하고서리 아이 새끼 따로 처리하갔소."

상인이는 철 모르는 아이라 어른들의 일을 모를 수 있으나, 상인이 엄마는 남편의 죄과에 전혀 무관할 수 없었다.

---

* 어깨차례: 중간에 거르지 않고 돌아가는 차례.
* 나절가웃: 하루 낮의 4분의 3쯤 되는 동안.
* 대꾼하다: 지쳐서 눈이 쏙 들어가고 맥이 없어 보인다.
* 늑줄: 아랫사람을 엄하게 다잡다가 조금 자유롭게 늦추는 일.

그러나 상인이도 칼을 가지러 부엌으로 갔었으니 만큼, 어느 정도의 댓가는 치루어야 할 것이다.

최군관이 상인이 엄마를 앞세워 산으로 오르려 할 때, 어젯밤의 인민군이 *가시눈을 빗뜨고 왼손으로 상인이의 멱살을 잡고 위로 치켜들었다.

"이 쌍간나 새끼 둑어보라우!"

그는 들어올린 상인이의 얼굴을 오른 주먹으로 강타했다.

퍽! 하면서 그의 몸뚱이는 허공에 떠 두세 걸음 뒤로 나가 떨어졌다.

가뜩이나 엉망인 얼굴이 다시 뭉개지고 찢어져 사람의 얼굴이 저렇게 될 수도 있나 싶게 달라졌다.

그러나 상인이는 꼭 그래야만 되는 것인 양 오똑 일어섰다.

그러지 않으면 엄살 떤다고 더욱 심한 구타가 뒤따를 것 같아서였다.

냉큼 일어서는 상인이가 더욱 얄미웠는지, 인민군은 피에 주려 *기갈든 듯 그의 아랫배를 힘껏 걷어찼다.

다시 일어서지 못하는 상인이를 인민군은 증오의 눈으로 노려보았다.

부하가 저 놈 때문에 하마터면 죽을 뻔했다는 걸 뻔히 알면서도 상응한 처분을 내리지 않는 상관이 원망스러웠고 생각하면

---

* 가시눈: 날카롭게 쏘아 보는 눈.
* 기갈: 배 고프고 목 마름.

할수록 부아가 치밀었다.

그가 자기 입장이었다면 당장 그 자리에서 전부 갈겨버렸을 꺼라는 생각이 들어 더욱 화가 났다.

사람들의 얼굴은 하얀 창호지처럼 핏기마저 잃었다.

얼굴에 분포한 혈액은 땅바닥에 쓰러지지 않기 위하여 전부 아랫도리로 내려가 있었다.

사나흘 잘 굶고 며칠 동안 설사한 것처럼 홀쭉하고 볼품 없이 꽁지 빠진 새 꼴이 되어 있었다.

나는 이 영명한 인민의 군대에 잘못한 것이 없었나-?

저마다 자기에게 불똥이 튀지 않을까 식은 땀을 흘리며 전전 긍긍하고 있었다.

최군관은 부하의 행동에 개의치 않았다.

상인 엄마는 아들이 얻어맞기 전부터 이미 제 정신이 아니었다.

정신력도 제어하는데 한계가 있었을 것이다.

정도가 지나치면 오히려 태연해지는 것일까?

생사 불명의 아들에게 관심이 없는 듯, 아무런 동요의 빛도 보이지 않자, 모두들 그가 실성했다고 생각했다.

졸지에 남편과 시어머니가 총 맞아 죽고 아들마저 저 지경인데 올바른 정신을 그대로 갖고 있으면 그게 오히려 이상한 일일 것이다.

더구나 지금 자신을 부르는 죽음의 사자가 저 앞에서 빨리 오라고 손짓하고 있지 않는가?

마을사람들은 이왕 극형으로 결정 난 상인이 엄마는 어쩔 수 없는 일로 죽인다니 할 수 없지 하고 체념했으나, 상인이가 걱정이었다.

죽은 게 아닐까 안타까우면서도 인민군의 독기어린 서슬에 감히 손을 쓸 수가 없었다.

최군관과 상인이 엄마가 산으로 올라간 후, 사람들은 언제 총소리가 나나 초조했다.

한참을 기다려도 소식이 없었다.

총알이 아까워 때려 죽이나보다-.

상인이 엄마의 처참한 최후를 상상하며 사람들은 몸서리를 쳤다.

이렇게 철저히 무너지다니-.

모두들 치를 떨었다.

시간이 흘렀다.

그리고 얼마를 지난 후 산에서 최군관이 내려오고 있었다.

모두들 살인자의 태연한 모습을 보면서 몸을 부르르 떨었다.

어떻게 죽였길래 그리 오래 걸렸을까?

최군관의 무표정하면서도 초췌한 모습에서 상인 엄마의 처참한 최후를 보는 듯했다.

최군관이 사람들이 둘러서 있는 마당으로 내려서고 잠시 후, 바로 그 길로 해서 또 누군가가 내려오고 있었다.

모두 의아해 하며 그 쪽을 바라보았다.

상인이 엄마였다.

머리와 등에 풀과 검불을 붙인 채 핼쓱한 얼굴로 곧 쓰러질 듯 휘청거렸다.

'……?'

사람들은 눈을 의심했다.

두 사람을 번갈아 쳐다보며 이게 어떻게 된 일이냐고 눈으로 묻고 있었다.

"인생이 불쌍해서 살쾌두었소."

누가 묻지도 않는데 최군관은 혼잣말처럼 그리고 성난 듯 큰 소리로 내뱉었다.

'불쌍해서'라는 게 변명같이 들렸다.

"죽여주세요, 선생님 죽여주세요."

상인 엄마는 듣거나 말거나 주위를 보지도 않고 머리를 숙인 채 같은 말만 해댔다.

모든 것을 잃은 자만이 토해 낼 수 있는 음성으로, 그가 지금 할 수 있는 말은 '죽겠다' 외에는 없었다.

세상 물루(物累)가 다른 데로는 하나도 안 가고 전부 상인네로만 모인 듯했다.

*드잡이를 놓던 인민군들이 모두 가 버리자, 눈치만 보고 있던 사람들은 상인이를 들쳐업고 뛰었다. 상인이의 왼쪽 얼굴에

---

* 드잡이: 머리를 꺼두르거나 멱살을 잡아 휘두르며 싸우는 짓.

는 능금 크기만 한 혹이 하나 붙어 있었다.

상인 엄마는 뒤처져 천천히 따라오면서 무어라고 계속 중얼거렸다.

전쟁은 이 두메에서 땅만 파먹고 살아오던 한 집안을 끝내 결딴 내고 말았다.

처음 38선에서 싸움이 시작됐을 때, 그로인하여 먼 남쪽의 평화스런 가정이 풍비박산될 줄이야-.

경애하는 수령 김일성과 산골 촌놈 상인 아버지와는 무슨 상관 관계가 있는가?

국가의 존망이 어찌되건, 정치 사회 구조가 어떻든 그런 것 따위는 촌구석 *농투성이에게 얘기꺼리조차 될 수 없는 시시하고 무가치한 것이었다.

이들에게는 오직 체제가 무엇이든 아무 탈없이 지낼 수만 있으면 좋았다.

나라가 망하는 비애보다 피붙이의 죽음이 더 큰 슬픔이었다.

식구들만 온전하다면 그까짓 나라 없어지는 건 아무 것도 아니었다.

조금도 주저할 까닭이 없는 당연한 선택이 아닌가?

여기에 누가 시비를 걸면 그는 위선자일 것이었다.

민초들에게 무슨 이념, 사상이 필요하고 철학, 논리가 있어야 하고, 거기에 무슨 의미와 가치를 실어줄 수 있겠는가?

---

* 농투성이: 농부의 낮춤말.

인수는 말로만 듣던 '인민재판'을 직접 보고 돌덩이같이 마음이 무거워졌다.

높은 하늘, 흰 구름, 싱그러운 녹음을 바라보아도 기분이 가벼워지지 않았다,

누가 와서 까닭없이 이놈! 하고 잡아 갈 일도 없으련만 가슴 한 구석에 어두운 그림자가 드리워져 있었다.

인수가 혼자 있을 때, 가끔 꺼내보는 물건이 있었는데 그것은 피난 올 때 가지고 와서 방바닥 기직 밑에 감추어 두었던 것이다.

기름 먹인 한지에 싸서 종이봉투에 넣어두었기 때문에 습기 찬 바닥이었지만 보관이 잘 되어 있었다.

밖을 다시 내다보고는 찬찬히 풀었다.

처음은 아니지만 늘 조심스러웠다.

완전히 펴보기 전에 또 주위를 살폈다.

이승만 대통령의 사진과 옥양목에 그린 태극기였다.

처음에는 쌀독 밑에 두었었는데, 빈 독이 되는 바람에 옮긴 것이다.

저간의 사건들은 인수에게 감당키 어려운 충격을 주었고, 무슨 압박을 표나게 받는 것도 아닌데 이 곳이 싫어졌다.

배고픔만 아니면 그 어느 곳보다 좋은 데가 아니었던가?

무섭고 끔찍한, 감히 상상하기조차 어려운 일들을 겪으면서 얘기할 상대도 없이 혼자서 생각하며 소화해 낸다는 것이, 어린

소년에게는 큰 부담이었다.

산, 산, 물, 물, 그리고 들과 나무, 새들, 마을 동무들-.

날씨가 어떻든 동무들과 놀러 다니기 좋은 곳, 새소리, 바람소리, 물소리가 제 각각 묘한 화음을 이루는 마을, 눈이 모자라 더 높이 더 멀리 볼 수 없는 새파란 하늘, 따스한 햇빛이 스며든 연분홍 아침 안개, 상상 이상으로 만들어지는 장대한 뭉게구름의 조화, 온 천지를 밝히는 빛나는 태양, 골짜기마다 신기한 것들이 무수히 숨겨져 있을 듯 아스라이 멀리 보이는 저 산 산들, 유난히 아름답고 붉게 타는 황토 마루의 저녁 노을-.

이런 여기가 싫었다.

언젠가는 또 어떻게든 해야 할, 그러나 그것이 무엇인지 모를, 또 어떻게 해야 할지 모를 무슨 일이 앞을 가로막고 있는 듯 답답했다.

분명 가야 할 곳이 어딘가에 있을 것이며, 언제고 올 것이란 확신이 한 가닥 희망이었다.

대통령의 사진과 태극기를 잘 간수하고 있는 한 틀림없이 그리 될 것이라는 믿음을 주었다.

막연하지만 상인이에게는 위안이었다.

그러나 발각되면 큰일 날 물건들이다.

그래서 더 소중하게 보관했고 위험에 비례하여 큰 효험이 있을 것이다.

기대를 현실화, 극대화시키려고 수시로 꺼내 공손하고 경건한 마음으로 드려다보고 만져 보곤 했다.

우리 백성들 다 죽는다고 미국 사람들 앞에서 대통령이 통곡했다는 소리를 언젠가 들었을 때, 인수는 눈물이 나도록 감격했던 것이다.

우리 대통령이 있는 한 북쪽 김일성은 별 수 없다고 확신했다.

대통령은 아버지 다음으로 훌륭한 분이셨다.

아침 저녁으로 선선한 바람이 부는 늦여름이 되면서 마을에 이상한 소문이 돌았다.

최군관이 밤늦게 상인네를 드나든다는 것이다.

인수도 우연히 먼 발치로 몇 번 본 적이 있었지만, 무심히 그런가보다 했다.

앞서 일도 있었고, 또다시 무슨 조사라도 하는가 보다-.

최군관이 상인 아버지를 죽인 당사자는 아니지만, 그들의 수장으로서 상인네와는 철천지 원수가 아니던가-.

그런 그가 한두 번도 아니고, 그것도 늦은 밤에라면 뭔가 수상한 구석이 있는 일이었다.

당신네를 이리 해 놓아서 미안하오 하고 *주살나게 사과하러 다니는 것은 아닐 것이었다. 사람들은 못 본 척, 모르는 척, 딴전을 피우고 있지만, *건너다보니 절터라고 곰곰 생각하면 아무

---

* 주살나다: 뻔질나다의 속된 말.
* 건너다보니 절터: 내용을 다 보지 않고 겉으로만 보아도 대강 짐작할 수 있다는 말.

리 감추고 가려도 세상 돌아가는 이치가 의외로 단순하고 뻔한 데가 있는지라 전말을 꿰뚫고 있었다.

싸고 싼 생강이 냄새 난다고, 대처도 아닌 산골 마을에 남녀가 유별한데, *인두겁을 쓰고 *보쟁이다니─.

*오입쟁이 헌 갓 쓰고 똥누기는 예사로 아예 치지도외하고 있었다.

그렇다면 최군관이 상인 엄마를 인생이 불쌍해서 살려준 것이 아니었다.

그가 상인 엄마를 산으로 데리고 올라갔을 때, 처음 맘먹기로는 정말 죽이려고 했을지 모르나, 젊은 여자와 단 둘이 남의 눈에 안 띄는 곳에 있다보니 생각이 달라졌을 것이다.

죽이고 살리는 것은 일을 치른 다음에 결정하자─.

살려주는 경우, 군관으로서의 책임이 뒤따르는 부담이 컸으나, 우선 먹기로는 곶감이 달다고 뜨거워지는 몸뚱이의 욕구를 자제할 수가 없었다.

오랫동안 굶주렸던 살덩이는 팽팽하게 긴장되어 터질 지경이었다. 때와 장소와 조건이 딱 맞고보니, 언제 이런 기회가 또 올 것이냐─ 우물쭈물하는 것은 시간 낭비였다.

염통 속 방망이가 마구 북을 두드리며 진격 신호를 울렸다.

---

* 인두겁을 쓰다: 행실이나 바탕이 사람답지 못한 사람을 욕으로 이르는 말.
* 보쟁이다: 부부가 아닌 남녀가 은밀한 관계를 계속 맺다.
* 오입쟁이 헌 갓 쓰고 똥 누기는 예사: 되지 못한 자의 못된 짓은 놀랄 바가 아니라는 말.

숨이 가빴다.

그는 내 말만 들으면 더 이상의 괴로움은 없을 것이라고 상인 엄마를 달랬다.

최군관은 회유 반, 강권 반으로 끝내 상인 엄마의 아랫도리를 벗겼다.

반항도 거절도 할 수 없는 처지였다.

혀를 물고 자진할 생각도 해 보았지만 수절한다고 죽은 사람이 살아서 돌아올 것도 아니요, 역시 살기보다는 죽기가 더 어려운 것이 현실이 아닌가. 모나게 대들다가 개죽음을 하느니 못 이기는 체 맡기는 편이 상인이를 위해서라도 나을 것이라고 생각했다.

눈 감고 고개 돌린 그녀를 뉘어놓고 최군관은 뜨거운 숨을 토해 냈다.

오랜 야전 생활에 쌓여 있던 본능이 봇물 터지듯 했다.

떡 본 김에 제사를 여러 번 지낸 최군관은 진액이 다 빠졌는지 상인 엄마 옆에 두 손바닥으로 뒷통수를 받치고 누워 흡족한 얼굴로 상인 엄마를 올려다보며 밀려오는 피로를 풀고 있었다. 골수까지 빠져 나갔는지 최군관은 어질어질해서 빨리 일어서지도 못했다.

한편 야수에게 던져진 한 점 고깃덩이는 무릎 사이에 얼굴을 파묻은 채 울고 있었다.

그 후 상인 엄마는 바보가 됐는지 삼라만상을 관조하는 부처가 됐는지, 모든 일에 태연자약했다.

주관도 주장도 감정도 없이 이러라면 이러고 저러라면 저러는 *무골충이 되었다.

일체를 포기하고 체념하여 마치 달관한 보살 같았다,

인수는 방에서 마루로 나와 앉았다.

한낮의 봉당에서 병아리들이 모이를 쪼고 있었다.

'엄마엄마 이리 와 요것 보셔요.

병아리 떼 **뽕뽕뽕** 놀고 간 뒤에.'

국민학교에 막 들어가서 배운 동요였다.

입학 전, 더 어릴 때 듣던 노래도 떠올랐다.

'햇빛은 쨍쨍 모래알은 반짝-.'

눈물이 핑 돌면서 목이 메었다.

멀고 먼 추억의 뒤안길에서 이제는 다시 돌아가지 못할 지난 날들이 인수를 슬프게 했다.

노래에는 아무리 세월이 가도 머릿속에 박히고 몸에 배어 그 때의 냄새, 감정, 분위기를 그대로 느끼게 하는 마력이 있다.

인수는 나지막하게 노래를 흥얼거리며 자리를 옮겨 마루 끝에 걸터앉아 뻐꾸기 우는 앞산의 푸르름과 내려쬐는 햇빛 아래 축 늘어진 호박잎, 돌 틈을 기어오르는 덩굴, 한창 때가 지나 간신히 매달려 있는 봉숭아꽃, 노랑, 빨강의 채송화에 눈길을 주고 있었다.

---

* 무골충: '줏대 없이 무른 사람'을 흘하게 이르는 말.

시간은 이렇게 지나간 일들을 모두 아름답게 만들어버리는 능력을 갖고 있나보다.

그토록 배고프고 아무리 참기 어려웠던 때라 해도 눈물겹게 그리운 까닭은 무엇인가?

그 이상의 어려운 일들이 몰아쳐 온다 해도 가능하다면 그때로 다시 돌아가리라-.

그걸 할 수 있게 하는 것이 노래였다.

즐겁고 행복했던 날들, 슬프고 괴로웠던 날들-.

그 품에 다시 들어가보고 싶을 때, 그 때의 노래를 부르면 가능했다.

노래 말고 무엇이 이 역할을 대신할 수 있으랴?

허공에 헤아릴 수 없이 많이 존재하는 음(소리)들 가운데서 골라 뽑아다 추리고 다듬어서, 가장 이상적인 순서와 배열로 앉히고, 박자와 장단으로 조화를 살려 손질해서 인간을 바르고 아름답게, 즐겁게 흥겹게 하는 노래야말로 인간이 만든 것들 중 가장 훌륭한 것이 아닐까?

'장백산 줄기줄기 피어린 자욱.'

인수는 입 속으로 흥얼댔다.

여기서 배운, 아니 늘 듣다보니 자연스럽게 익힌 노래였다.

인수에게 그건 인공가(人共歌)가 아니고 동요였다.

인수가 훗날 이 때를 떠 올리려면 이 노래를 부를 것이다.

이 곳 마을 사람의 일가된다는 학생이 며칠 와 있었다.

중학교 졸업하고 바로 전쟁이 나는 바람에 서울 집에 있다가 여기 잠깐 왔다는데, 친절하고 상냥해서 동네 애들은 곧 형이라 부르며 따라 다녔다.

보름달이 휘영청 밝고 별이 푸르게 빛나는 어느 무더운 날 밤, 그 형은 애들을 개울가로 데리고 갔다.

키 작은 애는 앞에, 큰 애는 뒤에 가지런히 앉혀 놓고 자리가 정리되자 노래를 부르기 시작했다.

옛날에 금잔디 동산에 매기 같이 앉아서 놀던 곳.

물레방아 소리 들린다. 매기 아 아, 희미한 옛 생각.

동산 수풀은 없어지고 장미화는 피어 만발하였다.

물레방아 소리 그쳤다. 매기 내 사랑하는 매기야.

혼자서 몇 번 부르고는 가르치기 시작했다.

안 되고 틀리면 웃는 낯으로 자꾸 고쳐주었다.

제목은 매기의 추억이라면서 '매기'는 서양 여자의 이름이라 했다. 이때 배운 솜씨로 인수는 어른이 된 다음에도 완벽하게 매기의 추억을 부를 수 있었다.

그는 그때 화사한 장미꽃밭에서처럼 담담하고 따스하게 또는 감정을 고조시켜 정열적으로 노래를 했던 것으로 기억되는 추억으로 자리잡았다. 합창을 시켜놓고 두 팔을 흔들어가며 지휘하던 그의 모습이 떠올랐다.

이 지루하고 괴로운 생활이 언제 끝나려나?

영원히 계속될 것 같았다.

엄마 아버지와 오순도순 오붓하게 지낼 수 있으리라는 인수의 꿈은 빨리 이루어지기 어려워 보였다.

인수는 여전히 공포와 두려움, 경계심 속에서 웃음을 잃고 있었다.

전쟁만은 하지 말았으면 하는 것이 바램이었고, 그저 하루만 무사하면 다행이라 생각했다.

인민군은 파죽지세로 남한의 거의 전 지역을 석권하고 머지않아 해방이 될 것이라 큰 소리치고 있었다.

사람들의 마음은 더욱 무거워졌다.

뿔뿔이 흩어진 가족들, 어디서 무엇을 어떻게 하며 지내는지, 아니 살아있다는 소식만 들어도 한이 없겠다는 이들도 많았으니 기가 막힐 노릇이었다.

밤마을에서 머리 쳐들고 어깨에 힘들어가 있는 이는 오직 똘이 아버지 뿐이었다.

그가 불량하거나 심성이 포악해서가 아니라, 이 판국에 조금이라도 밉보이지 않는 것이 여러모로 좋을 것 같아서 모두들 고분고분했다.

평생 멸시만 받고 살아오던 그는 사람이 살다보니 이렇게 되는 수도 있구나 하고 자신도 놀라고 있는 눈치였다.

인민군들은 그를 우습게 보는지 몰라도 부락민들에게는 그가 상전이었다.

입에 풀칠하기도 어려운 때임에도 끼니 걱정은 안 했는데, 똘이 아버지는 그것이 아내에게 유일한 자랑거리였다.

더위가 한 고비를 넘기면서 한낮의 햇살은 따가워도 살갗은 끈적거리지 않았고, 아침 저녁 부는 바람이 소슬했다.

그런데 전에 없이 무장한 인민군들이 더 많이 그리고 자주 보였다. 또 황급하고 분주했다.

입 다물고 모르는 척 하고들 있지만, 초기와는 달리 인민군이 밀리고 있다는 걸 눈치로 알 수 있었다.

마을은 표 나지 않게 술렁거렸다.

얼마 후 밤마을에도 전에 없던 포성이 은은히 들려왔다.

똘이 아버지는 집안 일에는 거의 손을 놓았고 들어오는 날도 뜸했다

간혹 집에 와서도 아내를 뒷마당이나 부엌으로 데리고 가서 귓속말을 잠깐씩 하고 급히 달려나가곤 했다.

전에 없이 가랑이에서 비파 소리가 나도록 이리 뛰고 저리 뛰었다.

아무리 *무지렁이기로서니 되어가는 꼬락서니가 틀려먹었단 걸 모를 위인은 아니었다.

천대와 괄시만 받고 살아온 인생을 뒤집어 보리라 한 노릇이 아무래도 경솔했던 것 같았다. 겨우 여름 한 철만 버틸 줄 알았

____

* 무지렁이: '무식하고 어리석은 사람'을 얕잡아 이르는 말.

으면, 애당초 소처럼 대가리 처박고 땅이나 팠으면 이 지경이 되지 않았을 걸 *남산골 샌님이 역적 바라듯 한 것이 잘못이었다.

세월이 세월인지라 대놓고는 안 해도 저희들 끼리 뒷손가락질 해가며 빨갱이라고 수군대는 사람들 눈치도 무시할 수 없었다.

표 나게 악독한 짓은 아니했어도 인민군 편에 섰으니 이게 도무지 꺼림직했다.

만약에 국군이 진격해 오고 인민군이 패주할 경우, 어찌해야 할 것인가?

당장은 아니더라도 그런 조짐이 한두 가지가 아니었다.

잠깐 잊고 있다가도 생각이 이에 이르면 가슴이 철렁하면서 실제로 염통 부근의 살덩어리 한 점이 떨어지듯 아팠다.

그들 앞잡이 노릇만 하지 않았으면, 천대 아니라 천벌을 받는대도 걱정이 없을 것이라는 생각이 들었다.

아무리 사소한 일이라도 매사 심사숙고해서 결정해야 할 것이거늘 인생의 갈림길이 될 수도 있는 중대한 문제를 지나치게 빨리 판단하여 *곰 창날 받듯 한 자신을 꾸짖었다.

고의춤에 막수건 찔러넣고 등걸이 적삼 걸친 채 지게 작대기 휘두르고 휘파람이나 불면서 산등성이 오르내리는 것이 제 격이건만, *말이 가야 할 데를 소가 가는 꼴이 되어버렸다.

---

* 남산골 샌님이 역적 바라듯: 가난한 사람이 엉뚱한 일을 바라는 경우를 일컫는 말.
* 곰 창날 받듯: '우둔하고 미련하여 자기에게 해가 되는 일을 스스로 함'을 비유.
* 말이 갈 데 소 간다: 가서는 안 될 데를 간다는 뜻.

세상이 다시 뒤집혔을 때, 자신의 처지를 깊이 생각하지 않을 수 없었다.

인민군을 따라 북으로 갈 것인가?

아니면 자수해서 처벌을 받고 새 출발을 할 것인가?

그 처벌 수위는 어느 정도일까?

가족들은 무사할까?

상인이 할머니와 아버지 주검에 가마때기를 덮어준 것도 마음 조려가며 매장을 주선한 것도 자기이며, 더구나 인민재판 때, 상인네 죽이자는데 위험을 무릅쓰고 입 벌려 동의하지 않았던 것이 한 가닥 실낱같은 위안이 되어 자수하는 편이 낫지 않을까도 생각되었다.

당시의 내 행동을 기억하고들 있을 거야.

사람들을 하나하나 챙겨가며 나름대로 점수를 매겨 보았다.

기를 쓰고 나서서 불리하게 앞장 설 사람은 없을 것 같았다.

상인 아버지 얼굴이 떠올랐다.

웃는 낯이었다.

뜻밖이었다.

뒤이어 총을 든 국군과 무서운 얼굴의 마을 사람들이 빙 둘러선 마당 한가운데 자기 내외가 무릎을 꿇고 앉아 있었다.

처 죽이려고 곧장 덮쳐들 태세였다.

그렇다.

아전인수로 판단하는 것은 또 한 번의 실족이다.

저 이는 비록 부역은 했지만 사람이 착해서 거절을 못했고, 실상 그렇게 모진 짓은 안 했으니 용서해 줍시다라는 기대는 혼자만의 바램이요, 욕심에 불과하다.

냉정해야 한다. 그리고 침착해야 산다.

지금은 웃고 있지만, 사세 여차하면 돌팔매질하는 것이 사람의 인심이다.

또 한편 어찌 생각하면 인민군에게 협력했으니 그들을 따라간다 해도 괜찮을 것 같았다.

아니, 여기서 하대 받고 살기보다 더 나은 대접을 받고 살 수 있을지도 몰랐다.

거기도 해 뜨고 달 지는 사람 사는 세상인데—.

갈등에 시달렸다.

포성이 점점 가까워지는 걸로 미루어 보아 여기도 비켜가지 않을 것이다.

똘이 아버지는 무슨 결심을 했는지 아내에게 아무 때고 집 떠날 수 있게 준비를 해 두라고 일렀다.

해가 지면서 아랫마을 하늘에서 시뻘건 불덩어리들이 소름 끼치는 쇳소리를 내면서 이리저리 날았다.

소총 소리가 콩 볶는 듯했다.

아래 우물촌은 이미 전투 상태였고, 여기도 그리되는 건 시간 문제로 보였다.

피난 갈 준비를 하느라고 한밤에 온 마을이 난리 법석이었다.

상황을 눈여겨 살펴오던 마을 사람들은 미숫가루, 볶은콩, 쌀, 보리쌀, 밑반찬 등속을 챙기며 부지런히 주먹밥을 만들었다.

쇠가 깨지고 살과 피가 튀는 싸움터의 한복판은 비켜가야지, 돌진하는 기관차 앞에 가만히 엎드려 각뜬 육포꼴이 될 수는 없지 않은가.

인수네는 들고 갈 물건 하나 없이 그냥 빈 손으로 어른들을 따라나섰다.

오줌 누고 밑볼 새 없이 허둥지둥하는 그들을 멀건이 쳐다보며 할 일이 없었다.

우리는 어떻게 해야 하느냐고 물어보고 싶었지만, 대답해 줄 사람이 없었다.

똘이네를 따라나서야 할 인수네였으나, 그들은 이미 보이지 않았다.

사람들은 산으로 올라가 눈으로 일단 사태의 추이를 살피기로 하고 이 마을 맨 꼭대기에 있는 집에 모였다.

산으로 올라갔던 사람들이 돌아오면 얘기를 들어보고 의견을 모아서 계획했던 대로 산으로 오를 것인지, 아니면 다른 방도를 찾던지 대책을 세우기로 했다.

웬만하면 그냥 눌러앉을 생각들이었다.

전투는 밤새 계속됐는데 가까워지지도 더 멀어지지도 않는 것으로 짐작컨대 교착 상태인 듯했다.

넓은 방에 빙 둘러앉아 대충 자리가 정리된 다음에야 사람들은 똘이네와 상인이 모자가 없는 것을 알았다.

사람들이 산으로 올라가려고 음식을 마련하느라 북새통을 떨고 있을 때, 상인 엄마는 최군관과 함께 집에 있었다.

최군관은 신을 신은 채 방에 앉아 있었다.

최군관이 상인네를 드나들 때, 저 놈이 짐승 같이 음란한 욕심을 채우려고 그런다고 모두들 수군댔고, 또 의심의 여지가 없었다. 하지만 그의 행위가 사람들의 추측대로 꼭 그렇기만 한건 아니었다.

중의 상투같이 귀한 약을 구해다 상인이에게 먹이기도 하고, 보리 미음 쑤어 넣어주는가 하면, 물수건을 이마에 대 준다, 팔다리를 주무른다 나름대로 정성을 다해 왔다.

탈진하여 초췌한 상인 엄마를 안쓰러운 얼굴로 쳐다보며 젖은 음성으로 말했다.

"이 보라우, 임자. 내래 이자 떠남 언제 올지 모른다. 언자고 데릴라 올테니끼니 둑디 말구 살아 있으라우."

결기 있는 말과는 달리 그는 울상이었다.

침 발린 말도, 희번드르르한 *후림대수작도 아닌 진심으로 가슴에서 우러나오는 말이었다.

최군관은 아무 반응 없는 상인 엄마를 힘껏 끌어안았다.

상인 엄마는 그를 받아들여서는 안 된다고 거절하면서도 그의 도움이 적지 않았기에 고마운 마음이 없지 않았고 진솔한 행동

---

* 후림대수작: 남을 꾀어 후리느라고 늘어놓는 말이나 그 짓.

에 인간적으로 다가오는 정리를 떨쳐버리기 어려웠다.

오지 않으면 기다려졌고, 오히려 불안했다.

남편과 인민군이 싸울 때 현장에 최군관이 있었다면 죽임까지는 당하지 않았을지도 모른다는 생각이 늘 떠나지 않았다.

어느 사이 그는 누구보다도 더 한 상인네 식구의 보호자가 되어 있었다.

최군관은 머뭇거릴 여유가 없었다.

지금 여기 있는 것도 무리였고, 아무리 부하들이라지만 그들의 눈도 무서웠다.

그는 다시 한번 상인 엄마를 끌어안아보고 무슨 말을 더 할듯 할듯 하다가 일어서서 밖으로 나갔다.

상인 엄마는 무릎깍지를 한 채 울고 있었다.

사람들은 똘이네야 도망을 쳤든지 인민군을 따라 갔던지 그럴 만 하니까 했지만, 상인네가 안 보이자 남자 몇을 내려보냈다.

죽은 듯 누워 있는 상인이를 들쳐업고 안 가겠다는 상인 엄마를 간신히 달래서 함께 데리고 올라왔다.

아랫마을에서는 사람 죽이고 물건 부수는 기계를 구색 맞춰놓고 그 기능을 발휘하고 있었다.

"저 속에서두 살아남는 놈이 있으니 참 신통허이."

집주인이 신기하다는 듯 말했다.

서울서 만화를 그렸다는 중년이 말을 받았다.

"세상 곳곳에서 저렇게 싸움질을 하니, 이 땅뎅이도 무사하지 못할 겁니다. 이 지구란 것도 실상 돌허구 흙으로 꽉꽉 뭉쳐진 건데 대포다 원자탄이다, 땅 속에 끓는 용광로지, 폭풍에 지진, 화산, 해일, 산사태, 눈사태, 탄광에서는 다이나마이트 터뜨리지, 또 뚫려 있는 굴들이 얼마나 많은 지 몰라요. 거기 물이 계속 들어가 차면 이게 물렁물렁 멥쌀 불려 덩어리진 거나 다름 없습니다. 허구헌 날 이 모양이니 언젠가 풀어지거나 깨져 버리고 말 거요. 패고 두드리고 해서 *은결이 들었으니 화타 편작이 고칠 꺼요? 이제 반 쪽, 세 쪽이 날 거외다.”

만화가는 벼르고 있었다는 듯이 한바탕 늘어놓는데, 자기 감정이 매우 화가 나 있었다.

“제미 부틀, 이왕 쪼개질래믄 삼팔선 있는 데나 쫙 갈라져 가 지구 이남 이북 멀찌감치 뚝 떨어져 버리면 좋겠네그랴.”

살구나무집 주인이 전쟁에 넌더리가 난다는 듯 한 마디 했다.

구석에 웅크리고 앉아 바닥만 들여다보고 있던 인수는 어른들의 얘기를 한쪽 귀로 들으면서 밀려오는 전쟁의 공포심으로 안절부절하였다.

어른들은 와중에서도 어찌 될지 모르니 잘 먹어두어야 한다고 귀한 걸 어떻게 구했는지 돼지고기를 구워 먹고 있었다.

주린 배에 고기 타는 냄새라니 육기 멀리 한지 오래된 인수는 회가 동했지만, 아예 거들떠보지도 않았다.

극심한 불안감이 식욕까지 잃게 한 것이다.

---

* 은결 들다: 내부에 상처가 나다.

모두들 먹기를 권했고 누나는 고깃점을 입에까지 넣어주려고 했으나 고개를 저었다.

아- 전쟁이란 이런 거구나. 폭탄이 바로 앞에서 터지는 게 아닌데도 이렇게 무서운 거구나-.

인수는 실제로 눈에 띄게 부들부들 떨고 있었다.

너무 보기가 안 됐는지 만화가가 아무 일 없을테니 겁먹지 말라고 위로하면서 온갖 농담을 해도 인수는 웃을 여유가 없었다.

만화가는 뒤에서 인수를 끌어안고 방귀를 뀌기 시작했다.

한 방, 두 방, 세 방-.

창자 속의 썩은 공기도 한량이 있으련만, 어떻게 연속적으로 내보낼 수 있는지 희한한 재주였다.

방과 마루에 그득 둘러앉아 이마에 내천자를 그리고 있던 사람들은 현실을 잊고 모두들 웃음을 터뜨렸다.

인수는 이 어려운 상황에서 마음껏 웃을 수 있는 어른들의 건강하고 튼튼한 입을 부러워하지 않을 수 없었다.

밖의 상황을 살피러 나갔던 몇 사람이 자정이 훨씬 넘어서 돌아왔다.

"아무래두 덮어놓구 멀리 갈게 아니라, 좀 더 두고 보는 게 좋을 꺼 같습니다."

"지끔 보기루는 예까진 괜찮을꺼 같기두 헌데-."

한 시름 놓는 눈치들이었다.

"아, 그럴테지. 이까진 촌구석에 무에 있다구 들어오겠수?"

그들의 보고가 아니더라도 총소리는 현저하게 멀어졌고, 인수의 무서워하는 마음도 비례하여 줄어들었다.

칠흙 같은 밤에 이고 지고 풀숲 헤쳐가며 산 속에서 고생할 생각에 걱정이 태산이었으나 차츰 안도하기 시작하면서 급한 불이 꺼지자 자연스럽게 똘이네가 도마에 올라 *건넛산 보고 꾸짖기가 시작되었다.

"남서방네는 대관절 어찌 된 게야?"

똘이 아버지는 성이 남씨였다.

"아, 그야 뻔허지, 빨갱이들 따라갔겠지, 어디 딴 데 갈 데 있나?"

"여보게, 빨갱이, 빨갱이 하들 말게, 아직 모르는 세상일세."

"그렇긴 허이마는 동녘이 훤 허니까 지 시상(제 세상)인 줄 아는 사람이지."

"허긴 상인네 일만 보더라두 아는 놈이 고자질 헌다구, 그 사람과 무관허지 않을 걸세. *목 맨 개 겨 탐하듯 하더니 갈 데 없는 *겉똑똑이지 뭐."

"아무렴, 겨우 석 달 남짓 미친년 상추 뜯듯 한다더니, 내 원, 참."

"이 봄세들, 거 말조심들 하게그랴. 낮말은 새가 듣구 밤말은 쥐가 듣는다지 않던가?"

---

* 건넛산 보고 꾸짖기: '당사자가 없는 데서 그를 헐뜯거나 욕하는 짓'을 이르는 말.
* 목 맨 개 겨 탐하듯: 감당할 힘도 없으면서 지나친 욕심을 부림을 일컫는 말.
* 겉똑똑이: 겉으로는 똑똑한 체 하나, 실상은 똑똑하지 못한 사람.

언동이 신중하고 *의뭉스러운 집주인이 심하게 데이면 회도 불어먹는다고 혹시 나중에 무슨 재앙의 빌미가 되지 않을까 은근히 걱정이 되어 주의를 주었다.

"쥐새끼가 듣거나 개새끼가 듣거나 사실이 그렇지 않습니까요? 일두 못허구 부랄에 똥칠만헌 꼴이지 뭡니까?"

*피새 여문 젊은이가 발끈했다.

"그만들 둠세, 그 사람두 무신(무슨) 생각이 있어 그랬겠지. 그렇게 금방 *육통 터질 줄 알았겠나?"

평소 과묵한 마을 영감이 사람들을 눙쳤다.

똘이네는 궐석 재판의 피고로 *육두문자의 몰매를 맞고 *테 밖의 사람이 되었다.

상인이는 여전히 움직임이 없었다.

상인 엄마는 아들 곁을 한시도 떠나지 않았다.

간호를 하거나 만지기는 커녕 들여다보지도 않고 우두커니 옆에 앉아있기만 할 뿐이었다.

날밤을 샌 마을 사람들은 전선이 멀어지고 조용해지면서 부옇게 동이 틀 무렵 각자의 집으로 돌아왔다.

다들 똘이네는 집에 없을 거라 했으나, 인수의 생각은 달랐다.

집에 꼭 돌아와 있을 것 같았다.

---

* 의뭉스럽다: 겉으로는 어리석은 것 같으나 속은 엉큼스럽다.
* 피새 여물다: 조급하고 날카로워 걸핏하면 화를 내는 성질이 있다.
* 육통 터지다: 일이 거의 다 되려다가 틀어짐을 이르는 말.
* 육두문자: 상스러운 말로 된 숙어. 상스러운 말이나 이야기. 욕.
* 테 밖: 한 통 속에 들지 못한 그 밖.

집에 없으면 뒷동산 어디에라도 숨어있으리라는 생각이 떠나·질 않았다.

하지만 기대와는 달리 돌아와서 보니, 마루, 방, 부엌할 것 없이 이사간 집처럼 어수선하고 *귀살쩍었다.

그리고 날이 다 가도록 똘이네는 돌아오지 않았다.

열려 있는 반닫이 주위에 넝마같은 옷 나부랭이 등속이 어지러이 널려 있고, 토마루로 통하는 콧구멍만한 창문은 떨어져 나가 방바닥에 나뒹굴고 있었다.

부엌으로 가 보았다.

냇내나는 아궁이는 아직도 미적지근한 온기가 남아 있었고, 그을음으로 까매진 진흙 부뚜막 위 *살강에 가지런하던 사발 보시기도 몇 개 없었고, 바닥엔 *종구라기 하나가 뒹굴고 있어 주인을 기다리는 듯했다.

짐 챙겨 어디론가 떠난 흔적이 역력했다.

외톨박이가 된듯 슬퍼졌다.

그리고 걱정에 앞서 기운이 빠졌다.

그 동안 밉든 곱든 똘이네는 인수네의 후견인이요, 보호자가 아니었던가?

여태까지의 끼니 해결은 어느모로 인수 누나가 해 왔다기보다 똘이네 덕이었다.

---

* 귀살쩍다: 정신이 나갈 정도로 엉클어져서 뒤숭숭하다.
* 살강: 그릇 따위를 얹어 놓기 위하여 부엌 벽에 드린 선반.
* 종구라기: 조그만 바가지.

당장에 밤이 꽤 늦었는데도 그들은 아직 저녁을 못 먹고 있었다.

반면, 은연중 짓눌려 오던 그 무엇에서 벗어난 듯 *빛접어서 홀가분하기도 했다.

그 동안 똘이 엄마는 인수에게 꼬집어 표현하기 어려운 불편하고 짐스러운 존재였다.

그는 인수를 눈치 꾸러기로 만들었고, 그래서 주눅이 들어 기를 펴지 못하고 지내온 처지가 아니었던가.

좌우간 똘이네 그늘 밑에서 호박죽 그릇이나마 먹을 수 있었는데, 이제 무얼 어떻게 해야 할지 가늠할 수가 없었다.

막상 형편이 이리 되고보니 눈칫밥 얻어먹을 때가 얼마나 편했는지 몰랐다.

같이 있을 때는 그렇게 밉던, 아니 어디로 없어져 버렸으면 하던 똘이 엄마였는데, 지금 그가 얼마나 중요한 존재였는가를 새삼 깨닫게 되었다.

장독에 얼마간의 된장 고추장은 있었으나, 그것만 먹고 살 수는 없는 일이었다.

호박이나 열무, 오이 등 푸성귀보다도 보리쌀이나 밀가루 아니면 수숫겨, 밀기울 같은 것들이 절실했다.

인수 누나는 바가지를 들고 나가 때꺼리를 장만해 오곤 했지

만, 이 어려운 때에 *얻어먹는 데서 빌어먹는 꼴이었다.

마을에서는 인수네를 십시일반으로 조금씩 보태주다가 하나 둘 손을 떼자 인수네와 무슨 *결찌가 되는 살구나무집이 떠안다시피 했다.

처서도 지나 백로가 가까워지면서 해가 짧아져 인수네 방은 일찍 어두워졌다.

열흘 뒤면 추석이었다.

한낮의 햇볕은 아직 따가웠지만, 더운 김을 쐬듯 습기 차고 후덥지근하던 날씨는 해진 뒤 나무그늘 아래 반바지가 썰렁했다.

명절이 다가 오면서 인수는 서글퍼졌다.

손꼽아 기다리던 지난 날의 가슴 설레이는 추석이 아니었다.

아이들에게 추석이란 즐거움을 한층 더 해주는, 도무지 신나는 일만 즐비한 때임에도 그것은 이제 안개같이 아련히 떠오르는 지난날의 추억 속에만 자리잡고 있었다.

아이들은 모이지도 싸다니지도 않았다.

그들을 들판으로 물가로 내몰던 더위가 한풀 꺾인 탓도 있었으나, 마을의 이번 사건은 동심을 멍들게 했고, 어른들의 하는 짓이란 게 믿을 수도 없고 무섭기만 했다.

들리는 말로 상인이는 살 수 있을지 의문이며 산다고 해도 사람 노릇하기 어려울 거라 했다.

떨어져 나간 귓바퀴 때문이 아니라, 인민군에게 힘껏 채인 배

---

* 결찌: 어찌어찌하여 연분이 닿는 먼 친척.

가 문제였다.

숨만 쉬고 있을 뿐 한 번도 눈을 뜨지 못하고 조금도 움직이지를 않아 산송장이나 다름 없었다.

남편과 시어미를 졸지에 잃고 목숨이 경각에 달려, 오늘 내일을 장담할 수 없는 아들 옆에서 상인 엄마는 문을 꼭꼭 처닫고 그림처럼 앉아있기만 했다.

극도로 쇠약해진데다가 최군관이 집엘 풀방구리에 쥐 드나들 듯한 일을 동네가 모두 알 터인지라, 그러지 않아도 폐쇄적인 성격에 나올 수도 나올 까닭도 없었다.

불과 며칠 전까지만 해도 기세등등하던 인민군과 동조자들은 어디론지 사라져버렸다.

고개 숙이고 숨죽여 지내던 사람들이 하나 둘 얼굴을 내밀고, 잘못 하다간 줄초상이 날지도 모르는 상인이 모자의 치다꺼리를 의논하기 시작했다.

인수는 상인이를 한 번 보고 싶었으나 마음만 있을 뿐 엄두가 나질 않았다.

그리고 왜인지 누구의 허락을 받아야 할 것 같았다.

가 본다고 해도 죽은 거나 같다는데 무어라고 해야 하나.

얼굴 들이미는 것이 자칫 뻔뻔스럽게 보이지는 않을런지.

동무는 이 꼴이 되었는데 혼자 아무 탈없이 온전하다는 것이 미안스러웠고 죄가 되는 것도 같았다.

같이 고생하고 즐기던 사이라면 같은 처지가 되었어야 하는

데, 혼자 멀쩡한 것이 마음에 걸렸다.

인수 아버지는 10월 중순에야 애들을 데리러 왔다.

아이들을 밤마을 똘이네에게 맡기고 바로 남행을 서두른 인수 부모는 한시도 마음이 편한 날이 없었으나 부르조아로 분류되어 잡히면 끝장인 판국에 목숨을 걸고 밤마을엘 다녀갈 수 없는 처지였다.

그 때 인수는 동무들과 늘 함께 놀러 다니던 개울가 한길에서 막대기로 긴 줄을 그리며 터벅터벅 혼자서 걷고 있었다.

푸성귀의 싱싱함이 한풀 꺾이고 볼품없는 신작로를 여러 색깔의 코스모스가 길게 장식하고 있었다.

해가 구름에 가리워져 스산한 날씨는 한여름 옷을 걸친 인수의 옷깃을 여미게 했다.

빈 옥수수대가 양쪽으로 죽 서 있는 길 가운데로 누군가 밤마을 쪽에서 뛰어 내려오고 있었다.

인수는 마을 사람이 급하게 어딜 가는 것이겠거니 하고 코 앞에 닥칠 때까지 관심이 없어 쳐다보지도 않았다.

그런데 가까이 온 그 사람이 갑자기 인수를 번쩍 안아들었다.

‘……?’

“인수야, 아버지다.”

머리를 빡빡 깎은 아버지를 인수는 얼른 알아보지 못했다.

아버지의 그런 머리 모습을 전에 한 번도 본 적이 없었다.

아버지는 아들의 이름을 한 번 불러보고 아무 말도 못했다.

"아버지."

인수도 아무 말 못하고 쳐다보기 만했다.

아이들을 보려고 큰 맘 먹고 어려운 걸음을 한 인수 아버지는 아들이 집에 없자, 오늘은 무얼 먹나 저녁 먹거리를 걱정하는 딸과 회포를 풀 사이도 없이 아들을 찾으러 한달음에 뛰어내려 오는 길이었다.

석 달여 만의 만남이었다.

"아버지, 엄마는요?"

"엄만 못 오셨다. 엄마는 인제 서울 가서 보자."

곧 서울로 가면 엄마를 볼 수 있겠지만, 지금 이 자리에 없는 것이 마음에 걸리고 허전했다.

아버지랑 엄마가 같이 있으면 세상에 부러울 게 없을 텐데-.

그날 밤, 세 식구는 정말 몇 달 만에 *읍쌀을 얹어 밥을 지어 *안다미로 담아서 밤마을에서 마지막이 될 저녁을 먹었다.

긴 밤을 새우고 *동살이 비칠 때까지 이야기는 한없이 계속되었다.

서울을 점령한 인민군은 인수 아버지의 출신 성분도 그러하지만, 인수 작은 아버지가 경찰관이었기 때문에 빼놓을 수 없는 처형자 명단에 올라있어 선택의 여지가 없었다.

애들을 밤마을에 데려다놓고 풀끝에 앉힌 새처럼 마음이 놓이

---

* 읍쌀: 잡곡으로 밥을 지을 때 위에 조금 얹어 안치는 쌀.
* 안다미: 담은 것이 그릇에 넘치도록 많게.
* 동살: 새벽에 동이 트면서 환히 비치는 햇살.

지 않았으나 천지가 걷잡을 사이없이 공산화되니 어쩔 도리가
없었다.

천성이 착하고 인정 많은 똘이 아버지를 잘 아는 인수 부모는
그들을 믿고 애들을 맡겼었다.

그리고 부산까지 내려가 노심초사하다가 북진하는 국군을 따
라 올라왔던 것이다.

"네가 정말 고생이 많았다."

아버지는 딸의 머리를 다시 쓰다듬었다.

아이들은 어둠 속에서 흘리는 아버지의 눈물을 보지 못했다.

어린 것들이 부모와 떨어져 객지에서 겪었을 고난을 생각하니
목이 메었다.

한 손으로는 아들의 손을, 다른 손은 딸의 손을 꼬옥 잡고 있
었다.

그 동안의 사례로 똘이네에게 주려고 가져온 두어 되 쌀과 검
정 엿 몇 덩이는 받을 사람이 없었다.

'착한 사람들이었는데.'

이튿날 아침 일찌감치 아침을 먹고 나와 집집이 다니며 인사
를 했다.

"어린 것들이 참 고생 많았다. 좋은 세상이 되면 한 번 놀러
들 와라. 맛나는 거 많이 해주마."

사람들은 자기들 앞가림에 바빠 애들에게 소홀했던 것이 미안
하여 머리를 긁었다.

"잘들 가거라. 부모님 말씀 잘 듣고…… 얘가 제일 혼났죠. 우리 어른들도 꾸려나가기 힘들었는데."

살구나무집 아주머니는 인수 누나의 손을 맞잡고 눈물을 글썽였다.

"정말 고맙습니다. 애들한테 말씀 많이 들었습니다. 아주머니 댁 아니었으면 애들이 어떻게 지냈겠습니까?"

거듭 머리 숙여 치사했다.

하직 인사를 끝내고 다시 집으로 돌아 온 인수는 마지막으로 집안을 한 바퀴 둘러보았다.

초여름에서 가을까지 짧은 기간이었지만, 평생 잊지 못할 경험을 한 곳이었다.

어느 구석이고 눈물이 어리지 않은 곳이 없었다.

노오란 색깔의 크고 작은 박들, 그리고 빠알간 고추가 널려 있어야 할 안마당, 맷방석의 호박고지, 무말랭이 등 *오가리가 널려 있어야 할 곳이었다.

고리타분한 냄새와 눅눅한 방에서 얼마나 많이 울고 웃고 했던가?

끈끈한 추억이 틈새마다 알알이 박혀 있었다.

때다 남은 *물거리가 부엌 한쪽 구석에 남아 있었고, 길어다 부은 물이 반쯤 남은 항아리가 부뚜막 위에 을씨년스러웠다.

---

* 오가리: 박, 호박, 무 따위의 살을 가늘고 길게 오려 말린 것.
* 물거리: 싸리 따위와 같이 잡목의 우죽으로 된 땔나무.

철지난 맨드라미는 장독대 옆에 검게 퇴색했고, 싱그럽던 분꽃, 나팔꽃, 봉숭아도 생기를 잃었다.

지겨웠다 해야 하거늘 이토록 정답고 애틋해서 막상 떠나려니 서글퍼지는 것은 어찌된 까닭일까?

상인이는 어찌될 것인가?

전이나 지금이나 상인네 집은 겉보기에 조금도 변함없이 그 자리에 있었다.

아버지가 상인네 집에 한 번 가보지 않겠느냐 했지만, 인수는 왜인지 썩 마음이 내키지 않았다.

까닭은 잘 모르겠지만, 그것이 그들을 헤아려 주는 마음이라는 생각이 들었다.

인수는 별 탈없이 잘 있다가 아버지와 함께 고향으로 돌아가건만, 이별을 나누는 동무를 보고 자기네 처지를 더욱 아파할지도 모른다는 배려에서였다.

'상인아, 잘 있어, 미안해.'

부엉이고개 *높드리에서 인수는 옅은 안개가 살짝 가려진 이른 아침의 서근배미를 내려다보고 있었다.

노을이 빨갛게 물들면서 저녁 해가 질 무렵 엄마가 너무 보고 싶어 울며 바라보기만 하던 이 고개 위에 서서 인수는 눈시울을 적셨다. 그들이 어디로 가서 무엇을 하든 서근배미는 영원히 이곳에 있을 것이었다.

---

* 높드리: 골짜기의 높은 곳.

“아버지, 여기 더 계실 거예요?”

심심하고 지루한 반나절을 까닭없이 보낸 탓에 *주니가 난 아들이 아버지를 채근했다.

아버지 심정을 이해하고, 그래서 아무소리 안 하고 시간을 내드렸으니, 이제 그만 일어서시자는 말이었다.

“아, 그래. 일어나자.”

인수는 지난 날들의 상념에 빠져 정신 없이 헤메다가 소스라

-----

* 주니내다: 몹시 지루하여 싫증을 내다.

처 현실로 돌아와 시계를 들여다보며 엉덩이를 털고 일어섰다.

'시간이 벌써 이렇게 됐나?'

그들은 여러 개의 밭고랑을 지나 다리를 건너 버스가 다니는 큰 길로 나왔다.

"늦었지만 어디서 요기라두 허구 가자."

정거장을 중심으로 길가에 고만고만한 가게들이 여럿 자리잡고 있었다.

음식점, 이발소, 잡화점, 신발집, 미장원, 복덕방도 눈에 띄었다.

하나같이 진열이랄 것도 없이 물건을 아무렇게나 나무 좌판에 늘어놓고 대낮에도 실내가 침침해서 촉수가 낮은 백열등을 켜놓고 있는 처지였다.

70년대 면소재지의 구멍가게 같았다.

손님 나부랭이가 들어와도 인사하는 법이 없고 나갈 때도 마찬가지였다.

그까짓 과자 한두 봉지, 음료수 두어 병, 장국밥 몇 그릇 팔아주는 것이, 도무지 하나도 고마울 게 없다는 듯 시큰둥했다.

먹고 사는데 아무런 지장이 없다는 투였다.

여기 길가의 장사치들은 유난히 무표정한데다 웃음기가 없고 불친절했다.

까닭없이 누구에게 따귀라도 맞은 양 불만스런 얼굴을 하고 뿌루퉁했다.

　새벽밥 먹고 지게지고 나갔다가 해지면 들어와 등잔 밑에서 저녁 먹고 하루하루를 거의 틀에 박힌 생활을 해 오던 마을 사람들이 저 아랫마을부터 개발이 되기 시작하여 상전벽해가 되더니 농투성이가 갑자기 거금이 생겨 어떤 이는 이를 잘 활용해 몇 배 몇십 배로 늘리고, 아무개는 꿈도 못 꾸던 큰 돈을 쥐자, 아는 게 있나 경험이 있나 그만 기고만장해서 이 구석 저 구석 쑤시고 다니다가 몽땅 날리는 과정을 거치면서, *송도 오이장수 꼴이 된 경우도 허다했다.

　*건깡깡이가 뚜렷한 목표나 계획도 없이 뼈다귀 추리겠다고 덤비다가 *개구멍에 망건 치고 감언이설에 눈 멀고 귓구멍 막혀 버린 *무룡태 잇속되는 일 없나 밤낮으로 안달 떨다가 *개똥상놈 돼 버린 *어리보기 솔깃한 정보 하나라도 놓치지 않으려고 엎어진 흰죽 사발 같은 눈자위를 쉴새없이 굴리는 *반거들충이들은 고민을 너무 깊이 또 많이 해서 아직 장년임에도 불구하고 얼마 못 살다 죽을 것 같아 보였다.

　*몽니나 부릴 줄 아는 다 닳은 *대갈마치, 이악스럽기만 한 *

---

* 송도 오이 장수: 이곳 때문에 왔다 갔다 하다가 헛수고만 하고 낭패 당한 사람.
* 건깡깡이: 아무 목표도, 별다른 재주도 없이 건성건성 살아가는 사람.
* 개구멍에 망건 치기: '남이 빼앗을까 보아 겁을 내어 막고 있다가' 그 물건까지 잃음.
* 무룡태: 능력은 없고 착하기만 한 사람.
* 개똥상놈: 말이나 행실이 버릇없고 고약한 사람.
* 어리보기: 얼 뜬 사람.
* 반거들충이: 무엇을 배우다가 그만두어 다 이루지 못한 사람. 반거충이.
* 몽니부리다: 심술궂게 욕심을 부리다.
* 대갈마치: 온갖 어려운 일을 겪어서 아주 야무지게 보이는 사람.
* 재리: 몹시 인색한 사람.

재리, *몽짜치는 능구렁이, 빈천한 *비부쟁이들이 날뛰는 각다 귀판처럼 보였다.

가갸 뒷자리도 모르는 *둔패기나 *가르친 사위같은 *멍덕꿀은 눈씻고 찾을래야 없는 꾼들의 바닥이었다.

사람이란게 농담도 하고 쓰잘 데 없는 객담에다 우스운 일에는 소리내어 크게 웃고 해야지, 어떻게 꼭 해야 만할 일, 지당한 말씀만 하면서 기름기없이 메마르게 산대서야, 그게 어디 말라 비틀어진 북어 대가리지 사람 사는 세상이라 하겠는가?

잘 깎아놓은 *회리밤처럼 물뿌리고 비질해 놓은 것처럼 말끔, 매낀, 동글, 말쑥해서 도무지 곁을 주기 어려워서야, 또 원리 원칙대로 사무적 기계적으로 이해타산만 하며 산대서야 그걸 어디 인간 세상이라 하겠는가?

그렇게 여유없이 풀칠해서 붙여놓은 창호지 모양 착 들러붙어 틈새 하나 없어서야 숨막혀 죽지 않겠느냐 말이다.

인수는 벼르고 별러서 여기 온 이상 상인이나 똘이네 소식을 누구에게서든지 꼭 듣고 싶었다.

그러자면 이 곳 내력을 처음부터 끝까지 소상하게 잘 아는 사람을 만나야 했다.

---

* 몽짜치다: 겉으로는 어리석은 척 하나 속으로는 딴 생각을 하다.
* 비부쟁이: 어리석고 천한 사람. 도량이 좁은 사람. 이익을 탐하는 사람.
* 둔패기: 아둔한 사람. 슬기롭지 못하여 하는 짓이 미련한 사람.
* 가르친 사위: '남이 시키는 대로만 하는 어리석은 사람'을 농조로 이르는 말.
* 멍덕꿀: 멍청이.
* 회리밤: 밤송이 속에 외톨로 들어 있는 둥근 밤. 회오리밤.

그런데 이 길가에서 장사하고 있는 사람들은 거의 타지에서 온 이들이라는 느낌이 들었다.

여기 토박이들은 이런 돌맹이같은 얼굴이 아니었다.

밝은 표정에 웃는 낯으로 허리 굽혀 인사하고 누구에게나 친절했지, 이렇게 장님 손보듯 하지는 않았다.

낯선 객이 신세질 일 부탁하면 제일 젖혀두고 해주고 능력이 부치면 오히려 미안해서 어쩔 줄 모르는 토농이들이었다.

지금 이 길거리에 진을 치고 앉아 갈고리에 미끼 끼워 던져놓고 잇속은 제몫으로 손해는 너나 가져가라-두 눈 부릅뜨고 있는 물건들과는 근본부터 달랐다.

인수는 식사도 할 겸 말마디라도 붙여볼 그럴 듯하고 만만한 사람을 물색키로 했다.

어려운 길인데, 이번엔 꼭 알고 가야지 언제 또 올 수 있으랴?

인수는 아들의 구미에 맞을 만한 음식점을 찾으려고 위아래로 몇 번을 오르내렸다.

순대국이나 해장국, 장국밥, 설렁탕집뿐이었다.

이 곳 사람들처럼 볼멘 얼굴을 하고 있기는 인수도 마찬가지였다.

저탄산 음료에 칠리소스 햄버거나 피자먹기를 즐기며 레게음악과 컴퓨터 게임에 빠져들고 휘트니 휴스턴을 흠모하는 아들이었다.

공부보다 인터넷에 더 몰두했다.

학교 석차는 뒤에서부터 세는 것이 더 빠를 것이었다.

나이키의 마이클조던 시리즈 스포츠화 신고, 리바이스 힙합 청바지에 앞가슴 한복판에 NBA 로고가 새겨져 있고 등판에는 알 수 없는 영문자와 난해한 그림의 티셔츠를 입는 그의 용기가 가상했다.

미국 문화와 문명의 편식으로 정신적 영양실조에 빠진 아들의 아디다스 가방 속에 후천적 한국 문화 결핍증 치료제를 넣어주고 싶었다.

순대국이니 해장국이니 하는 따위는 그의 말에 의하면 '꼰데'들의 먹을거리였다.

타협 끝에 설렁탕집으로 들어갔다.

밖에서 보기보다 안은 깨끗하고 넓었다.

고깃국 끓는 소리와 파, 마늘 등 양념 냄새가 코를 자극했다.

활짝 열린 창으로 초목이 토해 놓은 신선한 바람이 들어왔다.

점심 때가 지나서인지 손님이 없었다.

안이 다 들여다보이는 주방의 부뚜막과 가마솥의 크기로나 가지런히 씻어 엎어놓은 뚝배기의 수효로 보나, 제 시간에는 꽤 바쁠 듯했다 .

어림짐작해 보니, 지금 이 곳은 부엉이 고개 초입쯤 되는 *이슬받이로 전에는 다니는 사람이 거의 없고 애들이 놀러 다니다

---

* 이슬받이: 양 길섶의 풀에 이슬이 맺혀 있는 작은 오솔길.

가 혹간 지났을까, 인수가 여기 살 때도 와 보지 않은 곳이었다.

길 건너로 골이 깊은 개울이 있고(똘이와 상인네집 뒤로 휘돌아 저 아랫마을로 흘러내리는, 전에는 아이들이 놀러 다니던) 그때는 없던 다리를 건너 멀찌감치 저 아래 *과녁빼기가 상인네, 똘이네 그리고 인수가 살던 곳이 지금은 수박밭이 되어버렸다.

인수는 인민재판 때의 기억을 더듬으며, 그 위치를 찾아내보려고 부지런히 눈동자를 굴렸다.

'저쯤이 틀림없어.'

다시 가늠해 보니, 처음 짐작했던 데서 조금 더 산쪽으로 올라가 평평한 밭자리였다.

굶주린 창자 달래며 엄마가 보고싶어 흐느껴 울던 열두 살 어린 나이의 그 괴로웠던 여름을 왜 이토록 되살려 보려고 기를 쓰는지 모를 일이었다.

즐거웠던 날들 만이 결코 아니었는데도 주저없이 한달음에 돌아가고 싶은 세월이었다.

몸은 설렁탕집에 있고 마음은 소년으로 돌아가 서근배미 구석구석을 누비고 있었다.

인수는 지난날에 연연한 사람이었다.

담임 선생님이 갈리면 쌓인 정 때문에 슬퍼하고 기르던 강아지가 없어져도 며칠씩 밥맛을 잃었다.

오랫동안 손때 묻은 소지품을 잃어버려도 값을 떠나 손에서

---

* 과녁빼기: 조금 먼 거리에 똑바로 건너다 보이는 곳.

주머니에서 고락을 같이 하던 정을 잊지 못했다.

이사를 할 때도 살던 집 여기저기를 천천히 둘러보며 쓰다듬는 버릇이 있었다.

'잘 있어, 그 동안 잘 살았어.'

차에서 내릴 때도 그냥 문을 쾅 닫고마는 법이 없었다.

'수고했다. 고맙다.'

마음만이 아니라 차를 톡톡 두드리고 쓰다듬었다.

장가도 못 들고 먼저 간 친구를 생각하며 많은 시간을 가슴 아파했다.

아무리 생각해도 진취적이고 미래 지향적이지 못했다.

패기, 역동, 돌격, 용기, 신념, 필승, 전진, 그런 것들과는 거리가 먼 다른 사람들의 얘기였다.

게으름, 이해, 나약, 양보, 나태, 허락, 양해, 포기, 후퇴, 배려— 이런 단어들을 늘어놓고 분석해 보면 자신의 성격이나 행동이 기가 막히게 딱 맞아 떨어졌다.

누가 만일 충신이 되겠다고 하면 죽일 것이요, 간신이 되겠다 하면 살려 주마 한다면 일 초도 망설이지 않고 간신을 택할 것이었다.

있는 대로가 좋고 달라지면 더 나빠질 것을 겁냈다.

추억을 씹어가며 현재가 *마뜩찮았다.

조선시대에 태어나 갈지(之)자 걸음 못하는 것을 아쉬워했다.

---

* 마뜩찮다: 마음에 마땅하지 아니하다.

흘러간 옛 노래를 같이 부르자고 자려는 마누라를 들볶아 날 밤을 새우기도 했다.

노래보다 그 다음에 꼭 따라 붙는 옛날 옛적 사연들을 들어줄 사람이 필요했고, 이미 수 차례 들어서 결론을 다 알고 있는 내용들이었다.

"그래, 그래, 그래서 바지가랑이 사이로 손을 넣어 가지구 그래서 나중에ㅡ."

똘이 엄마 얘기를 시작하면 아내는 벌써 그 얘기의 끝을 알고 결론지었다.

또 평소에 꺼리는 것도 많았다.

해, 달, 유난히 크고 빛나는 별, 큰 산, 명산, 절, 교회 쪽을 향해 오줌을 누거나 침을 뱉는 일이 없었다. 대자연을 우습게 보는 것은 인간도 자연의 일부라는 관점에서 자신의 부정을 뜻하기 때문에 좋지 않은 일이 생길 거라 했다.

또 어떤 종교를 믿지는 않지만, 석가나 예수, 서울 동대문 밖에 있는 동묘의 관운장까지도 받들어 모실 만큼 훌륭한 사람들이니, 어찌 그 방향으로 감히 배설을 할 수 있는가?

잘 때 머리 맡에 칼, 낫, 도끼 등 *날붙이나 양말, 버선, 걸레같이 냄새나고 지저분한 것들도 놔 둘 수 없었다.

명민한 두뇌가 아둔해진다는 까닭이었다.

아들이 이런 얘기를 한 적이 있었다.

---

* 날붙이: 칼, 낫, 도끼 따위 같이 '날이 서 있는 연장'을 통틀어 이르는 말.

"어렸을 때는 전쟁이 나면 사람 사는 데는 한군데도 빼놓지 않고 폭탄이 떨어져서 피할 수도, 피할 곳도 없이 다 죽는 줄 알았어요."

아들의 말이 끝나자마자 인수의 표정이 엄숙하고 진지해졌다.

"얘, 그런 말 그렇게 함부로 하는 게 아냐."

아들은 아버지가 왜 그러면 안 된다고 꾸짖듯 나무라는지 이유를 알 수 없었다.

왜 그러셨을까?

몇 년이 지난 다음에야 나름대로 그 진의를 파악했다.

전쟁이 났다고 해서 피할 곳이 없을 정도로 폭탄이 떨어지는 것은 아니고, 실제로는 아무 일없는 데가 더 많다고 얘기하면, 정말 그런 일이 생겼을 때 전국 방방곡곡 한 곳도 안 빼놓고 폭탄 세례를 받게 되는 원인이 될 것을 염려해서였다.

말이 씨가 되어 현실로 나타난다는 것으로 어이없는 관념의 비상이었다.

죽일 놈, 염병할 놈, 망할 자식, 벼락맞아 죽을 놈, 급살맞을 자식- 등 그런 욕을 들어 마땅한 천하의 개잡놈이라도 정말로 그에게 재앙이 될지 몰라서 자제했다.

라디오 뉴스도 그랬다.

아나운서의 말이 완전히 끝나기 전에 중간에 꺼버리는 것도 금물이었다. 늘 그러다보면 자기 최면이 되어 무슨 일을 벌려 놓고 미완성으로 실패할 확률이 많아진다고 한다.

그 뿐이 아니었다.

마루에 걸어놓은 대통령의 사진도 까닭이 있었다.

훌륭한 사람의 사진을 잘 보이는 데에 걸어놓고 왔다갔다 할 때마다 자주 보면, 그의 인격, 품성뿐 아니라 생김새까지 닮게 되니 될 수 있는 대로 많이, 그리고 자세히 보라고 했다.

애들이 어디를 갔다 온다고 할 때도 무심히 '잘 가라' 하지 않는다. 꼭 '잘 갔다 오라'고 했다.

'오라' 소리를 안 하면 자칫 다시 돌아오지 못할 일이 생길까 봐서였다.

무얼 먹을 때 아무리 배가 고파도 윗사람이 들기 전에 먼저 숟갈을 들지 않았고 만만한 반찬도 마찬가지였다. 어른이 손대기 전에는 그 반찬을 못 먹었다.

밥먹기 전에 먼저 물을 조금이라도 마셔야 했고, 거의 다 먹은 다음 밥이 한두 술 남아있을 때 반드시 *술적심을 해야지, *강다짐하는 것도 금기인데, 훗날 굶어 죽게 된다는 것이었다.

반찬을 먹는데도 순서가 있었다.

먼 데 것부터 가까이 있는 쪽으로 차례로 먹어야 했다.

나중에는 버릇이 되어 신경을 쓰지 않아도 저절로 그리 되었다. 무엇이든지 자기 쪽으로 끌어당겨야 이득이 된다는 까닭이었다. 그래야 복이 멀리 도망 가지 않고 들어온다고 믿었다.

---

* 술적심: 숟가락을 적신다는 뜻에서 국이나 찌개 따위의 국물이 있는 음식.
* 강다짐: 밥을 먹을 때, 술적심이 없이 그냥 먹음.

식사를 끝내고 수저를 놓는 것도 아무렇게나 상 위에 던져서는 안 되고, 반드시 숟가락 위에 젓가락을 올려놓아야 했는데, 팔할쯤은 상 위에 걸쳐놓고 끝부분이 상 밖으로 이할쯤 나오게 가지런히 놓았다.

식사 후의 밥상이 먹기 전 못지 않게 깔끔히 정리되어 있어야 했다.

짐승들도 배가 부르면 먹지 않는데, 과식하면 금수와 다를 것 없다고 아들이 아직 다 먹지 않은 밥그릇을 "얘, 배 고픈 듯이 먹어라. 그거 많지 않으냐?" 하면서 빼앗듯이 당기기도 했다.

특히 저녁은 안 먹는 게 좋으니 굶으라고 할 때도 있었다.

누가 살인을 했는데, 이러저러하게 죽였다더라—하면서 자기의 목이나 배를 찌르는 시늉도 *살 간다 하여 절대로 하지 않았다.

전기불이나 촛불도 꺼지는 것을 보면 광명과 서광이 떠나간다는 이유로 불을 끌 때는 꼭 눈을 감았다.

이 개화된 대명천지에 이런 금기 따위가 무슨 소용이랴마는, 인수에게는 금과옥조로 일상생활 하는데 불편함이 없었다.

인간이 달까지 갔다 오는 세상에 무슨 개코같은 수작이냐 하겠지만, 이런 것들을 무시하고 서슴없이 행동하는 사람들을 보면, 저런 불학무식한 종자들—하면서 경멸했다.

그러나 혼자서만 그럴 뿐 속내를 보이거나 권하지 않았다.

아들에게까지도—.

---

* 살(이) 가다: 대수롭지 않은 일로 다치는 경우에 '귀신의 짓'으로 여기어 하는 말.

남에게 조금이라도 폐를 끼치거나 불편하게 해서는 안 된다.

아무리 작은 은혜라도 입었으면 반드시 그만큼 갚아야 하는 의무를 철칙으로, 그렇게 할 자신이 없으면 애초에 신세질 일을 만들지 말자는 것이 그의 삶의 철학이었다.

남에게 어떤 도움을 받고 사정상 즉시 보답을 못 했더라도 죽는 날까지 잊어서는 안 된다고는 마음가짐이다.

미국만 해도 그렇다.

6.25동란 때, 모든 걸 다 빼앗기고 나라가 붕괴 직전에 많은 자국의 귀한 목숨을 버려가며 살려 놓았더니 한다는 소리가 미국이 대한민국을 위해서 그런게 아니라 저희 나라를 위해서 그랬다는 것이다.

물에 빠진 사람 건져 놓았더니, 무슨 잇속이 있어서 그랬다는 것이다.

그러면 살려낸 사람이 오히려 안 죽어서 고맙다고 해야 하나?

건져서 물 토하게 하고 인공호흡으로 소생시켜 놓으니까, 거기에 무슨 까닭이 있다고 눈 흘기며 동네방네 떠들고 다닌다.

인간이라면 최소한의 염치는 있어야 하지 않겠는가?

자본주의니 제국주의니 하며 비난 선동하며 그럴 듯한 이론으로 고매한 인격자인 양 정의의 수호자인 양 열렬한 민족주의자 행세를 한다.

오염 물질을 잔뜩 퍼먹고 정신이 오락가락하는 이 위선자들을 보고 있느라면 정말 구역질이 날 지경이다.

백보를 양보하여 그 소리가 옳다 해도 목숨이 붙어 있어야 한다는 것은 어떤 명제보다 우선이 아니겠는가?

남의 집을 방문할 경우 가급적 끼니 때는 피했고 불가피하면사 먹고들 사람들을 만났다.

일가 친척집에 갈 때도 이러하니 그를 보고 너무 고지식하고 깐깐하다고 힐난하는 이들도 있었다. 친구들과 식당엘 들어가도 밥값은 따로따로 냈으면 하는 위인으로 까닭없이 내 것 남에게 주거나 명분 없이 남의 것 *가리틀 생각도 없었다.

가장 철저하게 지키는 생활 법칙이었다.

서쪽이나 북쪽으로 대문이 나 있는 집에서 살아서는 안 된다는 것을 신조로 삼아 이사할 때 대문의 방향이 첫째 가는 조건이었다.

그리고 마시든 아니 마시든 꼭 *자리끼를 머리맡에 두었다.

그런 것들이 무슨 효용이 있어서라기보다는 어릴 적부터 자기 것이 되어 몸에 배어온 터라 쉽게 버리질 못하고 있는 습관이었다.

똘이네 집이 저쯤 되니까 인민재판하던 데는-.

마음이 온통 논틀, 밭고랑, 산골짜기에 빠져 헤메고 있는데, 식사하시라는 아들의 목소리에 퍼뜩 정신이 들었다.

인수는 밥을 먹으면서도 말을 붙여 알만한 사람이 없을까 눈

---

* 가리틀다: 남의 횡재에 자기도 억지로 한 몫을 청하다.
* 자리끼: 잠자리에서 마시려고 머리맡에 떠 놓은 물.

여겨 살폈다.

식당 안쪽으로 칸막이를 아예 떼어놓은 널찍한 방이 보였는데, 큰 밥상들이 여러 개 놓여 있었다.

문지방에 한 *버커리가 걸터앉아 있었는데, 말투나 거동으로 보아 주인인 듯했다.

쪼글쪼글한 면상으로 보아서는 백발이라야 제 격일 텐데 검은 머리가 더 많았다.

구부정한 허리에 조그마한 *몸피로 노인답지 않은 눈매나, 부엌의 딸인지 며느리인지에게 무엇을 시키는 카랑카랑한 목소리가 성깔깨나 있어 보였다.

눈썹 몇 오라기가 유난히 길어 눈망울까지 내려오고 처진 눈꼬리가 진물진물했다.

가무잡잡한 얼굴의 주름은 가늘고 자디잘 뿐 아니라, 이마 한가운데의 것은 간격이 널찍널찍한데 문신처럼 검고 깊었다.

주름골은 규칙없이 가로 세로, 위 아래로 또는 대각선으로 아무렇게 교차하면서 파여있어 한 마디로 지저분한 면상이었다.

턱 밑의 목살은 늙은 소의 그것과 진배 없었다.

산전수전 다 겪어 노회한 늙은이처럼 보였다.

'곱게 살지는 못했구나.'

저 여자도 사춘기, 새색시 적이 있었을 텐데, 그 형상이 좀처

---

* 버커리: 늙고 병 들거나 고생살이로 말미암아 살이 빠지고 쭈그러진 여자.
* 몸피: 몸통의 굵기.

럼 떠오르질 않았다.

태어났을 때부터 저 모양은 아니었으련만-.

인수는 자신도 오십대라는 사실을 잊고 꼭 그래야만 하는 것처럼 노파의 가장 아리따웠던 때를 떠올려 보고자 애썼다.

얼핏 비슷한 모습이 연상되려 하면, 금방 지금의 쪼그라진 할망구로 돌아오곤 했다.

예의 과거 지향적 특기가 발동하여 그의 소녀기, 청춘기, 중년기 등 연령별로 구별해 수차례 시도해 보니 어렴풋이 비슷한 형상이 스치는 듯도 했다.

흰 머리를 검게 하고 주름 없는 팽팽한 피부로 폭 패인 볼을 도도록하고 볼그스럼하게 화장을 시키고-.

그렇게 꾸민 상태로 자꾸 보니 어딘가 낯익은 듯한 가당찮게도 언제 어디선가 몇 번 본 적이 있는 것 같은 생각도 들었다.

저 나이 들도록 살지 모르지만, 저렇게 더럽게 늙지는 말아야 할 텐데. 늙으면 추물이 되는가?

인수는 그를 주의 깊게 살피고 있었다.

보아 하니 노둔해서 말귀도 잘못 알아듣는 *도막이는 아닌 듯했다.

저 노파라면 한 번-.

좌우간 밑져야 본전이란 생각으로 말이라도 붙여보려고 천천히 일어나 노파 곁으로 다가 가서 가까이에 놓여 있는 의자를

---

* 도막이: 시골의 지주나 늙은 이.

끌어당겨, 그의 옆에 앉으며 공손하게 두 손으로 담배를 권했다.

"할머니, 담배 한 대 피우시죠."

노파는 옆 눈으로 낯선 객을 흘깃 보고는 주저없이 담배를 받았다.

공짜 담배를 많이 얻어 피워 보았는지, 조금도 어색하지 않고 자연스러운 태도가 *이골이 난 솜씨였다.

표정의 변화가 없이 무덤덤하게 고맙다거나 미안해 하거나 누구냐고 묻지도 않고 당연한 일인 것처럼 받아들였다.

그의 그런 태도가 차라리 마음 편했고, 오히려 다행이란 생각이 들었다.

인수는 삐죽이 내민 노파의 입술에 매달려 달랑대는 담배에 불을 붙여주려고 성냥을 켜서 두 손을 갖다 댔다.

노파는 손가락으로 담배를 가볍게 쥐고 인수가 대주는 불에 입을 갖다 댔다.

볼따귀가 쏙 들어가도록 연기를 주욱 빨아들인 다음 후우 하고 공중에 내뿜었다.

무슨 한맺힌 응어리라도 토해 내듯이-.

'어?'

인수는 성냥불이 손가락 끝으로 타올라 오는 것도 모르고, 노파의 손과 얼굴을 몇 번이고 번갈아 쳐다보았다.

노파의 담배 쥔 오른쪽 둘째, 셋째 손가락 끝이 납작했다.

---

* 이골: 어떤 방면에 아주 길이 들어서 그것에 익숙해진 상태..

배냇병신 아니면 중간에 무슨 사고로 저렇게 됐구나 혼자 생각하며 관심 밖으로 돌렸다. 그런데 시선을 다른 데로 돌려도 노파의 손가락이 계속 머리 속에서 맴돌았다.

'그야말로 아무 것도 아닌 걸 가지고 내가 왜 그러지?'

자신도 그 까닭을 알 수가 없었다.

저게 뭐더라?

얼른 생각이 안 나는 게 아니라 정신이 혼미했다.

갈피를 잡을 수가 없어 몽롱했다.

가슴이 뛰는 까닭을 자신도 알 수 없었다.

확실히 알 수는 없으나 실마리를 푸는 계기랄까 뜻밖의 발견은 인수를 적잖게 놀라고 흥분하게 만들었다.

'정말 오늘은 여러 번 놀라는군.'

평생 온 나라를 돌아다니면서 이런 손가락을 서근배미에서 처음 보았다.

인수가 놀란 까닭은 손가락이 별나게 생겨서가 아니었다.

세상 사람이 많다보니 정상적인 손이 아닌 사람도 있을 것이라고 무심히 보았으나, 무슨 연고에서였는지 어슴프레하게 언젠가, 어디에서였는가 본 적이 있는 듯 낮익은 저 손가락-.

저것이, 저 손가락이-.

아련한 기억 속에서 단서를 찾아내려고 애썼으나 쉽게 떠오르질 않았다.

멀리 멀리, 그리고 뒤로 뒤로 흘러가 버린 아주 오래 전 시간과 공간 속에서 완전히 사라진 뒤안길 보얀 안개 속에서 천천히 움직이는 검은 그림자처럼 실체를 알 수 없는, 그러나 막연하고 불분명하지만 사랑과 증오의 감정이 한 덩어리로 뒤엉켜 밀려오는 듯한 느낌이었다.

인수가 엉거주춤 의자에서 상반신을 일으키자, 노파는 웃으면서 손가락을 펴보였다.

"왜, 이걸 보구 그러슈? 새색시 적 디딜방아에 겉보리 *께끼다 이리 됐지."

이 *곤쇠아비동갑이 똘이 엄마라는 것을 깨닫는 데는 그리 오랜 시간이 걸리지 않았다.

시장하기도 해서였지만, 이 설렁탕집 앞에 쌓여 있는 수박 더미를 보고 식후에 그것도 먹고 갈 욕심으로 겸사겸사 들어왔는데, 그러기를 잘 했다는 생각이 들었다.

인수가 처음 그를 봤을 때, 나이에 비해 너무 검은 머리를 보고 소름이 끼치면서도 말을 붙여보고 싶은 감정.

똘이 엄마 말고도 저런 손가락을 가진 사람이 또 있을 수 있다고 생각되어 반신반의했으나 거의 틀림없어 보였다.

얼굴 씻겨주고 된장 발라 싸매주던 똘이 엄마, 유난히 별이 빛나고 개구리 울음 엉머구리 끓던 밤 멍석에서 있었던 일, 정겨운 눈길 주고 받으며 따듯하게 오가던 둘만의 비밀한 미소,

---

* 께끼다: 절구질할 때, 확의 가로 솟아오르는 것을 가운데로 밀어넣다.
* 곤쇠아비동갑: '나이 많고 흉측한 사람'을 속되게 이르는 말.

까닭모를 심술, 커다란 관심을 지나친 무관심으로 표현하던 똘이 엄마.

가당찮은 고민을 하며 가슴 아파하던 세월들, 꼬리를 물고 연달아 떠오르는 어릴 적 지난날의 상념들-.

아니야, 이거 내가 잘못 짚은 거야, 이 여자가 똘이 엄마라니.

그럴 리가 없었다.

인수는 사실을 인정하고 싶지 않았다.

적어도 그 이는 늙어도 이렇지는 않았을 것이다.

인수는 애석해 했다.

좀 전까지만 해도 그 때의 똘이 엄마를 생각하며 햇볕에 그을리고 밭일에 상처 입었으나 건강하고 상냥했던 그의 얼굴이 첫사랑처럼 뇌리를 떠나지 않고 있었기 때문이다.

그가 흘러가는 세월과 풍파에 시달린 인간들의 대표가 된 듯한 몰골로 지금 인수 앞에 앉아 있는 것이 아닌가.

'원, 세상에 이럴 수가 있나, *늙마에 이렇게 만나다니.'

인수는 내심 적지 아니 놀랐으나 시치미를 떼고 태연히 그리고 가늘게 떨리는 손을 감추며 주머니에서 천천히 담배를 다시 꺼내 입에 물었다.

담배를 피우고 싶어서가 아니라 두근거리는 가슴을 진정시키고 마음을 정돈하기 위해서였다.

노파는 투박한 사기 재떨이를 인수에게 데퉁스럽게 밀어붙였

---

* 늙마: 늙어가는 판.

다.

　"할머니는 전부터 여기 사셨나요?"

　손가락 두 개의 끄트머리가 저런 사람이 어디 또 있으랴 싶었고, 다시 얼굴을 찬찬히 뜯어보니 틀림없는 옛날의 똘이 엄마였지만, 그의 입으로 확인하고 싶었다.

　제발 똘이 엄마가 아니었으면, 정말 그 이가 아니었으면-.

　그 일 이후, 사십 여 년을 살아오는 동안 똘이 엄마는 인수에게 가물가물 한 조각 구원의 여인으로 남아 있었다.

　"나야, 뭐 옛날부터 여길 떠나 본 적이 한 번두 없수."

　돌담길 따라 거칠고 쓸쓸한 들판으로 흩어져 가버린 머언 먼 옛날을 회상하듯 인수의 얼굴은 쳐다보지도 않고 창밖의 녹음을 멀리 바라보았다.

　"그럼 육이오 때두 여기 사셨군요?"

　"융니오 때? 물론이지 그땐 예가 아니구 저 대리(다리) 건너, 지끔(지금)은 수박밭이 됐지."

　긴 세월이 흘러간 지금, 겉모습만으로 그 사람이라고 단정하기엔 어떤 저항감이 있었으나, 너무 꼬치꼬치 여러 가지를 묻는 것 같아서 그냥 무심히 지나가는 말처럼 대화를 하고 있었지만, 철두철미한 성격의 인수는 검증을 거치면서 거의 완전무결한 결론을 얻을 수 있었다.

　'역시 그렇구나-.'

　오랫동안 간직했던 귀한 물건을 잃어버린 기분이었다.

"그런데 어디서 오셨수? 근동 분은 아닌 거 같은데?"

여전히 시선은 창밖에 둔 채 퉁명스러웠다.

"네에, 실은 날리(난리) 때, 저 아래 분당리에서 잠시 지낸 적이 있지요. 그때 여기 서근배미에 몇 번 놀러 왔었는데, 지금 와 보니 뽕밭이 바다된다고, 너무 많이 변해서 어디가 어딘지 통 모르겠는데요."

인수는 어디서 왔느냐는 소리는 못 들은 척 짐짓 딴 소리를 했다.

이 곳이 개발되면서 서울 사람들이 몰려 와 *걸태질을 한다고 소문이 난 걸 알고 있기 때문이었다.

"어이구 이 양반아, 몇 십 년 전을 말해 뭘 허우. 사오 년 전은 커녕 한두 해만 지나두 천지개벽이 되는 시상(세상)인데, 보아하니 떡 사먹을 양반 눈만 봐두 안다구. 선생두 땅뛔기라두 물색하러 오신 거 같은데 조금 늦었구랴. 여기 웬만큼 쓸 만한 물건은 전부 서울 사람들 꺼라우."

혼자서 북 치고 장구 치고 진단 처방까지 내렸다.

여태까지 말 상대가 없어 혓바닥이 근질근질해서 못 견디었다는 듯 다변이었다.

"허어, 그래요? 하기는 겸사겸사 왔지요. 옛날 생각도 나고 바람두 쏘일 겸 해서."

인수는 능청을 떨었다.

---

* 걸태질: 탐욕스럽게 마구 재물을 긁어 모으는 짓.

노파는 끝까지 거의 타 들어가 한 모금 밖에 남지 않은 담배를 남김없이 빨아들여 후하고 뱉으면서 재떨이에 담뱃불을 힘주어 여러 번 짓눌러서 부벼 껐다.

험난한 가시밭길을 걸어온 사람들이 지난 세월을 돌이켜 생각할 때에 짓는 특이한 무표정-.

가만히 머리를 들어 또 창밖으로 시선을 옮겼다.

그리고 다시 고개를 똑바로 하고 눈길을 밑으로 내리깔았다.

무슨 마음의 정리라도 하려는 듯 말 많던 그는 한동안 침묵으로 일관했다.

뜻밖의 손님과 이야기를 나누면서 지난 인생의 덧없음을 다시 느끼는 계기가 된 것일까?

인수는 노파의 얇은 입술에서 눈을 떼지 못하고 있었다.

한 많은 삶의 끄나풀 자락이 아직도 치마폭 끄트머리 한쪽에 매달려 있는 듯 깊은 숨을 쉬었다.

"여기 오래 사셨으면 이 동네 역사는 훤하시겠습니다."

인수는 역사란 말에 힘을 주었다.

"어느 집에 숟갈이, 뉘 집에 밥그릇이 몇 갠지 꿰뚫지."

인수는 얘기가 의외로 쉽게 시작될 조짐이 보이자 긴장이 풀리고 마음이 놓였다.

침이 말랐다.

이제 비위를 맞춰가며 유도만 잘 하면 본인 똘이네와 자연스럽게 상인네 얘기도 나올 수 있다는 기대감에 부풀었다.

마을 내력에 통달한데다가 구태어 꼬치꼬치 묻지 않아도 벼라별 이야기를 다 들을 수 있겠다는 생각이 들었다.

중간중간 장단이나 맞춰주고 적당히 이야기를 잘 굴러갈 것이었다.

이야기하는 태도나 표정으로 보아 그는 어떤 욕구 불만이나 열등감으로 가득했고 정서적으로도 몹시 불안해 보였다. 눈치로 보아 하고 싶은 이야기도 많고 또 그것이 그의 정신적 육체적 자극과 갈등을 해소하는 방법 중 하나인 것 같기도 했다.

작심한 바 있어 얘기가 금방 끝날 것도 아닐 터이고 보니, 아무래도 아들이 걸렸다.

결국 불만스러워 하는 아들을 달래서 먼저 서울로 보냈다.

한결 마음이 편하고 여유로웠다.

"약주 한 잔 하시죠?"

인수는 이야기를 끌어내고 부드럽게 진행하는데는 술기운이 효과적이라 생각했다.

이번에도 쓰다 달다 말이 없었다.

술잔이 몇 번 오갔는데, 체격이 건장한 중년 남자 하나가 들어오더니 곧장 그들이 있는 방으로 다가왔다.

"어머니, 지금 다녀오는 길입니다."

"오냐, 나 손님허구 술 한 잔 헌다."

"네, 그런데 너무 허지 마세요."

노파의 아들로 보였는데, 노모의 과음을 걱정하고 있었다.

어감으로 보아 노파는 술을 즐기고 또 주사가 있는 듯했다.

'?'

큰 체격, 좋은 인상의 곱슬머리-.

인수가 낮에 만난 수박밭 주인이었다.

그도 인수를 쳐다보고 깜짝 놀라며 웃는 얼굴로 답해 주었다.

"아니 아까 그분 아니신가요? 어떻게 우리 집엘 다 오셨네요."

"허어- 예가 선생 댁인 줄 정말 몰랐구료. 어쩐지 앞에 수박이 쌓여 있더라니, 배도 출출하고 해서 들어왔는데 반갑소."

"예, 식구들두 먹구 팔기두 허구 그러죠. 그런데 아까 보니 학생두 있던데?"

"네, 먼저 보냈습니다."

"아, 그러셨군요. 전 볼 일이 있어서 잠시 나가 보겠습니다. 천천히 많이 드십쇼."

그는 밖으로 나가고 인수의 관심은 다시 노파에게 쏠렸다.

"아드님인가 본데, 인물이 좋습니다."

"예, 그래요. 이 에미한테 잘 헌다우."

묻지도 않는데 아들 자랑을 한다. 거기엔 무슨 까닭이 있어 보였다.

"저 부엌에 있는 아주머니는 자부신가 보죠?"

"예, 며느리라우."

인수는 똘이네 집안 내력을 정리하는데 약간의 시간이 걸렸다.

그러면 저 곱슬머리가 똘이란 말인가?

노파가 똘이 엄마임이 틀림없고, 그 사내가 그에게 어머니라고 하니, 그가 똘이일 수밖에 없었다.

다시 노파를 쳐다보았다.

틀림없는 똘이 엄마, 남씨 부인이었다.

저 할망구가 똘이 엄마, 어렸을 적 서근배미에서 가슴 설레이게 했던 그 깜장콩 오리손이란 말인가?

부끄러웠다.

뒤이어 밀려오는 허무함, 상실감, 공허함, 묘한 연민의 정과 실망감-.

인수는 고기 한 접시를 더 시켜놓고 *비나리치면서 듣고 싶은 얘기가 나오도록 유도했다.

인구에 회자하는 명작이 공연되는 객석의 관객처럼 인수는 가볍게 흥분하며 침을 삼켰다.

늙은 몸에 술이 몇 잔 들어가자 부쩍 말이 많아지기 시작했다.

과음하지 말라 한 아들의 당부는, 아마도 취하면 수다장이가 되는 그의 주벽을 경계함인 듯했다.

인수는 잘 됐다고 생각했다.

똘이네, 상인네의 *하회도 그렇지만, 새로운 의문으로 떠오른

---

* 비나리치다: 아첨을 하면서 남의 비위를 맞추다.

저 아들이란 도대체 누구인가?

특히 곱슬머리는 유전이라는데, 똘이 부모는 그렇지 않았다.

시간이 가면서 아들이 걱정해 마지않던 예의 말보가 터지면서, 가슴에 서리고 맺힌 이야기가 쏟아져 나오기 시작했다.

웃음과 울음을 섞어가며 대목에 따라서 어눌한 말로, 또는 능변으로, 어떤 때는 이야기를 중지한 채 멍하니 어두운 창밖을 내다보면서 헌 체로 술거르듯, *터회(攄懷)는 꼬리를 물고 이어졌다.

---

* 하회: 어떤 일의 결과로서 빚어진 상황이나 결정.
* 터회: 마음 속에 품은 생각을 터놓고 이야기 함. 터포.

4

똘이네는 서근배미(밤마을) 아랫동네에서 한창 전투가 벌어지고 마을 사람들이 산으로 올라간다고 법석을 떨던 날 밤, 이미 남쪽 널다리를 지나 신갈 근처에 와 있었다.

그들은 이미 서근배미 사람이 아니었다.

그리고 국군이 오면 살아남기 어려운 사람들이었다

인민군을 따라가볼까도 했지만, 그 동안 함께 지내오면서 그들의 작태를 보고 그만 정나미가 떨어졌다.

짐승을 잡고 나서 사냥개를 잡는 식의 그들과 동행한다는 것은 아무리 여러모로 생각을 해도 섶을 지고 불에 뛰어드는 것과 다를 바 없다는 결론을 얻었다.

고향에 눌러앉을 수도 북으로 갈 수도 없으면 결사적으로 남행길 뿐이었다.

무작정 될수록 멀리 떨어진 타향에 마땅한 데가 있으면 거기서 자리잡고 그 곳 사람이 되자.

십중팔구 모르는 사람들 뿐일테고 부역자란 사실을 알 리 없을 것이라 생각하니 마음이 가벼웠다.

*덧정 붙이고 살다보면 타향도 고향이나 무엇이 다르랴?

방향을 정하고 보니 살 길을 찾은 것 같았다.

새로운 희망과 함께 기운이 났다.

목표를 세우기는 했으나 쉬운 일은 아니었다.

미처 생각지 못한 위험이 따르고 있었다.

후퇴하는 인민군의 핏발선 눈을 피해 가야 하는 어려움이 뒤따랐다.

남부여대하고 남쪽으로 내려가는 사람들을 패주하는 그들이 고운 눈으로 볼 리 없었다. 화풀이로 인명 피해가 속출했다.

그래서 호젓한 산골짜기나 능선을 타고 조심조심 이동했다.

산 아래 개울을 끼고 나란히 뻗어 있는 신작로에 후퇴하는 인민군의 힘없는 대열이 꼬리를 이었다.

똘이네는 산중턱의 평평한 풀밭을 지나서 나무 하나 없이 잡초만 무성한 들판을 지나는데 시야가 탁 트여 왠일인지 불안해

---

* 덧정: 한 곳에 오래 정이 들면 주변의 것까지 다정하게 느껴지는 정.

서 쩔쩔매다가 우연히 신작로를 내려다 보니 조금 전까지만 해도 그 많던 인민군이 전부 어디로 갔는지 하나도 보이질 않았다.

길 옆으로 한쪽은 넓은 개울이고 그 반대쪽은 숨을 데 없는 논바닥인데, 대관절 순식간에 어디로 사라졌는지 의아스럽기보다 신기할 정도였다.

왜일까, 어디로들 갔을까?

그 많은 인원이 어떻게 한꺼번에 사라질 수 있을까?

바로 그때, 똘이네가 서 있는 앞쪽 등성이 위에서 갑자기 폭음이 울렸다.

돌연 전투기 한 대가 그들을 향해서 정면으로 꽂히듯 급강하고 있었다.

조종사가 눈에 보일 정도였다.

똘이네를 후퇴하는 인민군으로 오인한 모양이었다.

위기의 순간이었다.

그때 똘이 아버지는 재빨리 두 팔로 똘이를 머리 위로 치켜들어 올렸다.

그리고 똘이 엄마는 보따리를 높이 들어 흔들었다.

곧 총알을 퍼부을 듯이 내리 꽂히던 비행기의 기수가 순간적으로 하늘로 솟았다.

'휴.'

전신에 식은땀이 흘렀다.

인민군들이 감쪽같이 사라진 까닭을 그제서야 알았다.

미군 비행기가 아직 보이기도 전일 텐데 어떻게 미리 알고 대처를 했는지 똘이네 머리로는 이해할 수 없었다.

놀란 가슴을 진정시키려고 한참 동안 풀숲에 앉아있다가 산 아래를 내려다 보니 언제 무슨 일이 있었냐는 듯 인민군의 행렬은 계속이어졌다.

아껴 먹던 식량도 떨어졌다.

배고픔과 산행의 고통 속에서 이러다가 식구가 한꺼번에 모두 죽는 것이 아닌가 덜컥 겁이 났다.

당장 아무거나 먹지 않고는 배겨 낼 재간이 없었다.

제일 힘없이 늘어진 똘이가 걱정이었다.

산 아래 골짜기에 몇 채 집을 발견하고 음식을 구해 보기로 했다.

내려갔다가 잘못되어 죽는다 해도, 이래 죽으나 저래 죽으나 죽기는 매일반이라 더는 버틸 수가 없었다.

평지로 내려와 *솔수펑이에 숨어서 먼 발치로 동정을 살피던 똘이 아버지는 깜짝 놀랐다.

큰 길가 조그만 마을에 태극기가 걸려 있었다.

눈을 비비고 다시 봐도 틀림없는 태극기였다.

어찌된 영문일까?

오호라, 여기 젊은이들이 목숨을 걸고 똘똘 뭉쳐 인민군들을 쫓아냈구나. 그래서 이 곳 만큼은 빨갱이들이 발을 못 붙이는구

---

* 솔수펑이: 솔숲이 있는 곳.

나 싶었다.

그러나 그의 판단은 잘못된 것이었다.

결과적으로 똘이네는 모르는 사이에 산 속에서 국군과 인민군이 대치하는 전선을 넘은 것이었다.

서로간의 거리가 그리 멀리 떨어지지도 않은 채 전선을 마주하고 있는데, 산을 넘는 동안 대포는 커녕, 소총 소리 한 번을 듣지 못했다.

최전선이 이럴 수가 있구나 하면서 얼떨결에 지나온 행적을 돌아보며 가슴을 쓸어내렸다.

산 너머에는 인민군의 대열이요, 이쪽은 태극기라니 작은 산 하나를 두고 다른 세상이 펼쳐져 있었다.

태극기를 멀리 바라보는 똘이 아버지의 심경은 갈피를 잡기 어렵게 뒤섞여 뭐가 뭔지 모르게 어수선했다.

이 길가 마을의 사정이 어떻든 눈물이 핑 돌며 왈칵 달려가 매달리고 싶은 강렬한 충동을 느꼈다.

그것은 오랫동안 헤어졌던 아버지, 어머니를 갑자기 만난 것과 비슷한 감정이었고, 안식처를 갈구하는 떠돌이의 반가움 같은 것이었다.

뒤이어 밀려오는 공허감, 허탈감, 공포심―.

부역자라는 무서운 그림자가 앞을 가로막았다.

'네 맘대로? 안돼!'

잠깐 동안의 희망과 기대는 순식간에 절망감으로 바뀌어 똘이 아버지의 가슴을 무겁게 짓눌렀다.

그러면 그럴수록 바람에 휘날리는 태극기가 더욱 아름답고 산뜻하게 보였다.

그들은 한 농가에서 어렵잖이 허기를 채우고 휴식을 한 후 큰 길로 나왔다. 그래도 조심스러웠다.

산 밑 골짜기와 길 옆 농로나 논바닥에 미군들이 기관총을 걸어 놓고 전투 태세로 엎드려 있었다.

어떤 미군은 기관총에 붙여 놓은 여자의 벌거벗은 사진을 들여다보고 희죽희죽 웃는가 하면, 흑인 병사는 총을 들고 선 채로 껌을 질겅질겅 씹으며 길 위의 피난민들을 바라보고 있었다.

이런 험악한 데를 아무 것도 모르고 지나왔다니 기가 막혔다.

어제만 해도 그랬다.

배도 고프고 계속된 산길에 파김치가 되어서 아래 평지로 내려가 좀 편한 길을 걸을까 했었다. 위험한 짓이란 걸 모르는 바 아니지만, 이동 속도도 느렸고 무엇보다 너무 힘이 들었기 때문이었다.

산 아래 개울가, 논밭, 평지, 길바닥 등 시선이 닿는 곳은 구석구석 살폈다.

아무 데도 사람이 보이지 않았다.

그래, 괜찮을 것 같았다. 내려가자. 내려가더라도 큰 길을 피해서 산 밑을 따라 흐르는 개울을 끼고 나란히 뻗어 있는 오솔길로 가자.

이렇게 작정을 했으나 그래도 마음이 놓이질 않아 망설이며 풀숲에 앉아 뜸을 들이는 중이었다. 두 내외는 칭얼대는 똘이를 무릎에 앉히고 달래면서 무심히 그들이 가려했던 길을 내려다보았다.

조금 전까지만 해도 개미 새끼 한 마리 없었는데, 인민군 수십 명이 똘이네가 가려고 마음 먹었던 바로 개울 옆 소로를 따라 도주하고 있질 않는가?

주춤 거리지 않고 바로 내려갔다면 영낙없이 그들과 맞닥뜨렸을 것이고 독이 오른 그들이 남쪽으로 향하고 있는 똘이네를 가만 놔두지 않았을 것이다.

하늘이 돕는구나―.

똘이네는 이 곳에서 빨리 벗어나야겠다는 일념에 산 속에서 *죽살이치며 이십여 리를 더 걸어 여기까지 온 것이다.

다 닳아 빠져 아가리가 들여다보이는 검정 고무신을 *들메끈으로 단단히 *들메어 신었는데 신발 속으로 모래 흙이 들어와 부르튼 발가락 발바닥을 긁어대 제대로 걸을 수가 없었다.

그래도 내친김에 곤지암까지 오니 한결 마음이 놓였다.

신작로에는 무장한 국군들이 북으로 향하고 있었다.

집을 떠나 여기까지 오는 동안 쌍방의 많은 군인들은 보았으나 희한하게도 사람을 죽이거나 교전하는 광경은 한 번도 목격

---

* 죽살이치다: 어떤 일에 죽을 힘을 다해 애 쓰다. 죽살치다.
* 들메끈: 들메하는데 쓰는 끈.
* 들메다: 신발이 벗어지지 않도록 끈을 단단히 조여 매다.

한 적이 없었다.

똘이 아버지는 살림 나부랭이를 지게에 얹고, 똘이 엄마는 애를 업은데다가 옷가지 등속을 머리에 이고 있어 그 고통스런 표정으로 보아 얼마나 더 가다가 주저앉을런지 의심스러웠다.

하루에 삼 사십 리를 걸었고, 그렇게 못 갈 때도 있었다.

온종일 땅만 보고 걸었다.

할 이야기도 할 짓도 없었다.

그저 덮어놓고 남쪽을 향해 걷는 일만이 사는 길이었다.

그리고 이 고행이 언제, 어디서, 어떻게 끝나리라고 예측할 수도 없었다.

초상집 개같이 저물면 동냥해 먹고 자고나면 다시 걸었다.

목표도 종착점도 없는 한심한 생사의 걸음이었다.

생활이란 가당찮은 수식어일 뿐 생존을 위한 치열한 싸움이 있을 뿐이었다.

*발덧으로 한 걸음도 못 옮기고 그 자리에서 뭉갤 때도 있었다. 잦은 주접이 끊이지 않는 똘이는 하루 종일 포대기에 싸여 답답해서인지, 젖 생각이 나서인지 자주 울어댔다.

강단이 있는 내외였지만 너무나 고달픈 나날이었다.

그러나 희망의 부푼 꿈을 안고 신천지를 일구려는 개척민의 마음으로 언젠가는 끝이 있겠지 하며 고단함을 달래고 있었다.

피난길은 지지부진했다.

---

* 발덧: 길을 오래도록 걸어서 생긴 발의 병.

설달 전에 서근배미에서 몇 백 리쯤 떨어진 데까지 갈 예정이었으나, 그에 못 미처 해가 다 가고 있었다.

날이 저물면 아무 빈 집에나 찾아 들어가 부엌이고, 광이고 오양간, 마루밑까지 들쑤셔 먹을 것을 찾아내 *걸터먹었다.

어떤 집 독에는 내다 팔려고 했던 것이 분명한 감이 가득 들어있었는데, 먹고싶은 걸 꾹꾹 참고 어린 것들조차 손을 못대게 하며 돈을 만들려 했을 집주인의 얼굴이 떠올랐다.

대개는 주인 없는 집에 피난민들로 그득했다.

어느 집이고 간장 된장, 김장 김치가 얼마간씩 있어 나그네들의 요긴한 건건이가 되었다.

똘이네는 날만 밝으면 나가서 무작정 걷기만 할게 아니라 이곳 이천 읍내에서 마땅한 빈 집을 물색해서 며칠 동안 있어 보기로 의논했다.

고향집을 떠나서 한날 이고 지고 정처없이 걷다보니 발이 부르트고 다리가 휘청거릴 뿐 아니라, 무엇보다 추워지는 날씨에 사대삭신이 안 쑤시는 데가 없어 휴식이 필요했다.

엎친 데 덮친 격으로 똘이 엄마가 몸살이 났는지 갱신을 못하는데, 약이 있나 의원이 있나 죽지 않으면 저절로 나을 때까지 기다릴 수밖에 없었다. 때마다 먹을 것이 걱정이요, 피난길에 지친 똘이 엄마는 누웠고, 어린 것은 영양실조인지 보채지도 않고 생기를 잃은 채 축 늘어져 있어 시체나 다를 바 없었다.

---

* 걸터먹다: 이것저것 닥치는 대로 휘몰아 먹다.

이리 뛰고 저리 설쳐도 먹거리 구하기가 쉽지 않았다.

구걸도 한두 번이지 몇 번 가면 면박을 주었다.

어떤 때는 야금야금 가다가 십여 리 밖까지 가서도 동냥은 커녕 *생파리 잡아떼듯 하는 원주민에게 망신만 당하기도 했다.

똘이 엄마가 기력을 회복하면 이번에는 똘이 아버지가 자리보전을 했다, 그러는 사이에 정월이 다 갔다.

잦은 신병으로 계획에 차질이 생기자 조금이라도 더 남쪽으로 그리고 빨리 가야겠다는 그들을 더욱 초조하게 만들었다.

국가 이익에 배반하는 일에 가담했으니 아는 사람이라도 만날까 두려웠고 도망도 다 가기 전에 다시 인민군 세상이 된다면 또 다른 변절자가 될 판이었다.

불안한 마음을 떨쳐 버릴 수 없어 오직 더 빨리 그리고 더 멀리 남쪽으로 가는 것 만이 사는 길이라 믿었다.

몸이 웬만해지자 다시 피난 길로 나섰다.

어떤 계집애는 두툼한 솜이불을 두르고 신은 새끼에 둘둘 말려 오뚜기 모양 뒤뚱뒤뚱 잘 걷지도 못하고, 또 어떤 애는 입술에 성에가 끼어 눈동자만 데굴데굴 굴리고 있었다.

누구나 모양이 *개잘량이었다.

물묻은 손으로 쇠문고리를 잡으면 쩍쩍 달라붙었다.

피난민들은 날이 어둡기 전, 아직 해가 남아 있을 때 가던 길

---

* 생파리 잡아떼듯: 말도 붙여보지 못하도록 쌀쌀하게 거절하는 경우를 이름.
* 개잘량: 털이 붙은 채로 무두질하여 다룬 개의 가죽.

을 멈추고 잘 곳을 찾아 들었다.

추위를 피할 잠자리도 그러려니와 저녁 끼니를 마련하는데 시간이 걸렸기 때문이었다.

사람들은 먹고 걷고 자는데 길이 들고 익숙해져서 귀찮거나 힘든 일로 여기질 않고, 마치 옛날부터 그렇게 해온 것처럼 눈 뜨면 의례하는 일로 받아들여 근심 걱정 하나 없는 듯보였다. 생전 처음 보는 남들과 한 방에서 떠들고 지내면서 그 날 있었던 일을 가둥그리하고 있었다. 피난간 집주인이 겨우내 때려고 고생해서 해놓은 땔나무로 오는 사람들마다 밥을 해 먹어 방바닥은 늘 절절 끓었다.

너무 뜨거워 까맣게 탄 아랫목 가운데를 차지한 이들은, 가만히 앉아 있지를 못하고 엉덩이를 들었다놓았다 뒤채이면서도 자리를 빼앗길까 보아 옮겨 앉질 못하고 버텼다.

아직 잠을 자기 전에 살펴보면, 어떻게 또 뭘로 배를 채웠는지, 배고픈 사람은 하나도 없어 보였고 희한하게도 모두 흡족한 표정이었다.

문 밖은 얼음 부딪히는 소리가 나도록 춥지만, 방 안은 한증막 같아서 방문을 열면 순식간에 안개 같은 김이 하얗게 서려서 금방 시야를 가렸다.

가장자리에 앉은 이들은 모두 등을 벽에 기댄 채 방 가운데를 향해 다리를 길게 뻗고 있었다.

다리를 잠깐 꼬부리고 싶어도 그럴 자리가 남아 있지 않는 형편이라, 아침이 되어 일어날 때까지 계속 그런 자세로 있어야 했다. 콩나물시루처럼 *통메우고 앉아서, 무슨 할 얘기들이 그리 많은 지 일장 연설을 하는 이, 핏대를 올리며 떠들어대는 이, 어떤 이는 무슨 신나는 일이 있었는지, 아니면 환장을 했는지 까닭없이 빙글빙글 웃고 있어 인간 전시장 같았다.

초점 없는 눈으로 허공을 응시하는 사람, 훌쩍훌쩍 우는 아주머니도 있었다.

오줌이라도 누고 오면 앉았던 자리가 죽 떠먹은 자리처럼 메꾸어졌으나, 거기가 제 자리라고 발바닥부터 들이밀고 다리, 엉덩이 순으로 슬슬 비비적대면 신기하게도 복원이 되었다.

아무도 불평하지 않고 기득권을 인정해 주었다.

똘이네는 이삼 일이 아니라 처음 계획했던 대로 이천 근처에 눌러앉을까도 했으나, 아무래도 더 내려가는 것이 안전할 것 같아 좀 더 가기로 마음을 바꾸고, 장호원, 음성을 지나 내친김에 직산까지 내려갔다.

장딴지가 차돌처럼 단단해지면서 *파근했고 점심 전에 아니, 하루 종일 배가 고팠다.

똘이 엄마는 *패랭이에 숟가락 꽂고 지내는 신세를 언제나 면할지 몰라, 남편과 시선이 마주칠 때마다 *계정계정하며 퉁퉁증

---

* 통메우다: 좁은 장소에 많은 사람들이 몰려 들어가다.
* 파근하다: 다리의 근육이 지치어 노작지근하고 무겁다.
* 패랭이에 숟가락 꽂고 살다: 떠돌아다니는 불안한 살림을 비유함.
* 계정계정하다: 자꾸 불평스러운 말이나 짓을 하다.

을 냈고 똘이 아버지는 못 본 체, 못 들은 체 했다. 피난민의 괴로움은 한두 가지가 아니었다.

배고픔, 질병, 추위, 식구들과의 헤어짐, 제2국민병에 남편을 보낸 젊은 아내들-.

그 중에서도 제일 견디기 힘든 것은 배고픔이었는데, 지금 이곳에 넘쳐나는 사람들의 위장 속 내용물들은 거의 같을 것이었다.

어떤 사내 두엇이 추녀밑 짚낫가리에 앉아 잠깐 쉬고 있는 똘이 아버지에게 다가왔다.

"당신 몇 살이요?"

밑도 끝도 없이 나이부터 묻는데 밸이 꼴렸다.

"왜 그러슈?"

"당신 지금 제2국민병으루 데려가야겠소."

날벼락이었다.

"허-, 그래요? 거 잘 됐소."

똘이 아버지는 얼른 일어나 궁둥이를 털었다.

"?"

그들은 의외로 고분고분한 똘이 아버지를 놀란 눈으로 건너다봤다.

이 길바닥에 널린 남자들 가운데 십중팔구는 겁에 질려 사정을 하거나 단 몇 푼이라도 주고 곤경을 면해 보려고 하기 마련인데 이건 별종이었다.

"어서 갑시다. 그런데 조건이 있소. 저 어린 것허구 아이 에미를 당신들이 맡으쇼."

사내들은 아무 말도 못하고 벌 쏘인 사람처럼 휑 하니 가 버렸다.

"원 별 *발김쟁일 다 보겠네."

세상이 어수선하고 살기가 어렵다보니 여기저기 헤집고 다니면서 세상 물정에 어둡고 *무죽은 맹꽁이로 보이는 사람에게 거머리같이 달라붙어 무슨 국가 공무원이나 전시의 특수기관원 행세를 하면서 공갈 협박을 하고 쇠푼 몇 닢을 등쳐먹는 작자들이 있다는 소리를 이미 똘이 아버지도 들어서 알고 있었다.

근처에 인가라고는 하나 없는 곳에서 날이 저물었다.

멀리 보이는 불빛으로 어림잡아 마을은 한참을 더 가야 할 거리에 있었다.

대개는 *해거름에 잘 집을 찾아들곤 했는데, 이 날은 어찌하다 보니 그렇질 못했다.

전부 남들 차지가 되어 이 집 저 집 돌아다니며 고생할 때도 있어서 논틀, 밭틀에 엎어지고 자빠지며 숨이 턱에 차도록 뛰곤 했다.

막상 당도하면 아니나 다를까 먼저 온 사람들이 방은 물론, 마루, 부엌, 헛간, 어릿간, 김치광, 외양간, 심지어 이엉 밑까지

---

* 발김쟁이: 못된 짓을 하며 함부로 여기저기 다니는 사람.
* 무죽다: 야무진 맛이 없다.
* 해거름: 해가 질 무렵. 해름

볏짚을 두둑하게 깔고 둘러앉아 있었다.

*집터서리와 바닥에 가마니를 둘러막고 깔고 하여 밤샐 채비를 하는 이들도 보였다.

매운 고추바람이 살품을 파고드는 밤이었다.

농가로는 제법 큰 편인 어느 집 앞에 여러 사람이 웅성대고 애들과 늙은이는 대문 밖 맨땅에 가마니를 깔고 이불을 뒤집어쓴 채 한뎃잠 잘 준비를 하고 있었다.

사내들은 밖에서 안을 향해 무어라고 떠들며 종주먹을 쥐고 삿대질을 하면서 *싸개통을 벌리고 있었다.

내용인 즉, 먼저 집을 차지한 피난민이 다른 사람의 입주를 막는다는 것이었다.

처음에는 그들이 집주인인 줄 알았으나 사실은 알고보니 같은 피난민 주제에 자기 집인 양 텃세를 하며 다른 사람들은 한 걸음도 들여놓지 못하게 한다는 것이다.

똘이 아버지가 대문으로 다가가서 틈으로 가만히 들여다보니 마당에 *화톳불을 환하게 피워놓고 앙바틈한 체구에 민대가리로 술을 먹었는지, 아니면 하루 종일 아궁이 앞에 앉아 군불 땐 놈 모양으로 낯짝이 벌게 가지고 희멀건 눈알을 번득이는 물건 하나가 엄동설한에 팔을 걷어붙이고 손짓 발짓을 하고 있는 화상이 보였다.

---

* 집터서리: 집의 바깥 언저리
* 싸개통: 여러 사람이 둘러싸고 다투며 승강이 하는 일.
* 화톳불: 장작 따위를 한 군데에 수북하게 모아 질러놓은 불.

미상불 상판만 봐도 만만한 종자가 아닌데다가 자식인지 사위인지 *모착한 녀석 하나가 불량한 목자를 하고 옆에서 거들며 게거품을 흘리는데 사람들이 주눅들 만했다.

슬쩍 보기에도 너른 집에 제 식구들만 있어서인지 여유가 있어보였다.

"저이들이 이 집 주인이랍디까?"

똘이 아버지가 사정을 물었다.

"그렇지 않아요, 보따리를 보나, 허는 거동이나 우리와 같은 피난민 같습디다."

"아니, 같습디다가 아니라 지 입으루두 피란민이라 하데."

"원, 이럴 수가 있나, 그런데 왜 못 들어가게 한대요?"

"서울서 대학 선생하던 사람인데 시끄러운 건 아예 질색이랍니다. 조용히 자기들만 있구 싶으니 다른 데루 가 보라는 게요."

"허어- 이런 떡을 할 작자가 있나-."

그들보다 기가 죽어 추워서 떨면서도 밖에서 떠들기만 하는 사람들이 더 한심했다.

난리통의 간난신고로 어느 정도의 *미립을 얻어 없든 악질끼가 생긴 똘이 아버지가 빗장 질린 대문짝을 힘껏 발로 찼다.

가만히 *매개를 보니, 동냥아치 떼쓰듯 해서는 호락호락 받아

---

* 모착하다: 아래 위를 잘라낸 듯이 짤막하고 똥똥하다
* 미립을 얻다: 경험으로부터 얻은 묘한 이치를 깨닫다. 요령.
* 매개를 보다: 일이 되어가는 형편을 살펴보다.

들일 인간이 아님에 막 가기로 했다.

사람들은 조그만 체격에 볼품 없는 웬 *총냥이가 갑자기 나서서 저러나 하며 제 깜냥으로 어쩌려나 했다.

농촌의 순박한 무룡태인지라 그들은 이런 방면에 경험이 풍부할 리 없었다.

첫 발길질에 문이 열리지 않자, 뒤로 몇 걸음 물러섰다가 달려가서 맨 몸으로 부딪치니 빗장이 부러지면서 대문이 안쪽으로 확 열렸다.

"여러분들, 다덜 빨리 들어들오시오."

먼저 들어선 똘이 아버지가 주저없이 독려했다.

우왕좌왕하며 발만 구르던 사람들은 용기를 얻어 보따리는 내버려둔 채 앞뒤 가릴 것없이 빈 몸으로 우루루 몰려 들어왔다.

따뜻하고 넓은 방 잡는 일이 급했다.

생각지도 못한 일이 벌어져 손쓸 사이도 없이 사태가 *마마그릇 되듯 하자, 자칭 교수는 어안이 벙벙하여 입을 떠억 벌리고 어찌할 바를 몰랐다.

"이것들 보시오, 이게 무슨 행패요? 경우에 어긋나는 일들은 삼가 주시오."

교수는 그러지 않아도 근량 깨나 나가 보이는 육덕에 짐짓 무게를 더하여 점잖게 나무랐다.

---

* 총냥이: 얼굴이 빼빼 말라서 여우나 이리처럼 눈이 툭 불거지고 입이 뾰족한 사람.
* 마마그릇 되 듯: 형세가 손을 쓸 수 없는 방향으로 그릇되어 나감.

졸지에 무리의 두목이된 똘이 아버지와 *대두리가 붙었다.

"경우? 경우라니? 이런 *만무방이 있나. 당신 서울서 선생질
했다며?"

"그렇소. 교수 겸 박사요. 만무방이라니?"

"이런 제길, 이거 *명주자루에 개똥같은 사람일세. 여보, 박사
님, 나 일짜무식이요. 거 경우 바른 말씀 좀 들려주시구료."

이쯤되자 여기 저기서 응원의 *모다기가 쏟아졌다.

"에라, 이 마름쇠도 생킬 양반아."

원, 세상이 망할래니까 방구꾼 주제에 매화타령 한다더니-.

교수가 중과부적으로 수세에 몰리자 허우대가 늘씬한 *뭉구리
하나가 전면에 나섰다.

"시골 촌것들이라 할 수 없군요. 아버님, 원체 무식한 사람들
이니 타내지 마십쇼."

사람들은 매일 도망 다니는 데만 정신이 팔려 딴 짓은 감히
생각도 못하던 판에 이게 웬 떡이냐, 그 동안 쌓인 피로와 충족
되지 않은 욕구를 해소하기 시작했다.

얼씨구나, 이 때다. 이럴 때 있는 놈 유식한 놈한테 분풀이나
해보자-.

"저, 거시기니 박사 어른. 가만 보니 *책상퇴물이라 세상 물

---

* 대두리: 큰 다툼. 큰 시비.
* 만무방: 예의와 염치가 도무지 없는 사람. 막 되어먹은 사람.
* 명주자루에 개똥: 겉은 그럴 듯하나 속은 더럽고 우악한 사람을 이름.
* 모다기: 많은 것이 한꺼번에 쏟아짐.
* 뭉구리: 바짝 짧게 깎은 머리. 뭉구리.
* 책상퇴물: 글공부만 하다가 갓 사회에 나와서 세상 물정에 어두운 사람. 책상 물림.

정을 너무 모르시군입쇼.”

“박산 무슨 놈의 얼어죽을 박사, *못된 벌레 모로 긴다더니 묵주머니 안 된 걸 다행으루 아슈.”

*못된 일가가 항렬만 높대더니 쯧쯧-.

숫적으로 열세이고 선생하던 사람이 쟁기질, 가래질에 지게 작대기 휘두르며 들판에서 막걸리 사발 들이키던 농군들의 푸짐한 입놀림을 어찌 당할 것인가-.

말 밑천이 달려 일가권속이 멀건이 쳐다보며 입대꾸를 못하고 저들이 차지한 방으로 들어가 문을 꽁꽁 닫고 내다보지도 않았다.

가마귀 싸우는 골에 백로야 가지 마라-.

품위가 고상하고 지체 높은 교수네는 뭇 입에 오르내리 것이 창피해서인지 분해서인지, *된장에 풋고추 박히듯 아예 바깥 출입을 안 하고 있었다.

사람들은 이번 일을 *묵은 낙지 꿰듯 처리한 똘이 아버지를 곁눈으로 흘금흘금 훔쳐보며 때 늦은 저녁 준비를 한다, 잠자리를 본다 북새를 떨고 있었다.

똘이네는 공로를 인정받아 헛간이나 나뭇광이 아닌 안방에 다른 피난민 가족과 함께 짐을 풀었다.

이제 밤늦은 저녁 끼니 때울 방도를 세워야 했다.

---

* 못된 벌레 모로 긴다: 사람답지 못한 사람이 교만한 짓을 한다는 말.
* 못된 일가가 항렬만 높다: 세상에 쓸 데 없는 것일수록 오히려 성하는 법이란 뜻.
* 된장에 풋고추 박히듯: 자리를 뜨지 않고 꼭 들어박혀 있음을 비유함.
* 묵은 낙지 꿰듯: 일이 매우 쉽다는 말.

똘이 아버지는 동냥 전용의 큰 양은 냄비를 들고 이 집 저 집 다니며 주인 같은 피난민들(먼저 와서 집 차지한 사람들이 주인 행세하는 걸 많이 보아왔다.)에게 구걸해 오곤 했다.

밥그릇, 반찬그릇이 따로 없었다.

커다란 양푼(비빔밥 전용)에 김치, 콩나물, 고추장, 깍두기, 나물 등을 그냥 *앙구어 그걸 비벼 식구들이 한꺼번에 덤벼들어 먹었다. *턱찌끼도 마다하지 않았다.

밥을 먹고 나서 절절 끓는 방에 누우니, *고드름 똥이라도 쌀 뻔한 몸둥이가 흐물흐물 녹아내렸다.

똘이 엄마는 남편에게 남의 눈에 띄게 무슨 일에나 앞장 서서 나서는 것이 좋을 거 하나 없으니 앞으로는 다시 그러지 말라고 신신당부했다.

이렇게 부역의 이력은 언제나, 어디서나, 무슨 일에서든지 그들에게 커다란 장애가 되어 행동을 제약했다.

이제는 걷는 것도 동냥질도 진절머리가 났다.

생각하는 바가 있어 아침 일찍 밖에 나와 가만히 *엿살펴 보니 괜찮아 보이는 곳이었다.

무엇보다 서근배미가 어디냐고 하는 것이 아니라, 그게 무엇에 쓰는 물건이냐고 물을 만큼 멀리 떨어져 있고 아는 사람 있

---

* 앙구다: 한 그릇에 여러 가지 음식을 곁들여 담다.
* 턱찌끼: 먹고 남은 음식
* 고드름 똥: 고드름 같은 똥이란 뜻으로 몹시 추울 때 관용구를 이루어 쓰는 말.
* 엿살피다: 남 모르게 가만히 살피다.

을 까닭 없으니 마음에 들었다.

모두 떠날 사람들이니 마땅한 집 하나 골라 자리를 잡으리라.

언제 끝날지도 모를 놈의 전쟁, 나중에 주인 나타나 내놓으라면 그 때 가서 대책을 세우리라-.

이튿날 아침 똘이네는 길 떠날 채비를 하지 않고 뜸을 들이고 있다가 쓸만해 보이는 집 하나를 점찍어 놓고 눈독을 들이고 있었다.

얼마 후 그 집에서 사람들이 나오기 시작했다.

더 이상 나오는 사람이 없자 똘이네는 주위를 둘러보며 다시 그 집으로 들어갔다.

방이 셋에다가 널찍한 마루, 웬만한 세간까지 있었다.

똘이 엄마는 새 집으로 이사라도 하는 것처럼 가슴이 설레였다.

안방에는 장롱, 마루에는 큰 뒤주, 부엌에는 *시겟박에 담긴 주발이며, 외양간에는 써레, 쟁기, 호리, 곰방메, 고무레, 널방석 등이 나뒹굴고 *오래뜰에는 *버림치가 너저분했다.

똘이네는 제 집처럼 보따리를 풀었다.

긴 여정이 끝난 듯 홀가분했다.

이제부터 이 집의 새주인이었다.

그러나 집만 들쓰고 있으면 무엇 하랴?

---

* 시겟박: 식기를 담아두는 함지박
* 오래뜰: 대문 앞의 뜰.
* 버림치: 못쓰게 되어 버려둔 물건.

좁쌀 한 톨, 기장, 귀리 한 홉없이 살 길이 막막했다.

하는 수없이 이 집 신세를 지고 가는 피난민들에게 방세 받는 셈치고 쌀이며 보리쌀, 콩 등, 낟알이라면 *궤지기도 마다 하지 않고 받아냈다. 난리에 어린 것까지 딸려 어렵다는 것, 아이 에미까지 신병이 있어 활동을 못한다고 너스레를 떨며, 처음에는 그렇지 않았는데 오시는 분들과 먹거리를 나누다보니 이렇게 됐고, 그래서 본의 아니게 오히려 폐를 끼치게 되었노라 그럴 듯하게 *뭉때리며 *엎어 삶았다.

사람들은 매일 드나들었고 거짓말도 잘 하면 논 닷마지기보다 낫다고 갖가지 곡식을 비축까지 해둘 수가 있었다.

그래도 앞일이 걱정돼 느루먹으려고 콩나물밥, 무밥을 해 먹었다.

오래간만에 오붓하게 *철질도 해 먹었다.

봉탕, 비웃구이가 이보다 더 낳으랴—

부역, 전선 다 멀리 있으니 근심거리가 없었다.

아아, 이제 *고드레 뽕이다.

어쨌던 생각하면 생각할수록 인민군 따라 가지 않은 것이 잘 한 일이었다.

세 식구 건강하고 입 걱정 없으니 마음이 편했다.

---

* 대두리: 큰 다툼. 큰 시비.
* 뭉때리며: 능청맞게 시치미를 떼거나 묵살 해버림
* 엎어 삶다: 그럴듯하게 남을 속이어 자기의 뜻대로 되게 하다.
* 철질: 번철에다 부침개를 부치는 것.
* 고드레 뽕: 일이 끝날 때 쓰는 말.

똘이 아버지는 따뜻한 아랫목에 누워서 옆에 앉아 있는 아내를 쳐다봤다.

마주 보며 싱그시 웃었다.

실로 오랜만의 안식이었고 행복했다.

똘이 아버지가 몸이 나른하고 졸음이 오는데 겨드랑이가 스물스물했다.

보나마나 그 놈일 것이다.

똘이 아버지는 여러 달 목욕 한 번 못하고, 걸친 옷은 언제 갈아입었는지 생각도 안 났다.

몸뚱이만 얼지 않게 하려고 넝마며 *뜰게를 계속 한 가지만 걸치고 지냈는데, *굴뚝막은 덕석이 따로 없었다.

그러니 벌레가 끓지 않을 수 없었다.

사정상 미루고 있었을 뿐 벼르고 있었다.

얼마나 컸을꼬?

죄다 잡아 없애리라-.

똘이 아버지는 전부터 겨드랑이 숲에 살림 차린 놈의 정체를 알면서도 내버려두었다.

궁금했다. 오늘은 한 번 구경하리라-.

그가 갑자기 일어나 앉자, 똘이 엄마가 의아한 눈빛으로 쳐다봤다.

---

* 뜰게: 해지고 낡아서 못 입게 된 옷 따위.
* 굴뚝막은 덕석 같다: '해어지고 더러운 옷'을 이르는 말.

뒤집어 놓은 솜붙이는 살갗에서 흘러나온 기름때와 땀으로 절어 반들반들했고 누런 황토색이 되어 있었다.

맨 몸에 이불을 뒤집어 쓰고 화로의 잿불을 헤집어 놓은 다음, 그 위에 평평하게 옷을 펼쳤다. 그러자 놈은 가장 깊고 어둡고 따뜻한 골짜기 틈새에 죽은 듯이 엎드려 있었다.

역시 대물이었다. 사람 때가 묻어 거무튀튀한 녀석은 살이 올라 오동통했고 보리알만한 것이 거물답게 점잖았다.

빛과 뜨거움에 충격을 받았을 텐데도 놈들은 미동도 않고 체통을 지키고 있었다.

잠을 자고 있었던 모양이다.

들여다보다가 손가락으로 조심조심 들어올렸다.

엄지와 검지로 터지지 않게 살살 돌렸다.

말씬하고 부드러운게 보들보들, 몽글몽글, 통통했다.

동그랗게 자꾸 돌렸다.

재미있었다.

손바닥에 올려놓고 자세히 보니 대가리가 몸 속으로 쏙 밀려들어가 공처럼 동그랗게 모양까지 내고 있었다.

그만 처치하기로 했다.

양쪽 엄지손톱 사이에 굴러 떨어지지 않게 잘 고정시켜 놓고 눌러 죽이는 것이다. 연한 속살이 딱! 소리와 함께 터지면서 선홍색 선혈이 높이 튀었다.

그것이 넓고 넓은 공간을 다 놔두고 하필이면 똘이 아버지의 좁고 가느다란 눈으로 튀어 오르면서 눈동자를 때렸다.

"앗! 따거, 너무 쎄게 눌렀나?"

가랑니고 서캐고 잿불이 뜨거워 올라오는 놈들을 눈에 띄는 대로 만족감을 느끼며 모조리 죽여 없애니 목욕한 것 만큼이나 개운하고 시원했다.

그 사이 똘이 엄마는 실눈을 뜨고 잠이 들어 있었다.

똘이 아버지는 잠든 아내의 얼굴을 가만히 들여다보았다.

입을 조금 벌리고 숨을 몰아쉬었다.

밑이 찢어지게 *바닥을 긁는 데로 시집을 와서, 이 날 이 때 껏 호강은 커녕 명절이나 남편 생일때 한 번 먹어보는 이밥이 고작이요, 마당 쓰레기를 *소반다듬이한 걸로 *조당수, 풀떼기 쑤어먹기를 밥먹듯 한 아내였다.

저 헤벌린 입 속으로 들어간 먹을거리는 *부픈 짐처럼 찰기 없이 메진 것 뿐이었다.

하나라도 오직 *푸네기를 위해 갖은 소리 다 하던 입, 울고 웃고 욕하던 입, 입이 하는 일이 제일 많은 듯했다.

궁절에 밭쟁이한테 와서 괴로워도 *찜부럭 한 번 부리지 않은 결 바른 여자였다.

---

* 바닥을 긁다: 경제적으로 최저 생활을 하다.
* 소반다듬이: 소반 위에 쌀 따위의 곡식을 올려놓고 뉘, 모래 따위를 고르는 일.
* 조당수: 좁쌀로 묽게 쑨 미음 비슷한 음식.
* 부픈 짐: 무겁지는 않지만 부피가 큰 짐.
* 푸네기: 가까운 제살붙이.
* 찜부럭: 몸이나 마음이 괴로울 때 걸핏하면 내는 짜증.

굶어죽어도 객숟가락질 한 번 용납하지 않는 꼬장꼬장한 사람
이었다.

입술에 붙은 고추 가루, 언제, 왜 울었는지 모를 눈가의 말라
버린 눈물 자국을 보고 남편이 핀잔을 주자 얼굴을 붉히며 고개
돌려 씨익 웃던 아내-.

서근배미 고향에서나 피난길의 지금이나 변함없이 걸치고 있
는 *자릿내 나는 *막벌과 *겉더께 앉은 버선을 보자 콧날이 시
큰하고 눈가에 이슬이 맺혔다.

'여보, 미안해. 정말 할 말이 없네, 고생만 시키고.'

온몸의 뼈가 으스러져도 호강시킬테니 조금만 기다리라고 내
심 다짐했다.

*개 잠든 아내의 손을 두 손으로 꼬옥 잡고 자신을 꾸짖었다.

아내에게 가벼운 바람기가 있음을 진작부터 눈치채고 있었지
만 모르는 척 지내오던 터에, 언젠가 어찌어찌 상인 아버지와
대화 중에 *은근짜를 놓는 걸 우연히 눈치채고 혼구멍을 내고자
한 적이 있었다.

실제로 아무 일도 없었다는 걸 모르는 바 아니나, 이런 종류
의 사안은 말난김에 다시는 비슷한 생각도 못하게 망치질을 해
두자는 계산에서였다.

---

* 자릿내: 빨지 않고 오래 둔 빨랫감이 떠서 나는 쉰냄새.
* 막벌: 나들이옷이 아닌 막 입는 옷.
* 겉더께: 몹시 찌든 물체의 맨 겉에 앉은 때.
* 개잠: 개가 자는 모습으로 머리와 팔, 다리를 오그리고 옆으로 누워 자는 잠.
* 은근짜: 의뭉스런 사람. 몸을 파는 여자. 은군자.

그런데 생각과는 달리 포달지게 달려들며 말대꾸를 했다.

"당신 지끔(지금) 무신(무슨)소릴 허는 거야? 내가 이 집 구석
에 와서 골 빠지게 일만 했지, 당신이 해준게 뭐야? 입을 걸
입어봤어? 먹을 걸 제대루 먹어봤어? 이 *딱장대야 말 좀 해
봐! 말 좀 해보라구!"

두 손으로 똘이 아버지의 가슴을 마구 밀어제치며 덤벼들었
다.

*불뚝성이 있는 똘이 아버지는 기가 막혔다.

"아니, 이 여편네가 미쳤나? 똥 싼놈이 성 낸다더니 체신머리
없이 왜 날뛰어? 이 *쫄쫄이야! 삼신이 미쳤지, 저런 물건을
보지를 달아서 지집(계집)으루 점지를 했으니 원, 쯧쯧……"

가루는 칠수록 고와지고 말은 할수록 거칠어진다.

똘이 아버지는 에이 하면서 휑하니 밖으로 나가버렸다.

등뒤로 들려오는 아내의 울음소리를 들으면서 모르는 척 할
걸 그랬나 싶었다.

그 때의 *골풀이를 생각하면 창피하고 미안했다.

아내가 설혹 상인 아버지를 연연한다 해서 그리 나무랄 일도
아니었다.

체격으로 보나 인물로 보나 가문, 학문, 재력에 이르기까지 어

---

* 딱장대: 부드러운 맛이 없고 딱딱한 사람.
* 불뚝성: 불뚝하고 내는 성.
* 쫄쫄이: 체신없이 까불기만 하고 소견이 몹시 좁은 사람.
* 골풀이: 화가 나는 것을 참지 못하고 아무한테나 풀어버림.

떤 면을 보던지 자기보다 월등하다 아니 할 수 없었다.

똘이 아버지는 늘 상인 아버지에게 뒤떨어진다는 생각을 해 왔고 그럴 때마다 기가 죽어 움츠러들었다. 고향 불알친구임에도 그와 마주 하면 열등감 아니, 불쾌감이 들었다. 은연중에 시기심, 질투심에 애를 쓰고 속을 태우며, 실상 그렇지도 않건만 두 사람 사이에 신경은 쓰고 있는 것은 사실이었다.

이렇듯 사람의 운명이란 것이 사소한 일로 좌우되는 경우가 많은가 보다.

똘이 아버지가 양평 색시, 즉 지금의 똘이 엄마와 부부의 연을 맺은 것도 그렇다. 똘이 아버지 남씨가 총각 때 아랫마을에서 *두렛일하는 날이었다. 그런데 새참 음식이 얹혀서 식은 땀을 흘리며 일도 못하고 나무 그늘에 누워 있었다.

마침 동네에 돌팔이가 있어 사관을 텄고, 그 때문인지 *곽란이 진정되었는데, 바로 그 영감이 결과적으로 두 사람의 중매쟁이가 되었다.

남씨가 인물은 별로였고 가진 것도 시원치 않았으나 단단한 몸에 행동이 날래고 영리해 보여 우선 그의 마음에 들었다.

그저 소처럼 일 잘 하는 게 시골에서는 제일 큰 재산이기 때문이었다.

돌팔이의 고향인 양평에 조건이 남씨네와 비슷한 집이 있어

---

* 두렛일: 농촌에서 농번기에 서로 협력하여 공동 작업을 하는 일.
* 곽란: 한방에서 음식이 체하여 토하고 설사를 하는 급성 위장병.

다리를 놓았고 양가 합의로 만난 것이 결정적 계기였다.

그 두렛날 몸이 찌뿌드드해서 사정을 얘기하고 거를까 했으나, 이미 맞추어둔 일이라 빠지기도 어렵고 해서 나갔던 것인데, 배탈이 나서 침을 맞느라 영감을 찾아갔고, 그래서 똘이 엄마를 만나게 된 것이다.

그날 일을 나가지 않았으면, 아마도 그의 인생은 지금과는 판이하게 달라져 있을지도 모른다.

또 체하지만 아니했어도 돌팔이를 만날 일이 없었을 터이고, 그랬다면 역시 생판 다른 삶을 걷고 있었을 것이다.

길을 가다가 왼쪽으로 가느냐, 오른쪽으로 가느냐 하는 지극히 작은 아무 것도 아닌 일이 운명을 결정짓는 계기가 될 수 있다는 것이 인생살이다. 이미 짜여져 있는 개개인의 운명은 그것이 참혹한 것이든, 행복한 것이든, 미미한 인간의 능력으로는 거부할 수도 수용할 수도 없는 일이 아닐까?

휘영청 밝게 떠오른 겨울의 차가운 달빛 아래 천지는 백설로 덮여 하얗게 반짝이고 피난민 아이들은 야산밑 벼그루터기에 남은 논으로 몰려가 논둑에 쥐불을 놓았고, 환한 불빛에 놀란 여우들이 산 아래까지 내려와 이리저리 뛰어다녔다.

어디를 가던지 아이들은 금방 친해졌고 잘 어울렸다.

아이들은 논바닥에 내려와서 점점 널리 퍼져나가는 불꽃을 바라보며 노래를 부르기 시작했다

누구인가 선창했고 아는 애들은 따라했다.

'서편의 달이 호숫가에 질 때에 저 건너 산에 해가 뜨누나.'

밝은 달빛과 흰눈, 붉은빛 속으로 노래 소리는 퍼져나갔다.

'사랑빛이 잠기는 빛난 눈동자에는 근심 띄운 빛으로 편히 가시오-.'

'친구 내 친구 어이 이별할꺼나, 친구 내 친구 편히 가시오-.'

길어야 하루 이틀 뒤면 제 갈 길로 뿔뿔이 흩어질 동무들. 헤어짐을 아쉬워하는 듯 서글프게 합창하고 있었다.

소문에 의하면 파죽지세로 북진한 국군은 거의 북한 전역을 점령했다고 한다.

이런 형국에 자칫 오판을 하여 인민군을 따라갔다면 아마 살기 어려웠을 것이다. 똘이 아버지는 참으로 현명한 처신을 했다고 자신의 가슴을 쓸어내렸다.

그런데 그들이 이렇게 사리 밝은 결정에 흡족하여 이제 이곳 사람이 되어 새 출발을 하고자 주변 정리를 하며 재미를 붙이려 하는데 불길한 소문이 돌았다.

중공군의 참전으로 이쪽이 밀린다는 것이었다.

모처럼 *능참봉짓 좀 하려니까 한 달에 거둥이 스물 아홉 번이라더니 좋은 소식은 커녕 새해 벽두부터 기운 빠지는 얘기뿐이었다.

중공군은 실전 경험이 풍부한 팔로군으로 백전백승의 군대며,

---

* 능참봉짓 좀 하려니까 거둥이 한 달에 스물 아홉 번: 모처럼 좋은 일에 생기는 것 없이 바쁘기만 하다는 말.

소문에 따르면 조선 사람을 잡아서 가랑이를 찢고 여자는 윤간을 해서 죽이는 잔인한 짓을 한다고 했다. 거름 담는 삼태기에 *두엄발치 휘젓던 삽으로 밥을 퍼 담아먹는 더럽고 미개한 족속이라 했다.

이렇게 인정머리 없고 사나운 군대가 쳐내려온다니 똘이네는 가슴이 덜컥하고 오금이 저려 정신이 들락날락했고 깊은 한숨이 절로 나왔다.

이 모질고 지겨운 발걸음의 끝은 어디란 말인가?

아! 정말, 정말로 여기서 조용히 살 수 있었으면……

똘이네는 미군과 국군이 이북땅에서 중공군을 막아주십소서 진심으로 빌었다.

아군의 진격과 평양 점령으로 지금까지 덮어놓고 남으로 남으로만 내려가던 사람들은 상황을 보아 다시 고향으로 돌아갈까 망설이며 걸음을 늦추어 한때 뜸하던 남행 대열이 다시 늘기 시작했다.

똘이네도 별 수 없이 정든(?) 집을 뒤로 하고, *솔개 어물전 돌 듯 뒤돌아 보고 또 보고 하며 큰 길로 나섰다. 계속되는 몸 닦달에 심신이 지쳤고 어린 것까지 딸린 데다 또 걸을 생각을 하니 눈앞이 캄캄하여 천안역에서 어떻게 해서든지 남행 기차를 타려고 했다.

---

* 두엄발치: 퇴비를 넣어서 썩이는 웅덩이.
* 솔개 어물전 돌듯: 어떤 한 곳에 애착을 가져 떠나지 못함을 이르는 말.

어느 장마당 넓은 빈 터에서 다 자라지도 않은 어린 *동부레기를 잡고 있었는데, 장정 하나가 장화를 신고 배를 가르고 있었다. 그런데도 소는 눈을 껌벅이며 새김질을 하면서 똥을 비질비질 싸는데, 허연 김이 연기처럼 무럭무럭 오르고 있었다.

천안역은 군인들과 차량, 무기, 피난민들로 아수라장이었다.

그래서 누구든 헤어지면 다시 만나기 어려운 형국이었다.

객차는 이미 꽉 차서 사람들이 창문으로 꿰져나올 듯했고 무엇이 들었는지 모를 화차는 문이 굳게 닫힌 채 열릴 줄 몰랐다.

화통에도 앞 옆은 물론 어떻게 의지할 만하다 싶은 데는 빈 틈없이 사람들이 닥지닥지 달라붙어 송곳 하나 박을 틈이 없고 지붕 위도 그랬다. 애들이 떨어질까 보아 어른들이 묶어준 끈을 탯줄잡듯 부여잡고 바닥이 차다 해서 가마니를 깔고 앉았는데, 평평하지도 않고 가운데가 불룩한 기차 지붕이 도무지 위태해 불안하기 짝이 없었다.

한나절 보내면서 여러모로 살폈는데 포기하는 편이 좋을 것 같았다.

사람들로 도배장판한 기차는 언제 떠나려는지 굴뚝으로 흰 김을 내뿜으며 변죽만 올릴 뿐 도무지 움직이질 않았고 날이 어둡기 시작했다.

늦게 온 사람들은 조금이라도 틈이 있으면 제 애들을 차 속으로 밀어넣으려 안간힘을 썼고 먼저 차지한 이들은 안 된다고 밀

---

* 동부레기: 뿔이 날만한 나이의 송아지.

어젖히며 밤새도록 악을 쓰면서 다투고 있었는데, 아마 기차가 떠날 때까지 이 승강이는 보름이고 한 달 아니, 일 년이라도 계속될 것처럼 보였다.

기차는 결국 조금도 움직이지 않아 사람들은 모두 내렸다고 한다.

기차에 미련을 두었다가 방마저 동이 날까 봐 똘이네는 부랴사랴 다시 시내로 들어왔다.

일본식 목조 기와집의 방 한 칸을 잡았는데, 여기는 후방인데도 빈 집이 많았다.

평시에는 누가 기웃거리기만 해도 경계하고 의심하는 것이 정상이거늘, 이건 아예 통째로 세간이며 집까지 내던져 버리고 피난을 가다니 가공할 위력의 전쟁- 그리고 그것을 일삼는 인간들, 그 장본인들은 지금 제 집에서 살고 있을까?

미군들은 껌을 질겅질겅 씹으며 여기저기 두리번거리면서 나약하고 초라해 보이는 국군들을 빙그레 쳐다보고 있었다.

그들은 한국군, 인민군 양쪽을 다 얕보고 있는 듯했다.

중공군의 참전으로 다시 후퇴하는 마당에 미군들은 같은 편인 한국군은 물론 중공군까지 과소평가하는 표정이었다.

개전 초기의 미군들은 아마도 자기들이 도둑떼 잡으러 온 경찰쯤으로 착각한 것 같았다.

대포, 탱크, 비행기까지 보유한 떼도둑인데 말이다.

그들은 전쟁을 즐기는 듯했다.

하기야 죽지 않는다는 보장만 있다면 전쟁보다 더 재미있는 놀이가 어디에 또 있을까?

똘이네가 얻은 방은 꽤 널찍했는데, 한쪽 벽 가득이 차는 큰 장롱이 있었고, 서너 명의 다른 피난민 가족과 같이 있게 되었다.

늦은 저녁을 먹고 내일을 위하여 잘 준비를 하고 있는데 밖에서는 아직도 사람들 떠드는 소리, 차량의 소음, 부산한 발자국 소리, 뭐가 떨어져 깨지는 소리들이 끊이질 않았다.

똘이네는 이제 그러한 정황에 면역이 되어 웬만한 소란은 수면에 아무런 장애가 되지 않았다.

고난과 역경은 언제나 예기치 않은 때와 장소에서 기다리고 있는지, 이들에게 짧은 하룻밤도 편히 지낼 수 있는 복도 주어지지 않았다.

바깥 채 대문 옆 방에서 여자들의 비명이 들려왔다.

"아이고, 엄마, 사람 살려요!"

"엄마, 나 죽어요!"

"어이구, 이 급살 맞은 놈덜아! 내 딸 죽는다아!"

가까이서 멀리서 똑똑하게 아니면 희미하게 울부짖는 소리가 들려왔다.

"이 쌍놈들아, 날 죽여라. 이 벼락맞을 놈들아!"

온동네가 오구잡탕들의 만행에 대 혼란이 일어났다.

일부 미군들의 만행이 시작되었다.

똘이네도 걱정이 태산 같았다.

발정난 미군들은 나이의 고하, 용모의 미추를 구별할 줄 모르고 여자라면 무조건 개잡듯 했다.

도둑놈이 남의 소 몰듯 사람들이 감을 못 잡고 허둥대는데, 얼마 안 있어 쏼라쏼라 문밖이 소란해지더니 방문이 벌컥 열렸다.

똘이 엄마는 임시 방편으로 머리를 풀어내리고 화로의 숯과 재로 오동철갑을 하고 벽에 걸어놓은 치마 뒤에 숨었으나 손바닥으로 하늘 가리기였다.

촛불 하나로 희끄무레한 방안을 손전등으로 번쩍번쩍 비추던 흑인 병사가 "헤이, 헤이"하며 얼굴을 내밀라고 재촉했다.

똘이 엄마는 하는 수 없이 얼굴만 빼꼼이 내보이면서 계면쩍게 씨익 웃었다.

생전 처음 보는 동양의 여자 귀신을 보고 병사는 "갓뎀"하면서 문을 세차게 닫았다.

모두 따라 웃었다.

불안과 초조, 긴장과 공포로 얼굴이 노래졌던 사람들은 비로소 안도의 한숨을 토해 냈다.

같은 방의 어린 계집애는 부엌바닥 땅에 묻은 빈 김칫독에 들어가 숨어서 화를 면했다.

그 위에 땔나무를 얹어 위장해서 감쪽 같았으나 조마조마하기는 마찬가지였다.

이튿날 새벽 김칫독에서 나온 계집애의 옷에서는 묵은 김치 냄새가 진동했다.

미군들이 처음에는 그럴 듯해야 덤벼들었으나, 여자들이 모두 몸을 숨기자 환장을 했는지 나중에는 할머니이건, 어린 계집아이건 치마를 둘렀다면 가리질 않는다고 했다.

차량이나 탱크에 태워서 데리고 간다는 소문까지 있었다.

이쯤되고 보니 한 번 툇짜를 놓고 갔다고 해서 이제 됐다고 마음놓을 일이 아니었다.

언제 또 들이닥칠지 모르고 숯 아니라 똥칠을 했다 해도 눈이 뒤집힌 그들에게는 오직 성의 노리개로만 보였기 때문이다.

밖으로 나가 숨겠다고 섣불리 오도방정을 떨다가 낭패당하기 십상이고, 도무지 그럴 듯한 방도가 없었다.

의논 끝에 장롱을 조금 끌어내고 그 뒤에 똘이 모자를 들여보내기로 했다.

사람이 운신할 수 있을 만큼만 공간을 남기고 장롱을 벽으로 도로 밀어붙였다.

감쪽 같았다.

아니나 다를까, 난동을 부린지 반 시간이 안 되어 또 방문이 열렸다.

그들은 침침한 방에 불을 비쳤다.

"헤이, 시비, 시비."

여자를 내놓으라는 소리였다.

남자들만 보이자 군화발로 들어와 장롱 문도 열어보고 다락까지 올라갔다.

농문을 열 때는 심장이 멎는 듯했다.

바로 뒤에 똘이 모자가 있질 않은가?

인간에게 투시력이 없다는데 진심으로 감사하며 간이 콩알만해 가지고 이 생지옥의 시간이 무사히 지나기를 빌 뿐이었다.

'울지만 말아다오, 똘이야, 제발.'

웃고 싶으면 웃고, 싸고 싶으면 싸고, 강아지만도 못한 젖먹이가 어찌 어른들의 고단한 사정을 알랴.

갓 태어나서부터 *졸든 편으로 늘 골골하던 똘이는 *아구창까지 생겨, 미군들이 들이닥치기 직전까지 칭얼대고 있었다.

절체절명의 순간에 모두들 난감했다.

저들이 아기 보채는 소리를 듣는다면 만사 끝이 아닌가?

장롱 뒤에서 어린 것을 결박하듯 꼭 끌어안고 방안의 동정에 온 신경을 집중시키고 있던 똘이 엄마는 사태가 위급해지자 가장 쉽고 유일한 방법을 택했다.

여러 겹 두툼하게 겹쳐놓은 기저귀를 방문이 열리는 소리와 거의 동시에 똘이 입에 갖다 대었다. 바로 아갈잡이를 한 뒤, 그 위에 포대기를 푹 씌웠다. 그래도 소리가 샐까 보아 틈새를 꼼꼼히 틀어막고 바싹 끌어안았다. 똘이의 웅얼거리는 소리가 깊

---

* 졸들다: 발육이 잘 되지 않고 주접이 들다.
* 아구창: 입 안에 생기는 병. 젖먹이에게 흔함. 아감창.

은 굴 속에서 들려오는 것처럼 멀고 희미해서 끌어안고 있는 엄마에게도 잘 안 들렸다.

이마와 코와 손바닥에 땀이 흘렀다.

숨도 마음놓고 쉴 수 없는 일촉즉발의 순간이었다.

저 놈들이 빨리 가야 하는데, 우리를 도우러 왔다는 작자들이 어찌 이럴 수가 있을까?

그들은 방안 남자들에게 뜻모를 소리를 버럭버럭 지르고 있었다. 보이는 것은 모두 남자들뿐이요, 여자라곤 씨가 말라 그들의 양기도 입으로만 올라가 있어 폭언이 난무했다.

분위기는 긴장을 지나 살벌했다.

이렇게 시간이 흐르는 동안 똘이 엄마는 어린 아들의 입을 완벽하게 틀어막는 일만이 지금 이 세상에서 해야 하는 가장 중요한 생존의 법칙이었다. 똘이는 여러 겹의 헝겊과 완벽한 방음장치 때문에 엄마가 걱정을 안 해도 될 만큼 조용했다.

웅얼웅얼하다가 지쳤는지 숨통이 막혔는지 짐작할 수가 없었다.

그리고 움직임이 없었다.

"?"

단 일초가 급했다.

미군들은 헛수고를 하고 가 버렸다.

"휘이―"

똘이네나 다른 식구들이 졸였던 가슴을 쓸어내렸다.

지옥같은 아니, 죽어서도 기억하고 싶지 않은 길고 긴 시간이었다.

똘이 아버지는 아이가 보채지 않은 것이 무엇보다 고마웠다.

어린 것이 모두를 살렸구나-.

장롱 뒤의 모자는 잠이 들었는지 기척이 없었다.

똘이 엄마는 이제 안전하다 판단하고 기저귀 뭉치를 재빨리 걷어내고 젖을 물려 추스르며 똘이 몸을 흔들었다.

반응이 없었다.

그리고 사지가 축 늘어졌다.

가슴이 덜컥 했다.

똘이 엄마는 아이의 코와 입에 귀를 바싹 갖다 댔다.

숨소리가 들리는 것 같기도 하고 아닌 것도 같았다.

"에그머니, 이런 변이 있나."

똘이 엄마는 수족을 떨며 사색이 됐다.

"이 봐요, 똘이 아버지, 이 장롱 좀 빼요, 빨리요!"

똘이 아버지는 장롱 뒤에서 무슨 일이 생겼나 켕기면서도 한편 화가 났다.

미군들이 지금 당장은 안 보이지만, 아직 마음 놓기 이른데, 마누라가 장롱을 탕탕 두드리며 *조라 떠는 것이 못마땅했던 것이다.

"여자들은 도무지 위험한 게 뭔지 모른단 말야. 원, 참."

____

* 조라 떨다: 일을 망치게 방정을 떨다.

"빨리 나 좀 봐요, 애가 이상하다구요. 미국놈이구 대국놈이구 장롱 좀 빨리 치우래니까 왜 꾸물대는 거야!"

이게 심상치 않구나— 허겁지겁 여럿이 달려들어 장롱을 잡아당기고 둘을 방으로 끌어냈다.

"아니, 왜 그래? 애가 어떻게 됐어?"

똘이 아버지는 아이를 빼앗듯이 버썩 당겼다.

무척추동물처럼 팔 다리가 힘없이 아래로 쳐졌다.

"어허— , 이런 낭패가 있나—."

정신을 가다듬고 아이의 코와 입에 얼굴을 대고 한참을 가만히 있었다.

미군들이 방안을 뒤지고 있을 때 너무 겁이 난 나머지, 위기를 넘겨야 된다는 성급한 마음에 입과 코를 틀어막는 바람에 똘이는 숨이 막혀 죽었다.

아이는 나쁘고 어려운 때 태어나서 두 해를 못 살고 갔다.

"에미 살자구 널 죽이다니, 아이고 똘아, 난 인제 어떻게 사나."

생떼 같은 자식을 졸지에 죽이고 내외는 살을 떨었다.

이리 될 줄 알았으면 직산 농가에나 가만히 있을 껄—.

"내 이 양늠의 새끼덜, 뵈기만 허문 낫으루 찍어 쥑이구 말테다!"

똘이 아버지는 피가 들끓고 눈이 뒤집혀 *참나무에 곁낫걸이

---

* 참나무에 곁낫걸이: 제 능력은 생각지도 않고 엄청나게 큰 세력에 부질없이 덤빔을 이

를 하겠다며 펄펄 뛰고, 다른 피난민 가족들은 그를 위로하며 달래느라고 애를 먹었다.

분노에 찬 고함과 애절한 울음이 이어졌다.

죽은 똘이를 꼭 끌어안고 하염없이 울다가 실성이라도 하면 어쩌나 싶어 같이 울고불고 하는게 도움이 안 된다 생각하고 찢어지는 마음을 애써 감추며 똘이 아버지는 아내를 달랬다.

"그만 둠세, 그눔 복이 거기까진 걸 어쩌겠나."

본분을 못 지켜 집안을 제대로 다스리지 못한 탓이니 누구를 원망하고 탓할 수 있으리오.

남편의 말에 똘이 엄마는 사설을 섞어가며 더욱 섧게 울었다.

"난 못 살아, 객지에 어린 걸 생귀신 맹길다니, 아이고 똘이야, 엄마 여기 있다. 어디 갔니, 아이고……"

아니, 세상에 결혼 십 년이 다 돼서 얻은 자식을 끌고 다니다가 그것도 객지 남의 집 장롱 뒤에 숨어서 에미 손에 숨이 막혀 죽다니 인생살이가 고단했다.

인수네가 서울 수복 후 이태쯤 됐을 때였다.

양주에서 농사짓는 중년의 일가 부부가 인수네 집에 손님으로 온 적이 있었다.

그날 밤, 농부 아저씨는 인수 부자와 함께 한 방에서 자며 인수 아버지와 밤새도록 난리 겪은 애기를 주거니 받거니 하고 있었다.

르는 말.

인수는 이불을 푹 뒤집어 쓰고 자는 척 했지만, 어른들의 얘기를 가만히 듣고 있었다.

인수가 잠이 든 줄 알았는지, 그는 생애에 가장 괴로웠던 이야기를 하고 있었다.

자기 처는 그때 백일 갓지난 애기 엄마로 젖을 물리고 있었는데, 갑자기 들이닥친 미군들에게 피할 사이도 없이 윤간을 당했다는 것이다.

남편이 보는 앞에서-.

"허어- 그것 참, 쯧쯧, 그래서 아주머니가 밤중 뒷간 출입이 잦으셨구먼요."

인수 아버지가 사정을 알고 탄식했다.

"예에, 그 때 여러 놈이 덤벼 아랫도리가 상했나 봅니다."

차마 눈 뜨고 보지 못할, 눈 감는 날까지 결코 잊을 수 없는 횡액을 당하고 지금까지도 후유증으로 고생하는 촌부는 그 일을 팔자소관으로 치부하고 있는지, 언제 그랬느냐 싶게 싹싹하고 표정이 밝아 그늘진 데가 없었다.

남편도 마찬가지였다.

처를 보는 눈길은 항상 부드럽고 따듯했다.

무슨 힘으로도 막을 수 없는 천재지변이나 다름없이 당한 일이라 체념할 수밖에 없겠지만, 더러운 피가 섞인 이상 감정이 있는 인간으로서 내색은 아니 하지만 잠시도 머릿속에서 떠나질 않을 것이고, 따라서 시선 하나 고울 리 없을 터인데 그런 구석은 어디에서도 찾아볼 수 없었다.

그는 애들처럼 순진했고, 말 한 마디 한 마디에 정이 담겨 있는, 어찌 보면 착하고 순한 농부의 표본 같았다.

모든 것을 자기의 죄로 알고 늘 머리를 들지 못하는 아내의 괴로움을 아는 남편은 평소에도 무슨 이야기를 하다가도 그 때의 일을 떠올릴 수 있는 실마리가 되겠다 싶으면 일부러 얼른 농사 얘기를 길게 늘어놓거나 농담을 하는 등, 그 때의 일을 생각할 여유를 주지 않았다.

이제 다 지나간 옛날 이야기일 뿐 우리와는 아무 관계가 없는 일이오 하는 뜻이 담긴 행동으로 미안해 하는 아내의 마음을 편하게 해 주었다.

내가 잘못한 탓이다. 내 탓이다. 진작에 피난을 갔다면, 이런 일이 생겼을까 하는 회한이 늘 그를 짓눌렀고 그러면 그럴수록 아내가 불쌍했다.

슬프고 분한 마음이 복바치기보다 오히려 험한 세상에 식구들이 죽지 않고 온전히 살아있음을 고마워했다.

그는 이 비극을 자기만의 것으로 하여 비탄하지 않고 민족 전체가 겪는 운명의 한부분으로 받아들이는 마음가짐이 고마울 정도였다.

인수 아버지는 얘기를 들으면서 무어라 마땅히 할 말이 없어 그저 혀만 찰 뿐이다.

그리고 민초들을 이런 고난에 쓸어넣은 위정자들이 머리에 떠올랐다.

개만도 못한 놈들. 역사는 되풀이되는가?

우리 민족은 언제, 어떻게 해서 끊임없이 이어지는 이 압박과 *질곡에서 벗어날 수 있을까?

이렇게 될 줄 알았으면 그때 어떻게 할 걸 하는 행동 없는 생각은 아무 소용도 의미도 없다.

역사 창조의 보탬이 되는 것은 과거의 우매함을 깨달아 그 잘못을 반복하지 않을 때, 그 가치가 있을 것이다.

틈만 있으면 유구한 역사를 넉가래처럼 내세우는 우리에게 괴로움과 어려움은 모래알 같이 많았고, 다행히 잠깐 운이 좋아서 그 시대에 살지 않았음을 감사하는 마음이라면 너무 억울하고 부끄럽지 아니한가?

치욕과 공포, 오욕과 분노로 얼룩진 밤이 지나고 날이 밝았다.

난동을 부렸던 미군들은 어디로들 갔는지 보이지 않았다.

저들의 난폭한 행동거지가 어떤 결과를 주었는가를 깨달았다면, 감히 이 곳에 남아 있지 못할 것이다.

어린 것을 잃은 똘이 부모는 충혈된 눈으로 살기등등했으나, 탱크를 몰고 다니는 그들을 상대하여 무엇을 어찌 할 것인가?

헛간에서 도끼 하나를 찾아 들고 야산 *숫눈 밑, 언 땅을 파 *먼가래 하고 명복을 빌었다. 똘이 아버지는 침통한 얼굴로 말

---

* 질곡: '차꼬와 수갑'이란 뜻으로 자유를 가질 수 없게 몹시 속박하는 일.
* 숫눈: 쌓인 그대로 있는 눈.
* 먼가래: 객지에서 죽은 사람의 송장을 그 곳에 임시로 묻는 일.

한 마디 하지 않았고, 똘이 엄마는 어린 주검이 낯선 땅에 묻힐 때 대신 죽지 못함을 한탄하며 오열했다.

"아가, 잘 있어. 추워서 어떡하니-. 똘아 아이고, 아이고."

훗날 고향 양지 바른 뒷동산에 다시 곱게 묻어 주리라 다짐하면서 집으로 돌아온 그들은 더 이상 남쪽으로 가지 않기로 마음먹었다.

아이의 비명횡사는 내외에게 심한 충격을 주었고 진로에 변화를 가져오게 했다.

하룻밤을 함께 지낸 다른 피난민 가족은 어색한 인사를 하고 먼저 떠났다. 빈 방에 두 사람만 덜렁 남으니 더욱 썰렁하고 허전했다.

기가 막혔다. 똘이가 죽다니-. 차라리 처음부터 인민군을 따라 북으로 갔다면 이런 참담한 일은 없었을지도 모르련만-.

후회막급이었다.

이북 사람들도 우리네와 별로 다를 바 없을진대, 왜 그 쪽으로 갈 것을 깊이 있게 생각을 해 보지 않았던가-

공산당이든 빨갱이든 그냥 순박한 인민으로 살아가는데 무슨 제약, 지장이 있겠느냐 하는 마음도 들었다.

아냐, 꼭 그런 것도 아냐-.

그들을 따라 나섰더라면 똘이가 죽지 않았을 거라는 가정은 나쁜 결과를 부인하고 싶은 헛된 망령일 뿐, 오히려 국군에게 쫓겨 다니다가 식구가 모두 거덜 났을지도 모르는 일 아닌가?

빨갱이(공산당)를 꺼려 오던 똘이 아버지는 자신도 모르는 사이에 생각이 달라져 있었다.

구신(귀신)이 뭘 먹구 사나? 그 늙은이나 잡아가지 않구-.

모든 불행이 이승만 때문이라는 생각이다.

죽도록 노력해도 없는 놈은 끝까지 없는 놈으로 햇빛 보기가 글렀다면, 세상이 바뀌는 길만이 해결 방도라는 결론이었다.

미국놈들만 아니었어도 인민군은 승리했을 것이고 똘이도 죽지 않았을 것이며, 내 신세도 이렇게까지 안 됐을 것이었다.

그는 인민군의 패배를 한탄하고 있었다.

나는 언제 어디서, 무엇 때문에 또 어떤 모양으로 죽음을 맞이할 것인가?

똘이는 장롱 뒤에서 어미 손에 눌려 숨 막혀 죽었는데, 나는-?

그는 전과 다르게 농사꾼답지 않은 생각을 자주 했다.

전쟁의 잔인함이 똘이네와 무관하지 않음은 아이의 죽음으로 확인되었다.

서근배미 내 집에서, 아니면 도망 다니다가 길바닥에서 살겠다고 어느 집 마루 밑에 기어들어 숨었다가, 신작로 옆 개울가에서 폭격으로, 못 먹고 헐벗은 *행근으로 죽을지도 모른다.

제발 내 집에서 죽을 수만 있다면-. 무슨 까닭인지 사람이 죽으면 어찌 되는가 하는 생각을 자주 했다.

머리를 흔들었다.

---

* 행근; 길에서 굶어 죽은 송장.

“여보, 우리 살던 데루 올라갑시다.”

아내에게 불쑥 제안했다.

“인제 더 가기두 싫쿠, 여기 있기두 싫쿠.”

남편의 느닷 없는 소리에 똘이 엄마는 고개를 떨구고 아무 말이 없었다.

똘이 엄마는 며칠 간 곡기를 끊은 탓에 더욱 초췌해 보였다.

“당신 부역한 건 어떡하구요?”

“부역? 제기랄 될대루 되래지, 애꺼지 없앤 판국에 제미 부틀, 나 헌테두 생각이 있어.”

아무개 죽이자고 선동한 적도 없고 죽창은 커녕 몽둥이 한 번 잡아 위협해 본 적이 없을 뿐더러 외자식까지 죽였으니 자신도 전쟁의 피해자라는 생각이 들었다.

속까지 물든 골수 빨갱이라면 인민군 따라 북으로 갔어야 할 것 아니겠는가?

또 이왕에 이리 되고 보니 초가삼간에 손바닥만 하지만, 논밭 전지, 잔돌밭뙈기 하나라도 그냥 내버리기엔 아까웠다

똘이 잃고나서 왜 그리 고향 생각, 집 생각이 더 나는지 모를 일이었다.

돌아가고 싶은 마음이 넘쳐 흘러 몸이 달 지경이었다.

하지만 아무리 큰 소리는 쳤어도 찰떡같이 들러붙어 떨어지지 않고 물고 늘어지는 근심거리는 역시 부역이었다.

나무에 거꾸로 매달려 한 달만 지내면 그 죄를 용서해 주마고

한다면, 그러다 죽는다 하더라도 선뜻 응할 판이었다.

사실, 그것도 그랬다.

배운 것 하나 없이 똥장군 지고 오로지 땅만 파먹으며 살아오던 그인데, 알아야 면장을 한다고 말이 부역이지 이렇다 하게 무슨 실적을 올렸다든가, 인민군들에게 칭찬 받을 만한 성과를 이룬 것이 하나도 없었다.

꼬락서니가 이렇게 되기 전 동창이 희뿌열 때 내외가 *쥐코밥상에 자릿조반으로 *입매를 하고 나가 두렛날 *조역꾼이고 *놉이고 가리질 않았다.

*자드락밭이며 *너덜이고 *백지(白地)고 손을 갈퀴 삼아 *타울거려도 살림이 불어나질 않았다.

*고봉밥을 먹어도 허기가 질 판에 새참도 거른 채 허리가 부러지게 일을 했다.

오래뜰이나 채마밭도 빈 틈 없이 남새를 심어 칠칠했다.

하지만 그런 것들이 식구들 건건이 이상은 아니었다.

틈틈이 가리나무에 *마들가리, 갈퀴나무 해다 쌓아놓아 먹지 못할 땔감만 그득했다.

---

* 쥐코밥상: 밥 한 그릇과 반찬 두어 가지로 간단하게 차린 밥상.
* 입매: 음식을 조금 먹어 시장기를 면함. 일을 남의 눈가림으로만 함. 입의 생긴 모양.
* 조역꾼: 노동일을 도와서 같이 하는 사람.
* 놉: 식사를 제공하고 날삯으로 일을 시키는 일꾼. 꾼.
* 자드락밭: 산기슭의 비탈에 있는 밭.
* 너덜: 돌이 많이 깔린 비탈.
* 백지: 농사가 안 되어 거둘 것이 없는 땅.
* 타울거리다: 목적한 바를 이루려고 자꾸 바득바득 애쓰는 사람.
* 고봉밥: 그릇의 전 위로 수북하게 담은 밥.
* 마들가리: 잔가지나 줄거리로 된 땔나무.

　명절 때나 한두 번 *육미(肉味)를 접해 볼 뿐, 사시장철 푸성귀만 먹어대니 *소증(素症)이 생겨 구역질이 나고, 여기저기 부스럼이 나면서 음식 맛이 *소태 같았다.

　부지런한 부자는 하늘도 못 막는다지만, 황소도 비빌 언덕이 있어야지 워낙 찰가난으로 시작한 까닭에 육신이 늘씬하도록 노동을 해도 겨우 *흉년거지나 면하는 실정이었다.

　*해토머리에 시작해서 첫 눈 내리기 직전까지 내외가 아무리 *살손을 붙여도 형편이 좋아질 까닭이 없었다.

　내놓고 말은 아니 하나 없는 죄 하나로 똥통에 걸터앉아 동네 누렁개 부르듯 하질 않나 궂은 일은 도맡아 하고 평소 젊은 것들에게서까지도 *가래터 종놈처럼 이렇다 하게 대접 한 번 변변히 받아보지 못해 늘 마음에 차지 않고 편치 못했다.

　가난한 놈이 그릇 작은 소인배라는 격으로 매사에 울화가 치밀어 항상 이마에 내천(川)자를 매달고 다니면서 불평불만으로 가득 찼고 너무나 불쾌해서 아니, 분해서 언제고 무슨 기회만 있으면 놓치지 않고 앙갚음을 하리라는 막연한 복수심만 키우고 있었다.

　어떻게 해서 이 고생살이를 면할 수 있을까? 촌구석에서 아무

---

* 육미: 짐승 고기로 만든 음식. 육기(肉氣)
* 소증: 채식만 하여 고기가 먹고 싶은 증세.
* 소태 같다: 소태 껍질처럼 맛이 몹시 쓰다.
* 흉년거지: ‘얻어먹기 조차 어렵게 된 환경에 처함’을 이르는 말.
* 해토머리: 얼었던 땅이 풀릴 무렵. 따지기.
* 살손을 붙이다: 일을 다잡아 정성을 다하다.
* 가래터 종놈: 무뚝뚝하고 거칠며 예의 범절이라고는 도무지 없는 사람.

리 *부라퀴가 되어 까무라치도록 애를 써도 *솔 심어 정자였다.

그렇다. 기회란 항상 있는 것이 아니다.

마음을 오지게 먹었다.

명토 박아 꼬집어 개인적인 원한이 있어서가 아니라, 구차하고 더럽게 살아오면서 쌓여온 마음의 상처를 치유코자 함이었다.

멸시, 천대, 모욕, 하대를 만회하고 사람 대접 받을 수 있는 이 좋은 때를 그냥 구경꾼처럼 남의 일같이 넘기는 것은 어찌 보면 인생의 직무 유기나 다름없어 보였다.

좀처럼 만나기 어려운 이 좋은 시기를 흘려버리지 않고 써먹자는데, 그것이 인간이라면 갖는 보통의 마음이지 무슨 잘못이랴?

잘 되면 만회쯤이 아니라 큰 소리 땅땅 쳐가며 사람들을 눈치꾸러기로 만들 수도 있을 것이었다.

그래, 진정한 나의 모습을 보여 놀래 주리라.

그는 이렇게 해서 인민군들에게 *부개비 잡힌 것도 아니언마는 *봉충다리에 울력걸음으로 부화뇌동하고 있었다.

그러나 양반은 글로 살고 상놈은 발로 산다고 대가리에 든 것이 없으면 눈치라도 있어야 하거늘, 이건 입이 있으니 게 마련

---

* 부라퀴: 자기에게 이로운 일이면 기를 쓰고 영악하게 덤비는 사람.
* 솔 심어 정자: 앞날의 성공이 까마득함을 비유하여 쓰는 말.
* 부개비 잡히다: 하도 졸라서 하기 싫은 일을 마지 못해 하게 되다.
* 봉충다리에 울력걸음: 능력이 모자라는 사람도 여럿이 함께 하는 일에는 한 몫 낄 수 있다는 말.

이라고 일의 전후 분간도 없이 무슨 임무를 주어도 도무지 해낼 능력이 없는 *걱정가마리였다.

인민군들도 그가 이 곳 *바닥쇠로 *사지어금니의 역할을 바랐으나, 가만히 하는 꼴을 보니 이건 완전히 얼간이로 관청에 잡혀간 촌닭 모양 한쪽 구석에 엉거주춤 서 있었다.

인민군들은 배고픈 놈 입만 봐도 안다고 별 수 없는 *쟁퉁이로 치지도외하고 있었다.

이 진흙탕에 발을 들여놓았는데, 도무지 떡이 생기나 밥이 생기나 얻는 것 피천 한 푼없이 다른 이들처럼 까닭없이 볶이지나 않는 것이 유일한 소득이었다.

밭 팔아 논 살 때는 이밥 먹자는 뜻인데 당최 그게 아니었다.

*떼꿩에 매를 놓고 하루 종일 기다려야 참새 한 마리 걸릴 것 같지 않았다.

이런 씨팔, 빨갱이 소리만 듣게 생겼네.

그렇다고 이제 와서 나 이거 안 할려오 할 수도 없고, 또 오라는데, 나 싫소 할 수도 없는 무얼 하라는데 거절할 수도 없는 처지였다.

*서당 애들 초달에 매어 살 듯 시키는 대로 할 수밖에 없었

---

* 걱정가마리: 항상 꾸중을 들어 마땅한 사람.
* 바닥쇠: 그 지방에 오래 전부터 사는 사람. 본토박이.
* 사지어금니: 힘든 일을 하는 데에 없어서는 안될 사람이나 물건을 비유하여 이르는 말.
* 쟁퉁이: 가난에 쪼들리거나 하여 마음이 옹졸하고 비꼬인 사람의 별명.
* 떼꿩에 매를 놓다: 이것저것 닥치는 대로 마구 욕심을 냄을 이르는 말.
* 서당 애들 초달에 매여 살다: 글을 배우는 아이들은 선생의 벌을 가장 두려워한다는 말

다.

바늘 구멍으로 하늘 보듯 눈깔이 원망스러웠다.

똘이 아버지의 졸렬함을 익히 알고 있는 저들이 뭐 대단한 일을 맡기는 것도 아니고, 오다가다 들리는 소문에 혹여 반동의 행적에 관한 소문이라도 있으면 그때그때 보고하라는 정도로 그깟 놈 밑져야 본전이라 생각하며 거지옷 한 벌 해 입힌 셈으로 취급해 주는 것이 차라리 다행이었다.

인민군들 사이에서 흔치 않은 *바사기로 조명이 났고, 똘이 아버지도 그만한 눈치는 있어 못난 척 모자라는 척 매사 자발적으로 나서질 않고 어정쩡하게 주민들과 인민군 사이에 양 다리를 걸치고 자신의 삶을 저울질했음을 부인하지 못할 것이다.

지금은 아닐 것 같지만, 만일 세상이 또다시 뒤집히는 날이 온다면, 나의 운명은 어찌 될 것인가?

잘 살고 못 사는 것 따위는 사치스런 이야기일 뿐이다.

생사가 오락가락하는 문제가 될 수도 있었다.

그 때를 대비하지 않을 수 없었다.

똘이 아버지는 기회 있을 때마다 겉으로는 내가 지금 어쩔 수 없어 이리 하고 있기는 하지만 속 마음은 그렇지 않다는 것을 은근히 *에둘러서 내비치곤 했다.

---

* 바사기: 사리에 어둡고 이해력이 부족한 사람을 조롱하여 이르는 말.
* 에두르다: 바로 말하지 않고 짐작하여 알 수 있도록 둘러서 말하다.
* 쏘개질: 있는 일 없는 일을 얽어서 몰래 고자질 함.
* 발거리: 남이 못된 일을 꾀하는 것을 다른 사람에게 알리는 것.

그러면서도 누가 인민군에게 *쏘개질을 하는 등 *발거리를 놓을까 보아 두려워 말 한 마디라도 조심했다.

꼴에 무슨 주의 주장이 있어서랴-.

개떡 같은 팔자나 이럴 때 면해 보려 한 노릇인데 이게 한 발 들여놓고 보니 제 뜻과는 상관없이 고개마루 넘어간 수레 모양 냅다 내달리니 도무지 멈출 수가 없었다.

똘이 엄마는 남편이 어련이 잘 알아서 하랴- 이제 좋은 일이 생기겠거니 믿고 있었지만, 가만히 보니 집 꼬락서니만 *거덜나고 있었다.

젠장, *정승판서 사귀지 말고 제 입이나 잘 닦을 일이지. 무얼 잔뜩 기다리고 있는 아내에게도 할 말이 없었다.

보신을 하려면 그 첫 단계로 인심이나 잃지 말자고 다짐했다.

아니, 잃는다는 건 나를 죽여 주시오 하는 짓이나 다름 없으니, 적극적으로 환심을 사기로 했다.

*발쇠를 서거나 모함을 한다는 등 모든 일에 주의하고 신경을 써서 오해하지 않도록 처신했고, 조그만 잘못을 빌미로 *탑새기를 주지 않았다.

하기야 이 콧구멍만한 촌구석에 무슨 *분대질을 칠 일이 있겠

---

* 거덜나다: 살림이나 사업이 완전히 실패로 돌아가다. 결딴나다.
* 정승판서 사귀지 말고 제 입이나 잘 닦아라: 윗사람에게 빌붙어 한 자리 하려 들지 말고 제 앞이나 잘 가리라는 말.
* 발쇠를 서다: 남의 비밀을 알아내어 다른 사람에게 알려주다.
* 탑새기주다: 남의 일을 방해하여 망쳐놓다.
* 분대질 치다: 남을 괴롭게 하여 말썽을 일으키는 것.

는가?

그러나 세상 인심이란 것이 아침 저녁으로 달라지는 것이라 그건 자기 혼자만의 꿍꿍이요 계획이지 동네가 똘이네 처방을 그대로 받아들일 것이라 장담할 수 없었다.

괄괄하고 뾰롱뾰롱한 이들은 여럿이 있는 데서도 내놓고 욕을 했고, 소심한 이들은 말이 새어 부스럼이 될까봐 자기들 끼리 쑥덕거렸다.

"걔가 별 독한 짓은 아니 했다지만, 꺼떡이는 놈이 더 밉다구 주젤 알구 꼴값을 떨어야지."

"*조막손이 달걀 도둑질한다더니, 원."

"*세코짚신에는 제 날이 좋은 법이여."

"그러나 저러나 우리끼리 얘기지, 어디 가서 함부루 입 뻥긋 덜 말게."

똘이 아버지도 마을의 이런 분위기를 알고 있었지만, 이왕에 일이 이 지경이 되었는데, 내가 잘못했소 하고 시키지도 않는 것을 땅바닥에 대가리 박고 죽여 달라 할 수도 없는 일이고 여차하면 세 식구가 안전하게 빠져나갈 궁리만 하고 있었다.

똘이네 처지가 전반적으로 이러한 때에 아랫마을에서 전투가 벌어졌고 그 혼란한 틈을 타서 마을을 떠난 것이었다.

똘이 아버지는 어린 것을 잃은 후 나름대로 생각한 것이 있어

---

* 조막손이 달걀 도둑질 한다: 자기 능력 이상의 일을 하려고 할 때 이르는 말.
* 세코짚신에는 제날이 좋다: 무엇이든지 분수에 맞는 것이 좋다는 말.

서 서근배미로 돌아가기로 했다.

그렇게 해도 막말로 죽을 거란 생각은 들지 않았다.

"그렇게 합시다. 내가 알아서 할 테니까 걱정 말구-."

똘이 아버지는 아내를 설득했다.

"여기 있을 까닭이 없소. 애가 묻힌 저 언덕이 눈에 밟혀 더 있을 수가 없소."

똘이 엄마는 손등으로 눈물을 닦았다.

"똘이를 객지 구신(귀신) 맹길구 어떻게 가요? 집에 가면 생각이 더 날 텐데, 아이고 난 못 살아요, 못 살아."

참았던 설움이 다시 복바쳐 울기 시작했고, 똘이 아버지는 담배 연기만 천정으로 뿜어올리고 있었다.

난리가 나면 애들하고 여자들이 제일 불쌍하다더니-.

그는 손가락 끝으로 담뱃불을 똑 끊어 떨어뜨리고 꽁초를 입으로 훅- 불어 남은 재를 날려버린 다음 조심스레 주머니에 넣었다.

"여보, 우리가 지끔 애땜에 이러구 있을 때요? 그런다구 애가 다시 살아 올 것두 아니구, 산 사람은 살아야지."

짐짓 화가 난 듯 언성을 높혔다.

"당신 생각대루 하시구려. 아이구 난 몰라요, 시상에 이런 기맥힌 일이 어딨어요?"

"그건 임자만 그런게 아냐. 자, 짐 보따리 챙기구 어여 떠날 채비합시다."

차라리 서근배미에 진득이 있었으면 이렇게까지는 안 되었을 텐데 고생만 직사하게 하고 후회막급이었으나, 한편 곰곰 생각해 보면 꼭 그렇지 만도 않을 일이었다.

피하지 않았으면 똘이에게야 무슨 일이 있었을까마는 어른들이 무사했을까?

법, 주먹 모두 가까운 판국에 빨갱이, 내무서원, 인민군이 두려워 죽어 지내던 사람들이 가만 놔 둘리 없을 것이었다.

재판이고 심판이고 절차없이 몽둥이에 맞아 죽기 십상이었다.

똘이네의 추측은 옳았다.

당시, 서근배미뿐 아니라, 인근 부락에서도 똘이네를 잡으려고 눈독 들이는 사람이 한 둘이 아니었다. 급한 물살은 어떻게 해서든 피해 떠내려가지 않도록 해야 했다.

그렇게 시간이 흐르면서 하늘을 찌를 듯하던 분기는 처음에 비해 많이 누그러졌고, 눈에 띄었다 하면 바로 *물고를 내려던 몇몇도 시간이 약이라고 조금씩 *숙지근해졌다.

똘이네는 고향에서 어떤 처벌을 받을 것인가에 구애 받지 않고 무작정 돌아가기로 했다.

내려올 때와 다른 길로 올라가면서 전쟁의 국면도 살피고 피난민의 얘기로 정보도 얻을 겸 해서였다.

기흥, 오산, 평택, 천안으로 내려왔으나, 이번에는 천안을 나

---

* 물고를 내다: 죄인을 죽이다. '죽이다'를 속되게 이르는 말.
* 숙지근하다: 맹렬하던 형세가 줄어져서 약하다.

와 진천, 금왕, 장호원, 경안으로 올라갈 생각이었다.

그런데 장호원까지 와서 이천 쪽으로 바로 북상하지 않고 오른 쪽으로 흐르는 큰 내를 따라 여주로 방향을 틀었다.

장호원에서 이천으로 가는 길은 사람들도 많았고 복잡했다.

거기 비해서 이 길은 덜 번잡했다.

똘이 아버지는 왜인지 조금 돌더라도 내를 옆에 끼고 있는 이 길로 가고 싶었다.

천안을 빠져 나와서 내려올 때, 내 집처럼 자리잡고 살려했던 직산을 거쳐 성환으로 가려다가 마음을 바꾼 것이다.

애초에 계획했던 국도는 남행하는 피난민들로 인산인해였고, 반대로 북쪽으로 가는 똘이네를 사람들은 이상한 눈으로 흘깃흘깃 쳐다보는데, 찔리는 구석이 있어 그들을 바로 보질 못했다. 피난민, 군인, 지프차, 스리쿼터, 중화기를 매단 트럭 등이 넓지 않은 길바닥을 가득 메워 잘못 하다가는 길가 논바닥에 곤두박질칠 지경이었다.

내린 눈이 *얼녹아서 울퉁불퉁 얼어붙은 데도 있고 녹아서 질퍽거리기도 하는 길에는 넝마인지 옷가지인지 헝겊 쪼가리들이 한도 끝도 없이 바닥에 묻혀 나풀댔다. 논둑에는 시체가 분명한 물체들이 적지 않았는데, 길에 있던 것들을 던저놓은 듯했다. 흙으로 슬쩍쓸쩍 덮어 놓았지만, 비바람에 씻겨 팔 다리가 그대로 보이는 것도 있었다. 똘이네는 걸음을 옮기면서도 이것이 과연

---

* 얼녹다: 얼다가 녹다가 하다.

현명한 판단인지 확신이 서지 않아 마음이 무거웠다.

사람들의 남행은 계속되고 있었다.

"여보, 전부 남쪽으루 가구덜 있는데, 우리만 이러는 거 괜찮을까요?"

똘이 엄마는 불안한 나머지 마음 속에만 혼자 품고 참아왔던 말을 했다.

실상 똘이 아버지도 그런 걱정이 없는 바 아니었지만, 이러자고 자신이 결정해 놓고 이제 와서 딴 소리 할 입장이 아니었다.

아내에게 큰 소리는 쳤지만 켕기는 데가 없지 않았다.

"글쎄, 나두 그게 맘에 좀 걸린단 말야. 덮어놓구 자꾸 올라가기만 할 게 아니라, 어디 생각 좀 해 봄세."

"아무래두 맘이 뇌질 않아요. 중공군이 온대는데, 서근배미두 도루 인민군 시상이 될지 모르구, 우리가 이렇게 남쪽으루 갔다 온게 뽕나면 당장 죽이러들 거예요."

부역도 그렇지만 이제는 인민군이 더 마음을 끊게 했다.

"인민군보담 거기 청년단이 우선 죽이러 들걸."

"그런 걱정을 하면서 어떻게 올라가자구 했수?"

똘이 아버지는 할 말이 없었다.

사면초가가 되어 방향을 잃고 엉거주춤했다.

"그냥 무턱대구 갈 게 아니라, 어디 좀 잠시 있다가 돼 가는 꼴 봐 가면서 올라가는 게 어떨까요?"

박쥐 신세가 된 내외는 무엇보다 피난민들이 계속 남쪽으로만 가는 것이 마음에 걸렸다.

무언가를 알고 있기에 그 많은 사람들이 같은 행동을 할진대 그들 판단이 옳을 것이었다.

"그게 좋겠네. 이쯤에서 헹편(형편)을 좀 살펴보구, 또 몸 조섭두 허구 그럼세."

장호원은 그리 크지는 않았으나, 도로가 여러 갈래로 뚫려 있는 *난달이라 많은 사람들로 붐비고 있었다.

"이런 덴 날리(난리)통에 있을 만한 데가 못 되네. 좀 더 가보세."

큰 개울을 끼고 여주 쪽으로 20여 리쯤 가니 개울 건너 오른쪽으로 멀리 크고 높은 산들이 시커멓게 솟아 있고, 그 아래 침엽수가 빼꼭이 들어찬 야산들이 새끼들처럼 연이어져 있는데, 그 끄트머리에 아늑히 들어앉은 마을이 있었다.

짧은 겨울 해는 벌써 서쪽 산마루에 걸리고 차가운 산그늘이 지고 있었다.

대중없이 덮어놓고 가다가 무슨 꼴을 당할지 모르고, 무엇보다 해가 떨어질 염려도 있고 하여 서둘러 개울을 건너기로 작정했다.

개울이라고 하지만 얼른 보기에도 폭이 넓었고 수량도 많았다. 다리가 있었지만 건너 다니지 못할 정도로 망가져 있었다.

통나무를 켜서 걸쳐 놓고 흙을 얹어 떼를 떠다 덮은 섶다리인

---

* 난달: 길이 여러 갈래로 통한 곳. 사방난달.

데, 못 쓰게 된지 오래인 듯싶었다.

가운데는 물살이 빨라 얼지 않았지만 가장자리는 조금 얼어 있었다.

물 건널 생각을 하니 엄두가 나질 않아 뜸을 들이다가 남은 해와 개울 저쪽 멀리 보이는 마을을 바라보고 우물쭈물할 때가 아니다 생각하고 무거운 엉덩이를 들었다.

*된바람에 살이 아픈데, 바지를 넓적다리까지 걷어올리고 차가운 얼음물에 들어섰다.

아려오는 추위에 다리를 *발목물에 넣으면서 감각은 둔해지고, 바닥에는 크고 작은 자갈과 울퉁불퉁한 돌들이 깔려 있는데, 미끈거려서 둘은 곧 엎어질 듯 자빠질 듯 두 팔을 내저으며 뒤뚱거렸다.

함께 손을 잡고 건너가는데 개울을 반 넘어 건넌 지점쯤은 허벅지까지 차오르게 깊어 걷어올린 바지가랑이는 물론 엉덩이까지 물에 젖었다.

*발채에 *몽근 짐을 지고 한 손으로 똘이 엄마를 잡은 채 기우뚱대던 똘이 아버지가 갑자기 외발걸음을 몇 번 하더니, '어이쿠' 소리를 내지르며 뒤로 벌렁 자빠졌다.

온몸이 물에 흠씬 젖어 땅에 겨우 올라왔을 때는 옷이 바로

---

* 된바람: 빠르고 세차게 부는 바람.
* 발목물: 발목이 잠길 정도로 얕은 물.
* 발채: 지게에 얹어서 짐을 담는 제구. 싸리나 대오리로 만듦.
* 몽근 짐: 부피에 비해 무게가 제법 나가는 짐.

뻣뻣이 얼어붙어 금방 부러질 듯했다.

똘이 아버지는 온몸을 사시나무 떨듯 하며 기침과 재채기를 했다.

*팔풍받이 벌바람이 너무 차서 방죽 아래 움푹한 *상사목으로 내려갔으나, 갈아입을 마른 옷이 있길한가 살품을 파고드는 추위를 참을 수가 없었다.

마을은 빤히 보이는 *코숭이에 있는데, 한참을 가야 했고 얼어 죽을 것만 같았다.

똘이 아버지는 노독으로 다리가 퉁퉁 부은데다가 한쪽 발에 *갑저창까지 생겨 *앙감질을 해야 하니 그 비참한 꼬락서니는 말로 다할 수 없었다,

마을에 겨우 당도했는데, 우선 언 몸을 녹이는 일이 급했다.

얼어 죽는다는 말을 들어는 봤으되, 그게 남의 얘기가 아니었다.

얼어 죽고 굶어 죽기 직전이라 마을 입구 첫집 허름해 뵈는 *발막에 염치 불구하고 들어갔다. 집 떠난 이후 줄곧 해온 짓이라 이골이 나서 실은 염치라 할 것도 없었다. 궁하니까 차라리 뻔뻔스럽고 부끄러운 줄 모르는 *앙가발이 짓이 더 편했다. 그

---

* 팔풍받이: 사방의 바람을 다 받는 곳.
* 상사목: 두드러진 턱이 있고 그 다음이 잘록하게 된 골짜기.
* 코숭이: 산줄기의 끝.
* 갑저창: 손톱눈이나 발톱눈이 상하여 곪는 부스럼. 감갑창.
* 앙감질: 한 발은 들고 한 발로만 뛰어가는 짓.
* 발막; 조그만 오막살이 집.
* 앙가발이: 자기 이익을 위하여 남에게 이리저리 잘 들러붙는 사람.

도 못하면 살아남을 수 없다는 것이 지금 그의 생활관이요, 처세술이었다.

원주민들도 의례 그러려니 하고 굶주림과 추위와 길독에 지친 피난민들을 선선히 받아주곤 했다.

나중에 들은 얘기지만, 여기는 다른 곳과 달리 주민들이 그대로 살고 있다고 했다.

난리가 났다고 피난처를 찾아 우왕좌왕하는 게 아니라, 그냥 제 고장, 제 집에 꼼짝 않고 눌러앉아 있었다. 지금까지 손가락 한 마디, 부지깽이 하나 다친 데가 없다고 했다.

자기네 마을은 평시에도 흉사가 없고 전쟁까지도 비켜가는 곳으로 유명하다고 했다.

30여 호 되어 보이는데, 얼른 보기에도 배 곯는 마을 같지는 않았다. 다른 데 비해 피난민들이 없는 까닭은 물 건너기가 수월치 않은 탓도 있었지만, 오더라도 집주인들이 그대로 눌러앉아 있으니 여러 가지로 만만치 않아 주저앉아 있지를 못하기 때문이었다.

똘이네가 찾아든 집 주인네는 다행히 저녁 먹기 전인 듯했다.

"저 앞 큰 물 건넷구랴?"

주인 여자가 똘이 내외의 *물말이를 보고 당연하다는 듯말했다.

"어여 벗구 아랫목에서 몸부터 녹이시구랴."

---

* 물말이: 물에 몹시 젖은 옷이나 물건. 물 만 밥. 물밥.

똘이 아버지는 이를 딱딱 마주치며 몸을 떨면서 늘상 겪는 일인 양, 못 본 체, 아랫목에서 화로를 끼고 앉아 있는 주인 남자에게 인사를 하는 둥 마는 둥 체면이고 나발이고 없이 방바닥에 깔려 있는 검정 이불 속으로 파고들었다.

군불을 땠는지 아직 저녁 전인데 방이 따뜻했다.

그 동안 잠자코 나그네의 거동을 가만히 살펴보고 있던 주인이 등잔 밑으로 가까이 다가앉았는데, 흐릿한 불빛에 차차 눈이 익고 보니 곱추였다.

그는 *심돋우개로 심지를 올리고 긁어내 *벌불을 자라게 하고 나서 화로의 불돌을 인두로 뒤적여 한쪽으로 제쳐놓고 헤적헤적 잿불을 헤쳐놓았다.

주인 여자가 급히 *잉걸불을 만들어 가지고 들어왔다.

벌건 화로불에 비친 주인은 젊어 보이는데, 어울리지 않게 골통대를 물고 앉았다가 놋재떨이에 담뱃재를 소리내어 탕탕 두들겨 떨었다.

대포알 껍데기 아랫부분을 잘라내어 만든 것이었다.

"어디서들 오는 길이슈?"

생긴 것은 꼭 *옹망추니 같은데 위압적인 면이 있어 똘이네는 기가 죽었다.

"예, 천안서 오는 길입죠."

---

* 심돋우개: 등잔의 심지를 돋우는 기구.
* 벌불: 등잔불이나 촛불의 심지 옆으로 뻗치어 퍼지는 불.
* 잉걸불: 활짝 핀 숯불. 다 타지 않은 장작불.
* 옹망추니: 작은 물건이 고브라지고 오그라진 모양. 옹춘마니.

"아니, 근데 천안서 예꺼정 올라왔수?"

딴 사람들은 중공군까지 온다는 소문에 살자고 남쪽으로 가는
데, 반대로 북향하는 것이 이상하다고 생각하는 모양이었다.

"예, 월래(원래) 부산 쪽으루 갈려구 그랬는데 그럴 사정이 생
겨서 도루…"

똘이 아버지는 어린 것 생각에 말끝을 흐렸다.

"고향이 어디슈?"

부역했다는 걸 이 촌닭이 알 까닭이 없을 터인데, 묻는 것 마
다 수사관이 용의자 신문하듯 고압적으로 나오니까 그럴 리 없
다고 믿으면서도 은근히 켕겼다.

'이 친구가 사람을 주눅들게 하는 재주가 있구나-.'

"아, 예, 포, 포천입니다요."

똘이 아버지는 구린 데가 있어 똑바로 대질 못하고 얼른 아무
데나 둘러댔다.

"아, 포천, 좋은 곳이여. 우리 처삼촌이 거기 살지. 혼인 때
한 번 가봤는데 좋은 데더구먼. 근데 포천 어디유?"

포천이 어디 붙었는지도 모르는데, 꼬치꼬치 물을까봐 정신을
바싹 차렸다. 그걸 피한답시고 주워 섬긴 곳이 하필 포천인데,
긁어 부스럼이 되는게 아닌가 가슴이 뜨끔했다.

"아, 예, 그런데 여기 분들은 피난덜 많이 가셨나요?"

동문서답을 했다.

특히 많이들 가셨냐는 대목에 힘을 주어서, 이 마을도 별 수

없이 도망들을 많이 갔을 거라는 투의 말로 자존심을 건드렸다.

딴소리를 하는데, 포천 어디냐고 생기는 거 없이 자꾸 캘 일도 아니요, 에라 모르겠다 못 들은 체 *궁따버렸다.

자기 고향이 조선 제일의 피난 곳이라 자부심이 대단한데 거기다 불을 질렀다.

아니나 다를까―.

"어딜요, 아, 예가 조선 제일의 상피난천데 얼루 간단말유? 여기서 비행기는 멫(몇) 번 봤지만서두, 여지껏 자동차 한 대 구경 못했수."

주인은 흥분하여 금방 끈 담배대 통에 또 담배를 우겨넣으며 기고만장했다.

"하아, 비산비야라더니 바로 이 곳을 가리키나 봅니다. 과연."

마을 뒷쪽으로 큰 산이 하나 둘이 아니어서, 산도 아니요 들도 아니라는 말은 가당찮았으나 아부할 필요가 있었다. 똘이 아버지는 따뜻한 방에 이불을 둘러쓰고 있으면서도 콧물과 기침, 재채기로 얼굴이 벌개져 있었다.

똘이 엄마는 주인 여자가 밥을 짓는 동안 아궁이 앞에 앉아 젖은 *볼받이를 벗고 *물퉁이를 말리고 있었다.

얼마 후, 저녁상이 들어왔다.

"소금밥이지만, 많이들 드시구려."

---

* 궁따다: 시치미를 떼고 딴 소리를 하다.
* 볼받이: 바닥에 헝겊으로 덧대어 기운 버선.
* 물퉁이: 물에 젖어서 퉁퉁하게 불은 물건.

매콤한 *김치주저리와 구미 당기는 된장국 냄새가 금세 방 안에 가득찼다. 굶기를 먹듯 하다가 수북하게 담은 밥과 청국장 한 그릇을 소나기밥으로 해 치웠다. 따끈한 밥에 뜨끈한 청국장을 부어 쓱쓱 비벼 퍼먹는 맛이란, 이걸 한두 번 먹어본 것도 아니련만, 이토록 입을 녹아내리게 하는 줄 전에는 몰랐다.

알맞게 뜬 된장의 심오하고 오묘한 맛, 고리타분하지만 식욕을 당기는 냄새로 그 동안 쌓인 피로가 말끔히 씻겼다.

배가 불러 가만히 앉아있자니 늘씬하게 얻어맞은 것처럼 사대삭신이 *물내리면서 밥독이 오르고 배고픈 판에 깍두기, 김치 등 건건이를 밥보다 더 많이 또 짜게 먹어서인지 몹시 목이 말랐다.

마침 방문 바로 앞에 있던 똘이 아버지가 먹을 물이 어디 있느냐고 주인 여자에게 물어보니까, 방문 열면 바로 부뚜막 위 *함지박에 있다고 일러주었다.

부엌은 캄캄했다. 똘이 아버지가 손으로 더듬더듬 해보니 나무 함지박 좁은 전이 손에 잡혔다.

방에서 들고 나간 바가지에 물을 가득 떠 가지고 들어와 소뜨물 켜듯 여럿이 돌아가며 마셨다.

이렇게 좋은 물은 난생 처음이었다.

"커-, 거 물 맛 한 번 좋다. 어찌 이리 시원할까."

---

* 김치주저리: 무청이 달린 채로 절여 담근 무김치나 배추김치의 잎.
* 물내리다; 기운이 빠지거나 뜻을 잃어 사람이 풀기가 없어지다.
* 함지박: 통나무를 파서 큰 바가지 같이 만든 전이 없는 그릇. 함박. 함지.

"아, 여기 물이야 어디 내놔두 안 빠지지, 약수요, 약수."

주인의 자랑거리는 한두 가지가 아니었다.

"저의 게두 물맛 좋기루는 소문이 났습니다만, 예다 대문 아무것두 아닌뎁쇼."

똘이 아버지는 *쉰네(小人네)를 내붙였다.

"으응-. 포천두 물 좋은 데여."

주인이 맞장구를 쳤다.

물 칭찬이 자자한 가운데 주인네, 나그네 돌아가며 마시다가 맨 나중에 똘이 엄마가 바가지를 받아 마셨다.

"으-응, 아니, 근데 이게 뭐유?"

무슨 찌꺼기 같은 것이 입에 걸렸다.

"아니, 일루 줘봐요."

주인 여자가 짐작되는 게 있는지, 바가지를 등잔 밑으로 가까이 가지고 가서 자세히 들여다 봤다.

"에그머니나, 저 양반이 설거지통 물을 떠 오셨네그랴."

파 썬 것, 고춧가루 찌꺼기, 김치쪽 등이 바닥에 가라앉고 잘게 찢긴 행주 조각들이 *걸떠 있었다.

"어쩐지 유난히 물 맛이 시원허구 좋더라니-."

주인 남자는 아직 상도 물리기 전인데 *사라지에서 *살담배를

---

* 쉰네를 내붙이다: 스스로를 소인네라 부르며 비굴하게 아첨하는 말을 하다.
* 걸뜨다: 가라앉지도 않고 물 위에 뜨지도 않고 중간에 뜨다.
* 사라지: 한지를 기름에 결어 두루주머니 같이 만들어 차던 담배쌈지.
* 살담배: 썬 담배. 각연초. 절초.

꺼내 담배통에 엄지손가락으로 꼭꼭 눌러 우벼넣어서 *용고뚜리
모양 피워대며 말했다.

"옛날 원효라는 이는 해골바가지에 괸 썩은 물두 달게 자셨을
라구. 그거 귀헌 약이 되는 게요, 약값들 내우, 허허허….."
모두들 메슥거렸으나 까르르 웃었다.

"주인장, 저녁까지 얻어먹구 이거 염치 없습니다만, 저희 잘
자리가 어디 있을까요?"

"원 참, 아니 그럼 이 밤중에 얼루 쫓아낼까 걱정되슈? 윗방
에서들 주무시구랴."

"주인장, 그게 아니구 오늘 하룻밤이 아니라, 아무래두 며칠
좀 신세를 져야겠기에 집안일두 도와드리구, 끼니 신세는 지
지 않겠습니다."

*장고래 컨 윗방은 생각보다 따듯했다.

똘이 아버지는 고장이 단단히 났는지 밤새껏 앓는 소리를 했
다.

똘이네는 김칫광을 쓰기로 했는데, 언제까지일지 모르나 잠깐
있을 게 아니라면 주인네와 얼굴 덜 부딪치는 곳이 방보다 더
편할 것 같았다.

김치 냄새가 나긴 했지만 견딜만 했고 널찍한데다 춥지 않고
아늑해서 좋았다. 바람 한 점 들어오지 않고 짚을 두텁게 편데다

---

* 용고뚜리: '담배를 지나치게 많이 피우는 사람을'을 농조로 이르는 말.
* 장고래: 길이로 길게 컨 방고래.

요를 깔고 이불을 덮으니 썰렁한 *냉돌과는 비교가 안 되었다.

똘이 아버지는 고열로 온몸이 *부다듯했다.

더운 물을 계속 마셨으나 열은 내리질 않고 기침도 멎질 않았다.

거친 음식, 편치 못한 생활의 연속, 힘든 일, 끊임없는 번뇌, 그리고 자식에 대한 애끓는 그리움은 그를 점점 더 깊이 병들게 했다.

똘이 생각에 헛것이 보일 때도 있었다. 애비가 돼 가지고 자식을 앞세우는 것보다 더 큰 슬픔이 이 세상에 어디 있겠는가?

폐렴으로 진행된 그의 허파는 날이 갈수록 붓고 열이 나 기능 장애를 일으켜 가슴을 찌르는 아픔과 함께 숨쉬기가 어려워 어깻숨을 쉬었다.

약 한 첩, 침 한 대 맞아보지 못하고 그것이 얼마나 위급하다는 걸 아무도 모르는 채 물에 빠져 심한 감기에 걸린 것쯤으로만 알고 있었다.

뜨거운 콩나물국에 매운 고춧가루를 듬뿍 넣어 먹고 이불 쓰고 땀을 내면 가라앉으려니 했으나 그게 무슨 효험이 있으리오.

날이 갈수록 마른나무에 좀 먹듯 *겅더리만 되어갔다.

넋을 잃고 옆에 앉아 있는 아내의 얼굴을 쳐다보는 똘이 아버지의 초점 잃은 눈에서 눈물이 흘러내렸다.

---

* 냉돌: 불을 때지 않은 온돌방.
* 부다듯하다: 신열이 나서 불을 달듯 몸이 몹시 덥다.
* 겅더리: 몹시 앓거나 많은 고통을 겪어서 몸이 파리하고 뼈가 엉성하게 드러난 사람.

무슨 말을 해보려는지 입을 몇 번 씰룩거렸으나 그뿐이었다.

양지 바른 동산에 아지랑이 모락모락 피어오르고 버들눈 새 싹 움터 오르는 어느 온화하고 맑은 봄날, 낯선 곳 김칫광에서 똘이 아버지는 갖은 *발싸심을 하다가 한 많은 생을 마감했다.

이 곳에 오던 날부터 이 때까지 남편의 병으로 밤낮 끌탕을 해 오던 똘이 엄마는 주검에 엎드려 수시 거둘 생각도 않은 채 오열하고 있었다.

사람들은 달랠 엄두도 못 내었다.

얼마 전, 자식을 잃은 내력도 알고 있어 그럴 수밖에 없으니, 울만큼 울게 내버려두자는 뜻도 있었다.

마을 사람들 보기에는 그의 팔자가 기박해서라기 보다 전쟁이 원수였다.

똘이 엄마는 이튿날 똘이를 그랬던 것처럼 남편을 뒷산 *솔버 덩에 묻고 잠시 머물렀던 이 곳을 떠나기로 했다. 남편과 자식 을 다 잃은 판국에 무엇이고 가릴 게 없었다.

*채인 발이 곱 채인 이제 무슨 짓인들 못 하랴?

그리고 생각하기 싫은건 하지 말자, 모든 걸 옴딱지 떼듯 잊 어버리자. 가자. 나 살던 데로 가자.

부역? 빨갱이 마누라? 그래 누구든지 아가리질만 해 봐라—.

---

* 발싸심: 팔 다리와 몸을 비틀면서 부스대는 짓.
* 솔버덩: 소나무가 무성하게 들어선 좀 높고 평평한 거찬 들.
* 챈 발이 곱 챈다: '어려움에 빠진 사람이 더욱 어렵게 됨'을 이르는 말.
* 날 샌 올빼미 신세: 세력이 없어져서 어쩔 수 없는 외로운 처지가 되었음을 이르는 말.

아, 그러나 *날 샌 올빼미 신세가 됐으니 누굴 믿고 어떻게 살란 말인가?

화를 피하려고 고향 떠나 험난한 길 밟으며 갖은 고난을 겪어 왔는데, *생초목에 불이 붙다니-.

어찌 앞일을 예측할 수 있을까 마는 차라리 고향에 죽치고 있었더라면 이런 참담함은 없었을지도 모르니, 국 쏟고 밑살 데인 격이었다.

집 떠난지 반 년이 넘어 고향으로 돌아온 그는 마을 초입에서 *발씨 익은 길로 들어서질 못하고 산비탈길을 빙 에돌아서 마을이 한눈에 내려다보이는 뒷산으로 올라갔다.

남편의 죄과이긴 하지만, 난 전혀 모르는 일이요 *내전보살(內殿菩薩)한다고 해서 무사히 넘어갈 사안이 아닐 것이었다. 자신도 *맷가마리가 되어 누린내가 나도록 *모둠매를 맞을 수도 있었다.

사세 절박한 처지가 되어 뺑대쑥 우부룩한 *푸나무 서리에 털썩 주저앉아 해가 부엉이 고개에 걸칠 때까지 *나절가웃을 *심

---

* 생초목에 불이 붙다: 뜻밖의 화를 당하거나 요절하거나 하는 경우의 기막히는 정상을 비유하여 이르는 말.
* 발씨 익다: 자주 다니던 길이어서 길이 익숙하다.
* 내전보살: '알고 있으면서도 모르는 척 시치미를 떼고 있는 사람'을 이르는 말.
* 맷가마리: 매를 맞아 마땅한 사람.
* 모둠매: 여러 사람이 한꺼번에 덤비어 때리는 매. 뭇매. 몰매.
* 푸나무서리: 풀과 나무가 우거진 사이.
* 나절가웃: 하루 낮의 4분의 3쯤 되는 동안. 반나절의 비표준어.
* 심살내리다: 자잘한 근심이 늘 마음에 떠나지 않다.
* 두수 없다: 다른 방도나 대책이 없다.
* 볼가심: 아주 적은 음식으로 시장기를 면함. 또는 그렇게 하는 일.

살 내리고 있었지만 별 *두수가 없었다.

해질 무렵이 되어 이내가 끼면서 하루 종일 *불가심도 못해 헛 것이 보이고 어질어질했다.

시간이 갈수록 마음을 졸이고 불안하여 애가 타는데, 이렇게 마냥 대책도 없이 *놀란 토끼 벼랑 쳐다보듯 하고만 있을 수는 없었다.

*뒷귀 밝은 그는 계속 이렇게 망설이고만 있는 것이 현명치 못하다고 판단했다.

언제 내려가도 결국 가야 할 처지라면, 언제 당하던 피치 못할 일이라면 내려가야지, 여기서 며칠 몇 밤을 새우며 속썩이고 고생한들 그 사정을 누가 참작해서 평가하랴?

몸과 마음만 더 축날 뿐이었다.

가자. 내려가자.

'여러분들 처분에 맡깁니다.'

그리고 *파리발 들이듯 하자.

결단을 내리고 치마에 묻은 흙을 *마른 빨래로 털어냈다.

푸줏간에 들어가는 소처럼 직수굿, 코가 있는 대로 빠져가지고 동네 어귀의 길도 아닌 뒷산에서 더부룩하고 어지럽게 헝클어진 머리에 거지풍으로 내려오는 그가, 마침 지나가던 마을 사

---

* 놀란 토끼 벼랑 쳐다보듯: 급한 상황에서 대책 없이 눈만 껌벅이는 모습.
* 뒷귀가 밝다: 눈치가 빠르고 사리 분별력이 좋다.
* 파리발 들이다: 파리가 발을 비비듯이 손을 싹싹 비비면서 애걸하다.
* 마른 빨래: 흙이 묻은 옷을 비비어 터는 일.

람 눈에 띄었다.

소식을 듣고 똘이네로 몰려온 사람들은 자기집 툇마루에 걸터앉아 있는 그를 보고 어안이 벙벙하여 입을 벌린 채 아뭇소리도 못하고 멀건히 보고만 있었다.

*발주저리에다 걸친 넝마하며 험상궂은 손에는 웬 *갈공막대까지 잡고 완전히 *펄꾼이 돼 있었다.

잡기만 하면 주리를 틀든지 *살결박에 멍석말이를 하리라 벼르던 터였으나, *툭수리 친 *날탕이 되어 궁상맞고 초라한 몰골로 나타난 그를 보고, 어느 누구 하나 선뜻 나서는 이가 없었다.

주먹 불끈쥐고 *오조 먹은 돼지 벼르듯 하고 있었지만, 막상 죽상이 되어 나타난 그가 측은하기도 했고, 이웃하던 정리 때문에 그 원심이 우수 뒤에 얼음 녹듯 슬슬 풀려내리고 있었다.

그렇다고 해서 잠깐 이사 갔다가 고향으로 다시 살러온 사람 맞이하듯 할 수는 없었다.

불쌍한 거는 불쌍한 거고 나중엔 어떻게 처리하던 우선 막말부터 나왔다.

"저걸 저걸 어떡허지? 우선 도리깨 맛부터 뵈줘야지 않겠소?"

"소금먹은 놈이 물 켜기 마련이니 물고를 냅시다."

---

* 발주저리: 해어진 버선이나 양말 따위를 신은 너절한 발.
* 갈공막대: 늙은이의 지팡이.
* 펄꾼: 겉모양을 꾸미지 않은 주제 사나운 사람.
* 살결박: 죄인 따위를 옷을 벗기고 알몸뚱이로 묶음.
* 툭수리 치다: 망하여 빌어먹다.
* 날탕: 아무 것도 가진 것이 없는 사람.
* 오조 먹은 돼지 벼르듯: 혼내 주려고 잔뜩 벼르고 있다는 말.

혈기 넘치는 젊은 몇몇이 도저히 그냥 놔 둘 수 없다고 씨근거렸다.

"똘이 애비 잘뭇(잘못)이지, 그만둠세. 그래두 죽기 한허구 지 살던 데 찾아온 사람일세."

"에그, 쯧쯧… 버리(보리)밥엔 고추장이 지(제)격이지. 곡석(곡식)은 잡초땜에 망허구 사람은 욕심땜에 망허는 것이여."

힐난 반 동정 반으로 저마다 한 마디씩 했다.

똘이 엄마는 머리를 가슴에 박은 채 꼼짝달싹 안 했다.

모두가 제일 궁금해 하는 점은 대관절 남편과 아이는 어떻게 됐길래 여편네 혼자냐는 것이었다. 뎅그머니 저 혼자서 살던 데 랍시고 대가리 들이미니 괴이한 일이었다. 하지만 거렁뱅이 행색으로 미동도 하지 않는 그에게, 처음부터 끝까지 다 털어놓으라고 *종주먹 지를 계제도 아니었다. 무엇이 한참 잘못 되었구나 짐작만할 뿐이었다.

"여보게, 이 사람아, 어찌 된 게야?"

꼴이나 하는 짓이 하도 볼만해서 어떻게 말머리를 떼야 할지 한참을 망설이다가 나이먹은 이 하나가 겨우 한 마디 했다.

그러자 똘이 엄마는 이 때를 기다렸다는 듯이 마루에 엎드려 울기 시작했다.

마치 울음보의 끈을 푼 듯 치마로 눈물 콧물 훔치며 울고 또

---

* 종주먹: 상대편을 위협하는 뜻으로 쥐어보이는 주먹.
* 조를 빼다: 짐짓 몸가짐을 조촐하게 하다.
* 맥도 모르고 침통 흔든다: 일의 속내도 모르고 함부로 덤빈다는 말.

울었다.

　지금 그의 처지로는 무엇보다 먼저 해두어야 할 일은 많이 그리고 슬프게 우는 모습이었다. 그 질과 양에 따라 앞으로 떨어질 형량의 높낮이가 결정될 것이라, 제 딴에 울면서도 *조를 빼고 있었다.

　모두들 전말이 궁금하기 한량 없었으나 *맥도 모르고 침통 흔들 수는 없었다. 그럴만 하니까 그러려니 하고, 아무도 묻거나 달랠 생각을 못하고 있었다.

　시간이 가면 결국은 사연을 알게 될 터이니 실컷 울게 내버려 두었고, 감도는 분위기는 자연스럽게 똘이 엄마 의도대로 되어가고 있었다.

　울다 지친 똘이 엄마는 고개를 들어 초점 없이 벌개진 눈으로 멍하니 어두워가는 담장 밖을 바라보는 모습이 더 처량했다.

　그리고 동네 양반들 얼굴을 차마 못 쳐다보겠다는 듯 시선을 피한 채, 다시 머리롤 떨어뜨렸다.

　"똘이네, 울지만 말구 정신을 채려봐."

　똘이 부자가 잘못 되었구나 하는 짐작은 가나 그 연유를 알 수 없었다.

　반 국가적 행위자임에도 부락민들은 토죄는 고사하고 똘이 엄마를 다독거리며 오히려 눈치를 보고 있었다.

　그는 한바탕 더 울고 나서 자세한 설명은 접어두고 부자의 죽음을 간략하게 얘기했다.

부녀자들은 *정가를 하기는 커녕 동정하고 위로하며 함께 울었다.

"한탄만헐께 아니우, 인제 살 생각을 해야지."

아무도 똘이네의 잘못을 입에 담지 않았다.

"여보게, 똘이네, 이거 안 되겠네. 우선 요기부텀 해야겠네."

눈치 빠른 살구나무 집주인이 안 가겠다는 그를 자기 집으로 데리고 갔다.

"가만있게, 급헌대루 *중둥밥이래두 먹어야겠네. 오늘 따라 * 앙구어둔 밥이 없네그랴."

살구나무 집은 거무튀튀한 개다리 소반을 들고 들어왔다.

"마른 입으루 먹지 말구 이 더운 물 좀 먼저 마시게, 에그 쯧쯧."

따라온 마을 사람들은 빙 둘러앉아 주먹맞은 감투꼴이 되어 음식을 *굴우물에 말똥 쓸어넣듯 하는 그를 딱하고 가여운 눈길로 지켜보고 있었다.

들어서는 길로 조리돌림이라도 당해 죄값을 치를 각오였는데, 이렇게까지 *풀치니 똘이 엄마는 목이 메이면서도 의심스러웠다.

타관 객지를 돌며 갖은 고생을 다 하던 그가 갈 곳이라고는

---

* 정가를 하다: 지난 허물이나 결함을 입에 올려 흉보다.
* 중둥밥: 찬밥에 물을 조금 치고 다시 물린 밥.
* 앙구다: 음식 따위를 식지 않게 하려고 불 위에 놓아두거나 따뜻한 데에 놓아두다.
* 굴우물에 말똥 쓸어넣듯: '음식을 가리지 않고 마구 먹는 일'을 조롱하는 말.
* 풀치다: 맺혔던 마음을 돌려 너그럽게 용서하다.

그래도 고향밖에 없어 돌아왔지만, 지은 죄를 낱낱이 들추어 다부지게 닦달할 것을 각오했는데, 복수의 매질은 커녕 부처님 같은 자비를 베풀며 받자를 해주니 몸둘 데를 모르겠고 나중엔 슬슬 불안한 생각이 들었다.

*시거에 우선 살려놓고 *피새난 지난 일을 *줄밑 걷으려 조지던지, 어떤 앙갚음을 할 것같아 마음이 풀끝에 앉은 새 모양 편치 않았다.

*똥친 막대기가 된 천하 잡년을 핍박하지 않고 토닥거리는 게, 아무리 생각해도 달래 놓고 눈알 빼려는 수작이지, 그 동안 정 들었던 토박이들 끼리의 정리로만 생각되지 않았지만, 나중에는 여하튼 *칠성판에서 뛰어났다는 정적을 막연히 느끼며, 개개 풀어진 눈을 스르르 감고 혼곤히 깊은 잠에 빠졌다.

이튿날 *갓밝이에 눈을 뜬 그는 잠시 어리둥절했다.

낯선 방에 정신이 몽롱했으나 저간의 일을 금방 깨닫고 자리에서 일어나 밖으로 나갔다.

주인네는 벌써 일어나 부엌에서 아침 준비를 하고 있었다.

"아니, 더 누워 있지 않구서?"

"아녜요. 괜찮아요. 집에 좀 가봐야죠."

---

* 시거에: 나중에는 어찌 되든지간 우선 급한대로.
* 피새나다: 은밀한 일이 발각되다.
* 줄밑 걷다: 어떤 일의 단서나 말의 출처를 더듬어 찾다.
* 똥친 막대기: 천하게 되어 가치가 없는 물건이나 버림받은 사람을 이르는 말.
* 칠성판에서 뛰어나다: 죽으려다 살아났다는 말.
* 갓밝이: 날이 막 밝을 무렵. 여명.

“무신 소리여? 들어가게. 조반은 허구 가야지.”

똘이 엄마는 헝클어진 머리를 손가락 빗질하며 엉거주춤 서 있었다.

남에게 *개개는 일이 마음내키지는 않았지만, 당장 끼니 걱정에 풍비박산이 돼버린 집엘 가자니 손댈 것이 하나 둘 아닐 터이고 가 보나마나 너무 막연해서 말은 그렇게 했지만, 실은 더 있으라고 만류하면 못 이기는 체 주저앉을 마음도 있었다.

주인은 *겉볼안이라고 아침이나 먹고 보자고 방으로 밀어넣었다.

며칠 뒤 이장을 비롯한 몇몇이 살구나무 집에 모였다.

“저, 아주머니. 당분간 저의 집에 가 계시죠? 집이 빈 지가 오래서 대충 손질이래두 해놔야 들어갈 수 있을 꺼 아닙니까?”

이장의 권유가 감히 먼저 청할 수는 없는 일이었지만, 속으로는 바라는 바였다.

“우리가 웬만한 건 다 손 봐 놀테니 걱정 말구료.”

“아이구 이거 죄스러워서 어쩌나.”

똘이 엄마는 손등으로 눈물을 닦았다.

처음에는 포뜬 어육이 될 각오였고, 오늘 아침까지만 해도 이제 나를 어쩌려나 하는 공포심으로 불안했는데, 상황이 예상과

---

* 개개다: 성가시게 달라붙어 손해가 되다. 서로 맞닿아서 닳거나 해지거나 하다.
* 겉볼안: 겉을 보면 속을 안 보아도 짐작할 수 있다는 말.

는 달리 똘이 엄마가 바라는 쪽으로 흘러가고 있었다.

그렇다고 기다렸다는 듯 얼씨구나 그러마할 수는 없었다.

속 들여다 보일지라도 얼른 대답을 안 하고 손톱을 깨물며 방바닥만 내려다보고 있었다.

고향에 돌아와서 자주 써먹는 그의 장기중 하나로 사람들은 그의 어쩔 수 없는 행동이 아니겠느냐 하며 *이드거니 기다려주곤 했다.

"그러지. 너무 사양허문 예가 아닐세. 고맙다 하게나."

잠시 후 똘이 엄마는 못 이기는 체 고개를 끄덕였다.

고향에 돌아와 스스로 *동곳을 빼기도 전에 이리도 너그럽게 용서해 줄줄 알았다면, 천안까지도 내려가기 전 중도에서 발길을 돌렸을 것이고, 따라서 남편과 자식을 잃는 슬픔도 없었을지도 모르나, 세 식구 모두 아무 탈없이 멀쩡하게 왔을 때에도 지금 같이 이렇게 받아주었을까?

아니다. 결코 아닐 것이었다.

그만하면 큰 댓가를 치루었다고 할 수 있으니, 이쯤 모르는 체, 다 잊어버린 체 덮어두자. 똘이 엄마는 자기를 대하는 마을 사람들의 심리를 이렇게 셈하고 있었다.

사람들이 다 간 뒤, 빈 방에 우두커니 앉아있던 그는 주인에게 상인이네 집엘 가보겠다고 했다.

---

* 이드거니: 시간이 좀 걸리면서 분량이 좀 많게.
* 동곳을 빼다: 잘못을 인정하고 빌다.

어쩐지 만나면 안 된다는 저항감이 있었지만 가 보고 싶었다.

가서 무슨 말을 어떻게 해야 하나 부담스럽기도 했다.

살구나무 집에서 며칠 지내는 동안 상인네의 비참한 종말을 전해 듣고 두 집이 어쩌면 이리도 똑같이 거덜이 났나- 한 집에서 두 사람 씩이나 죽어야 할 만큼 살아오는 동안 천벌 받도록 나쁜 짓을 한 적이 없는데, 이리되니 하늘을 원망하거나 무심하다고 탓할 게 아니라 하느님이란 게 과연 있느냐? 없다였다.

없는 하느님이 있을 거라 믿어온 자신이 *밉광스러웠다.

배신 당했다는 마음이 들면서 분하고 억울했다.

상인 엄마는 똘이 엄마를 보고도 기억 상실증에 걸린 사람처럼 무덤덤했다. 어제도 보고 그제도 보던 사람 대하듯 *개구리 낯짝에 물붇기였다.

그 동안 어디서 어떻게 지냈느냐 두 손 덥석 잡고 반색하는 모습을 연상했는데, 이건 그게 아니었다.

듣던대로 단단히 잘못됐구나-.

그리고 상인 엄마의 배가 너무 불러 의아했다.

아니, 무슨 병에 걸렸나?

똘이 엄마는 상인 엄마와 최군관의 얘기를 아무에게서도 들은 바가 없었다.

자기를 보고도 아무런 표정의 변화가 없는 상인 엄마를 보면

---

* 밉광스럽다: 지나치게 미움을 받을 만한 데가 있다.
* 개구리 낯짝에 물붇기: 어떤 자극을 주어도 그 자극이 조금도 먹혀들지 않는다는 말.

서 목이 메었다. 그러면서도 한편 동병상련의 심정으로 위안이 되는 점도 없지 않았다. 나 혼자만 콩가루가 된 것이 아니라 다행이란 묘한 동료 의식과 비슷한 처지를 서로 위로하며 돕고 지낼 수 있으리라는 안도감이랄까, 오히려 고맙기까지 했다.

상인이는 *찌러기에 *뜸베질당한 사람 모양 자리보전하고 있었다.

"나 똘이 엄마야. 상인 엄마. 나 좀 봐. 똘이 엄마라구."

멀건히 쳐다보기만 하는 상인 엄마의 손을 꼭 잡았다.

눈물이 왈칵 쏟아졌다.

아래 윗집으로 누구보다 가까이 *통내외하며 지내왔건만, 무슨 *동티가 나서 이렇게 됐는지 생각할수록 *결창 터질 일이었다.

과부 설움은 동무 과부가 안다고 상인 엄마 손을 잡고 눈물로 *늘키던 똘이 엄마는 상인이의 얼굴을 들여다봤다.

자는 건지 죽은 건지 모르게 눈을 감고 반듯이 누워있는 모습이 너무 **자닝했다.

같이 앉아있어도 상인 엄마가 봉사 등불 처다보듯 하니 대화가 있을 수 없었다.

---

* 찌러기: 성질이 몹시 사나운 황소.
* 뜸베질: 소가 뿔로 받는 일.
* 통내외: 두 집 사이에 남녀가 내외하지 않고 지냄.
* 동티나다: 건드리지 말아야 할 것을 잘못 건드려서 생긴 재앙이나 걱정.
* 결창 터지다: 몹시 분하여 속이 터지다.
* 늘키다: 울음을 시원스레 울지 못하고 꿀꺽꿀꺽 삼키듯 하면서 느껴 울다.
* 자닝하다: 모습이나 처지 따위가 참혹하여 차마 볼 수 없다.

똘이 엄마는 상인 엄마가 듣거나 말거나 몇마디 위로의 말을 하고 나왔다.

그가 상인네엘 갔던 것은 남 볼성이나 눈가림하기 위해서가 아니라 진심에서였다.

비어 있는 동안 허술해진 똘이네 집을 이웃들이 분주히 손질하고 있었다.

집 *닦달질하고 있던 젊은 이장이 일이 끝나자, 똘이 엄마를 다시 자기 집으로 데리고 갔다. 그러나 몸조리부터 잘 하라는 이장의 호의를 사양하고 이튿날 집으로 돌아왔다.

남의 집에서 *발칫잠을 자느니 옹색하고 어수선해도 내 집이 편했다. 식량은 당분간 이웃들의 도움으로 해결하고 있었으나, *노박이로 그리 할 수는 없었고 하루라도 빨리 품값음을 해야 했다.

무당이 제굿 못하고, 소경이 저 죽을 날 모른다고 처음에는 무슨 방도가 없었는데, 이렇게들 한 식구처럼 마음을 써주니 비렁뱅이가 비단옷 얻은 듯한 마음이 들었고 집안 일이 하나 둘 자리를 잡아가고 있었다.

하루하루 시간이 가면서 이것저것 할 일도 생겼고 남편과 똘이의 일만 생각하며 하고 한날 눈물로만 지새울 여유도 주어지지 않았다.

---

* 닦달질: 갈고 닦아서 다듬는 일.
* 발칫잠: 남의 발치에서 자는 잠.
* 노박이로: 줄곧 계속하여. 붙박이로.

이 집 저 집 다니며 주살나게 얻어먹는 *작객(作客)으로 지낼
수는 없었다.

쌀독에서 인심난다고 아무리 똘이네 사정이 그렇다 해도, 그
누구라고 만날 남의 치다꺼리나 하면서 무슨 큰 인물이라고 *불
풍나게 드나들며 개갠다면, 한낱 *네뚜리로 조명 난 끝에 터져
버린 꽈리꼴만 될 판이었다.

원래 아귀차고 당찬 그는 *막잡이 옷 입고 변변찮은 음식 먹
어가며 이를 악물고 나섰다.

*햇귀보고 일어나 자릿조반 하고 나가 *알땅에 풀매기하며 *
묵정밭도 일구고 풀밭의 푸새 뽑고 돌 골라 버리며 코에서 단내
가 나도록 해댔다.

마음을 다부지게 먹은데다 원래 강단이 있는 몸이 큰 재산이
었다. 지난날의 검정콩 따위가 아니라 차돌이었다.

죽는 한이 있어도 빨리 일어서서 사람들 *줌밖에 나야 했다.

틈만 나면 산에 올라 땔나무를 해다 두고, 터앝에도 거의 빈
데가 없이 씨뿌려 싹트면 제때제때 *흝매었다.

여기 규모가 적고 빈약한 토농이들은 어느 집이나 사내들 두

---

* 작객: 자기 집을 떠나 객지나 남의 집에서 손노릇을 함.
* 불풍나다: 매우 바쁘게 드나드는 모양.
* 네뚜리: 대수롭지 않게 보고 업신여긴다는 뜻.
* 막잡이: 아무렇게나 마구 쓰는 물건.
* 햇귀: 해가 처음 솟을 때의 빛.
* 알땅: 나무나 풀이 없는 벌거숭이 땅.
* 묵정밭: 오래 묵혀 거칠어진 땅. 휴경지.
* 줌밖에 나다: 남의 손아귀에서 벗어나다. 남의 지배에서 벗어나 자유롭게 되다.
* 흝매다: 이 곳 저 곳 풀을 뽑다.

엇은 있어서 *호락질이라도 할 수 있었다.

오직 똘이네만 그렇질 못한데 여간내기라면 벌써 쓰러졌을 것이었다.

팔자가 센건지 *발떠퀴가 나쁜건지 그런건 따지고 탓할 입장이 아니었다.

아무리 비위가 좋다 해도 이제 누구에게 *비라리청할 입장도 못되어 두렛일이고 *뜬벌이고를 가리지 않았다. 여차하다 잘못되어 *풋바심하지 않을까도 걱정됐다.

*삯메기도 했다.

*발감개에 살림 때 찌든 내광목 치마 하나 두르고 *중다버지에 빗질 한 번 할 틈없이 *제살이 하고자 갖은 모질음을 썼다.

상인 엄마의 배는 왕산같이 불러있었다.

"에그, 어쩜 좋아. 쯧쯧, 저렇게 배까지 북통 같으니―."

아낙들은 상인네의 기구한 운명에 혀를 찼다.

"망할 자식, 데려나 가지."

최군관을 두고 하는 말이었다.

해산이 가까워지면서 더욱 입맛을 잃고 고기가 너무 먹고싶어

---

* 호락질: 남의 힘을 빌리지 않고 가족끼리 짓는 농사.
* 발떠퀴: 사람이 가는 곳을 따라 길흉화복이 생기는 일.
* 비라리청: 구구한 말을 하며 남에게 무엇을 청하는 짓.
* 뜬벌이: 고정적이 아니고 닥치는 대로 하는 벌이.
* 풋바심: 익기 전의 곡식을 미리 베어 떨거나 훑는 일.
* 삯메기: 농촌에서 끼니는 먹지 않고 품삯만 받고 하는 일.
* 발감개: 지난 날 버선 대신 발에 감던 좁고 긴 무명. 막일 할 때 이용했음.
* 중다버지: 길게 자라서 더펄더펄한 머리.
* 제살이: 남에게 기대지 않고 제 힘으로 살아감. 또는 그러한 살림.

구역질까지 하며 살가죽이 누렇게 부황이 들고 얼굴엔 노랑꽃이 피었다.

상인 엄마는 산천초목이 온통 초록으로 물들고 농삿일로 눈코 뜰 새 없이 바쁜 초여름 어느 날 몸을 풀었다.

사내아이였다.

뜻밖의 불행한 일을 만나서 단배 주려 약해질 대로 약해진 그는 고열과 구토 설사까지 해가며 몸을 떨고 가쁜 숨을 몰아쉬었다. 죄가 많아서 여자로 태어난다더니 동전만한 하늘이 노오래 보였다.

상인 엄마는 몇 푼어치 안 되는 기력이 몽땅 빠져 기절하고 말았다. 아낙네들은 삼 가르랴, 군불 때랴, 물을 끓인다, 미음 쑨다 땀흘리며 부엌으로 우물로 뒤꼍으로 바라지하기에 눈코 뜰 새 없었다. 잘못하다가는 모자가 다 죽을 판이었다.

산모는 한 식경이나 돼서 정신이 들었고 *기신기신 옆 눈으로 제 새끼를 가만히 훔쳐보았다.

아기는 튼실했으나 부족한 젖으로 늘 *젖배를 곯았다.

암죽으로 대신했지만, 이미 *젖감질이 생긴 뒤라 땅 판 구덩이에 쌀가루를 넣고 풀로 여러 겹 덮은 후 쇠똥으로 막아두었다가 비가 한축 내린 뒤 그걸 잘 띄어 축축하게 반대기해서 즙을 내고, 여기다가 다시 마른 멥쌀가루를 섞어 쪄서 볕에 말려 가

---

* 기신기신: 게으르거나 기운이 없어 맥 없이 몸을 움직이는 모양.
* 젖배를 곯다: 젖먹이가 젖을 배불리 먹지 못하다.
* 젖감질: 젖이 모자라 생기는 젖먹이의 병.

루를 내어서 물에 풀어 먹이곤 했다.

여간 손이 많이 가는 게 아니었으나 재료 구하기가 쉽고 보신이 되는 음식이므로 삼 모자에게 같이 먹였다. 산모에게는 가끔 고깃근을 구해다 미역국도 끓여주는 등 동네 사람들의 정성은 지극한 것이었다.

상인이는 가끔 피를 토했다.

머얼건 미음이나 죽으로 간신히 연명하고 있었는데, 상인 엄마는 *이승잠만 자는 아들의 생사가 어찌되든 허공만 바라보고 있었고, 세 사람의 치다꺼리는 여자들이 순번을 정해 *들무새하고 있었다.

끼니 수발은 물론이요, 물 데워 씻기랴 오줌 똥 받아내랴, 기저귀, 옷가지 빨아대고 무슨 약 없으니 *백비탕이라도 끓여 먹이랴, 갓난 것 보채면 안고 얼레주랴, 품앗이도 아닌 병구완 하느라 이만저만 고생이 아니었으나, 소홀하면 줄초상이 날 판이니 *구듭을 친다는 생각을 하는 사람은 아무도 없었다.

상인이의 증세가 차도 없이 점점 깊어지자 다른 처방을 써보기로 했다.

오약나무 줄기와 뿌리, 아니면 쇠무릎 뿌리를 캐어다 달여 먹이기도 하고, 똥통에 대나무를 꽂아 이삼 일 지난 후, 거기 고인

---

* 이승잠: 병 중에 정신을 못 차리고 계속 자는 잠.
* 들무새: 몸을 사리지 않고 궂은 일이나 막 일을 힘껏 도움.
* 백비탕: 맹탕으로 끓인 물. 백탕.
* 구듭을 치다: 귀찮은 남의 뒤치다꺼리를 하다.

황금탕(똥물)을 체에 걸러 먹여도 보았다.

그러나 어쩌랴−.

이웃들의 피붙이같은 정성에도 불구하고 급기야 *뒤가 터지더니, 눈을 떠 한맺힌 에미 얼굴 한 번 쳐다보지 못하고, 십 여년간 그의 유일한 세계였던 서근배미 한 칸 초가에서 짚불 꺼지듯 조용히 숨을 거두었다.

상인 엄마는 이틀 사흘 동안 어느 누구도 아들 주검에 손을 대지 못하게 했고, 그 죽음을 인정하지 않을 뿐 아니라 마치 산 사람 대하듯 했다.

더운 날씨에 *추깃물이 흐르는 아들의 주검을 끌어안고 밥 먹으라 권하고 있었다.

사람들은 시신을 빼앗다시피 해서 가까운 산자락에 매장했다.

상인 엄마는 눈물 한 방울 흘리지 않았다.

그 후 *달포쯤 지난 어느 날 새벽, 그는 머리 곱게 빗고 건넌방 들보에 옥색 저고리 *빗장고름 풀어 한 많고 고생스러운 목을 매었다.

자식과 남편, 시어미까지 비명에 잃고 더러운 몸으로 욕되게 살기를 탐하느니 차라리 저승에서 받는 복의 길을 택했다.

살기보다 역시 죽기가 어렵다지만, 현실을 회피하려는 죽음과

---

* 뒤가 터지다: 사람이 죽게 되어 똥이 함부로 나오다.
* 추깃물: 송장이 썩어서 흐르는 물.
* 달포: 한 달 이상 되는 동안.
* 빗장고름: 고의머리가 안 쪽으로 숙고 구김살이 없이 반반하게 맨 옷고름.

의 고통스런 싸움에서 승리하기에 가녀린 그녀는 너무 지쳐 있었다.

사람들은 *습석을 깔고 염을 한 뒤, 간소하게 장례를 치르고 원혼을 달래주었다.

평소 쾌쾌하고 *받걷이 잘 하는 친정어머니가 아랫마을에 살고 있어 그쪽에서 온 문상객이 더 많았다.

세상을 모질게 오래 산 사람들이 대개 그러하듯 같이 따라 죽을 만큼 분하고 슬픈 일이 생겨도 숱한 어려움을 겪어오면서 감정이 무디어진 것인지 태연한데, 이 노파도 딸의 죽음을 그렇게 받아들이고 있었다.

그러나 그는 고령에 노환으로 *최판관을 기다리는 형편으로 오질 못했다.

장사를 지내고 나서 며칠 후 사람들은 이장집에 다시 모였다.

전쟁의 피해를 가장 많이 보았다고 할 수 있는 두 집의 문제를 어떻게 풀어야 할지 의논을 하기 위해서였다.

혹여 쓸 데 없는 *뭇방치기가 되지 않을까 저어했으나, 남의 일이라고 강 건너 불구경하듯 한다는 것은 이 마을 사람들의 정서가 아니었다.

*오달지고 억척스러운 똘이 엄마였지만, 가까운 일가 친척 하

---

* 습석: 염할 때 까는 돗자리.
* 받걷이: 남이 무엇을 요구하거나 괴로움을 끼칠 때 그것을 잘 받아들여 돌봐주는 일.
* 최판관: 죽은 사람의 생전의 선악을 판단한다는 저승의 벼슬아치.
* 뭇방치기: 주책없이 남의 일에 간섭하는 짓.
* 오달지다: 허술한 데가 없이 야무지고 실속이 있다.

나 없는 처지에 족제비도 돌봐주는 게 있어야 산다고 자칫했다 가는 여생을 *드난살이로 지내게 될 형편이었다.

그래서 똘이 엄마와 젖먹이 양쪽을 모두 살리기 위한 방도를 찾고자 모인 자리였다.

젖먹이는 외할머니가 데리고 가는 것이 순리였지만, 장례 면포 끊어놓은 사람이나 다름 없는 노파에게 가당찮은 일이었다.

적임자는 똘이 엄마라는게 중론이었고 설득력이 있었다.

일단 그렇게 의견을 모았으나, 갓난 것이 누구의 소생인지를 알려야 하느냐 마느냐 하는 것이 문제였다. 상인 엄마가 까무러쳐 가며 낳은 아이의 애비가 최군관이라는 사실을 모르는 사람은 똘이 엄마뿐이었다.

상인 아버지가 자취를 감추었을 때와 최군관이 상인 엄마를 처형한다고 했을 때가 비슷해서 딱 잘라 누구의 씨라 단정하기 어려웠지만, 당시의 앞뒤 사정이나 여러 정황을 살펴볼 때 최군관 쪽이 우세했다.

상인 아버지는 인민군에게 서울이 떨어지고 한강을 건넜다는 소식을 듣자 바로 몸을 숨긴 처지였는데, 목숨까지 걸어가며 아내와 잠자리를 같이 해야 할 만큼 급하지도 미련하지도 않았다.

두 번째 집에 왔다가 여유는 커녕 목숨까지 잃지 않았던가-

임신 기간을 대충 어림잡아 보더라도 역시 최군관이었다.

"사실대루 얘기헙시다. 어린 게 무신 죄가 있겠소?"

* 드난살이; 흔히 여자가 남의 집을 옮겨 다니며 고용살이를 하는 생활.

"구태여 숨길 까닭이 없어요. 문가믄 어떻구 최가믄 어때요?"

"글쎄, 그렇긴 헌데, 똘이 엄마가 어떻게 들을지……"

상인네가 아니고 최군관의 아이라고 하면, 그럴듯한 명분으로 거절할 이유를 찾다가 얼씨구나 됐다 바로 이거다, 손사래를 칠런지도 모르니 그의 *억하심정을 다스릴 방책도 세워야 했다.

"전실 자식은 길러두 의붓 자식은 심(힘) 들다는데-."

의견이 분분한데, 이장이 합리적인 설명으로 *쐐기를 박았다.

"그건 사람 나름이고 이번 경우는 달라요. 이 빠진 톱니바퀴에 딱 들어맞는 톱니맞춰 끼우는 거와 같아요."

"이장 얘기가 맞는구먼. 양가를 한꺼번에 살리는 길이여."

"아무래두 남의 앤데 뺨이나 안 맞으문 효자 소리 듣는다구, 그게 어디-."

중구난방에 이장이 발끈했다.

"아니, 그럼 어디 좋은 생각 있으문 말씀덜 해 보세요."

"이보게 이장, 더 이상 대안이 없네. 누이 좋구 매부 좋은 일 아닌가? 우리 이장 얘기대루 입을 맞추세."

애 아버지가 누구란 걸 알리기로 결론을 냈으나, 당사자가 어찌 받아들일까, 아니 그보다 과연 갓난 것을 맡겠다고 할 것인가 그게 더 큰 걱정이었다.

똘이 엄마가 방에 들어서자, 모두들 눈치를 살피고 있었다.

---

* 억하심정: '무슨 생각으로 그러는지 그 심정을 알 수 없음'을 이르는 말.
* 쐐기를 박다; 일이나 상태가 바람직하지 않게 되는 것을 막다.

똘이 엄마는 이장이 왜 보자고 그러나 하면서 왔는데, 여러 사람이 먼저 와 있는 걸 보고 괴이쩍은 생각이 들었다.

한동안 침묵이 흘렀다.

"오시라 한건 다름이 아니구요. 저 아시다시피 아주머니는 혼자시구, 저 애 역시 사고무친 핏덩이입니다. 우리끼린 대강 얘기가 있었어요."

이장이 신중하게 말머리를 꺼냈다.

"이왕지사 똘이네두 이리 됐구, 저 애두 천애고아가 됐으니 서루 의지허구 사는 것두 괜찮을 거 겉으이."

나이 지긋한 촌로가 거들었다.

"안직 핏덩이니 커서두 지 에미루 알테구, 또 똘이허구두 크게 나이 차 안 나니 친아들이나 진배없지."

"아무렴, 정식으루 글루(거기로) 입적하면 아, 친자식이지 뭐."

모두들 적극적이었다.

갖은 소리를 다 해도 똘이 엄마는 *침먹은 지네 모양 검다 희다 말이 없이 고개를 숙인 채 손톱으로 방바닥만 긁고 있었다.

모두들 마른 침을 삼켰다.

실상 똘이 엄마가 이 제의를 받아들이지 않으면 마을 전체의 골칫거리가 될 가능성이 많았다. 내다버릴 수도 없는 일이요, 누군가가 데려가야 하는데 제비뽑기를 할 수도 없고, 제 새끼 먹이는데도 허리가 휘는 판국에 그럴 여유가 있는 집은 하나도 없

---

* 침먹은 지네: 할 말을 못하고 있는 사람을 비유하여 이르는 말.

었다.

아니, 설사 능력이 있다 해도 남의 애 데려다 한식구 만들기 원하는 이가 과연 있기나 할까? 내놓고 말은 아니 하나 저마다 속셈이 비슷해서 어떻게 해서든지 똘이 엄마한테 떠 안기려 달래고 어르고 사뭇 공격적이었다.

"그렇게 하시죠. 혼자 적적하게 지내시느니 서루 의지허구 얼마나 좋은 일입니까?"

*우렁잇속 같은 똘이 엄마 입에서 무슨 소리가 나올까 모두들 그의 입만 쳐다보고 있었다.

*무는 개 짖지 않는다고 조용한 그의 속내를 알 수가 없었다.

"그리구 또 한 가지 아셔야 할 게 있는데―."

이장이 말을 꺼내놓고 시간을 끌자, 똘이 엄마는 떨구고 있던 눈을 가만히 들어 그를 쳐다봤다.

' ? '

"저, 그런데 그 애기 아버지가요. 저 전에 최군관 아시죠? 여기 있던 그 최군관요."

모두들 고개를 숙이고 눈을 치며 똘이 엄마의 표정을 살폈다.

"그 사람의 앱니다."

똘이 엄마의 수락 여부가 어찌 되든 대답은 들어보지도 않고 말이 난 김에 할 말은 다 해야겠다는 것이 이장의 생각이었다.

---

* 우렁잇속 같다: 내용이 복잡하고 헤아리기 어려워 자세히 알 수 없는 속 마음.
* 무는 개 짖지 않는다: 무서운 사람일수록 말이 없다.

똘이 엄마는 내심 놀랐고 여기 없는 동안 무슨 곡절이 있었구나 짐작은 갔지만, 왜 그렇게 되었는지 알고 싶지도 알 필요도 없었다.

사람들은 그 얘기를 듣고도 다 알고 있었다는 듯 놀라지도 않고 태연한 똘이 엄마의 낯색을 보고 오히려 당황했다.

사람들은 아이가 그의 소생이란 사실을 강조해 둘 필요가 있었다.

*드는 돌에 낯 붉는다고 뿌린 대로 거두라는 의무감을 갖게 하자는 뜻이 있었다.

"거, 일이 그렇게 됐었네. 차차 알게 되겠네마는 애비를 볼게 아니라, 어린걸 생각하게 그랴."

사람들은 그간의 일을 대략 이야기하고 그의 이해를 구했다.

"잘 생각해 봐. 똘이네. 그러는 게 서루 돕는 일일꺼 같네. 우리두 겪어봤지만, 그 최가 성품이 그리 나쁘지 않더구먼— 지 애비 씨 닮었으문 괜찮을 꺼 겉으이."

"낳은 정보담 길른 정이 더 깊구 크다잖습니까?"

더 이상 *채근을 하지 않고 똘이 엄마에게 생각할 시간을 주어 판단에 맡기기로 하고 모두 자리에서 일어섰다.

"그리허는 걸루 알구 가겠네. 녀석이 벌써 우람한게 인물두 그만허구—."

---

* 드는 돌에 낯 붉는다; 원인이 있어 결과가 생긴다는 말.
* 채근: 어떤 일을 따지어 독촉함.

"그럼, 잘 생각허게나."

마을의 성화가 아니더라도 똘이 엄마는 상인네의 불행이 마치 자기들 내외의 잘못으로 일어난 것 같은 죄의식이 없는 것도 아니었다.

처음 고향에 돌아왔을 때, 주민들이 지은 죄를 불문에 붙여 너그럽게 대해 주기 전까지만 해도 무슨 앙갚음이 없을까 불안하기는 했으나 진심으로 죄스럽다거나 미안하다거나 황송하다거나 그런 마음은 눈꼽만치도 없었다.

잠깐 잘못 생각으로 인민군 편에 서기는 했지만, 그 동안 누구를 괴롭힌 적이 한 번도 없었다는 것이 그 이유였다.

오직 상인네에게만 미안했다. 집안이 박살났기 때문이었다.

뒤로 오는 호랑이는 속여도 앞에서 오는 팔자는 못 속인다더니.

두어 칸 오막살이에서 곤궁하고 *대끼는 살림에 지쳐서 *퍼더버리곤 했지만, 세 식구 오순도순 살다가 *끈 떨어진 뒤웅박이 되어 뎅그마니 혼자 있자니 허수하기 한량 없었다.

-나중엔 어찌되든 일을 저질러 봐-?

그러나 남의 자식 기른다는 게 보통 일은 아닐 것이었다.

그리고 자꾸 미루기만 하면, 나의 진실한 마음이나 행동이 다르게 비쳐져서 본의 아닌 오해나 갈등이 생길 수도, 제깐에는

---

* 대끼다: 단련되도록 여러 가지 일에 몹시 시달리다.
* 퍼더버리다: 아무렇게나 앉아 다리를 편하게 뻗어버린다는 말.
* 끈떨어진 뒤웅박: 의지할 곳이 없어진 처지를 이르는 말.

하느라고 했는데도 공 없는 소리를 들을 수도 있을 것이고 무엇
보다 사람들의 인내심에도 한도가 있을 것이었다.

나중에 발꿈치 물리지는 않을까?

하지만, 이것이 이미 정해진 전생의 연이라면?

인간이 범접할 수 없는 존재가 있어 계획대로 주어지는 운명
은 아닐까?

며칠을 두고 *두밤중까지 *고상고상하다가 이른 새벽에야 잠
깐씩 졸곤 했다.

그도 실상 내심 그런 생각을 해 봤고 *죄임성이 없는 바 아니
었으나 겉으로는 관심 없는 체 *승겁들고 있었다.

먼 훗날 생각도 안 할 수 없었다.

나중에 대가리 커서 나를 어찌 대할까?

내리사랑은 있어도 치사랑은 없다는데, 무자식 상팔자라는 소
리가 괜한 소리는 아닐 것이었다.

그러나 어찌 생각하면 *값싼 갈치자반 같기도 하고, 바로 뒤
이어 골치 아픈 일들이 계속 일어날 것 같은 생각에 어떻게 결
정을 해야 할지 갈피를 잡을 수 가 없었다.

차라리 누가 당신 이리저리 하시오 하고 결정해 주었으면 싫
든 좋든 따를 생각까지 들었다.

---

* 두밤중: 한밤중.
* 고상고상하다: 잠이 오지 않아 누운 채로 이 생각 저 생각 하며 애 태우는 모양.
* 죄임성: 몹시 바라고 기다려서 바싹 다그쳐지는 모양.
* 승겁들다: 몸 달아 하지 않고 천연스럽다.
* 값싼 갈치자반: 값이 싸서 좋을 뿐더러 쓰기에도 괜찮다는 말.

자식도 품 안에서이지 크면 상전이라는데—.

—아,아, 똘이만 살아있었더라면…….

아이의 모습이 선하여 일촌간장이 녹아내렸다.

이제 그는 중대한 결정을 누구의 도움도 없이 내려야 하는 어려움에 빠져 있었다.

남의 새끼 길러 나쁜 점만 고르는 것도 같았다.

속속들이 내 마음속 요량을 꿰뚫고 있는 마을 사람들인데, 주제에 배 퉁기며 *비쌘다고 할 수도 있었다.

지금의 처지로 자꾸 미적거리는 행동이 과연 온당한가 하는 부끄러움도 있었다. 인민군에 붙어 위세를 부리던 이들은 똥줄 빠지게 혼이 나고 있는 현실을 감안할 때, 자기 논에만 물 대겠다고 고집하는 것도 남새스럽거니와 *나갔던 파리가 더 왱왱거린다고 눈밖에 나서 모두 등돌리면 이 또한 멱이 찰 일이었다.

죄인이 돌아와서 땅바닥에 엎드려 싹싹 빌어도 모자라는 일이 아니던가?

제 속으로 낳은 자식이라고 해서 꼭 효도를 보장하는 것도 아니고, 남의 새끼라고 반드시 몹쓸 짓만 한다는 법도 아닐 것이었다.

친자식이든 의붓자식이든 좋은 일 궂은 일 다 겪으며 볶고 지지고 하는 것이 우리네 인간사 아니겠는가?

---

* 비쌔다: 마음에 있으면서도 안 그런 척 한다.
* 나갔던 파리가 왱왱거린다: 남이 일할 때에 밖으로 떠돌던 주제에, 들어와서는 큰 소리치고 떠듦을 이르는 말.

또 어린 것과 나는 꼭 맞는 *고달이 아닐까 하는 생각이 들면서 잘 되면 훗날 덕 볼 일도 없지 않을 것 같았다.

남의 자식이라는 선입관이 그의 판단을 제약해 무척 망설이게 했으나. 달리 선택할 뾰족한 방법이 없었다. 살붙이라고는 하나 없는 신세가 됐으니 외로운 것은 둘째고 살아갈 방법도 희망도 없었다.

급살탕을 맞는다 해도 속내를 탁 터 의논할 사람이 없었다.

곰곰 생각하니 사람들 얘기는 *사개가 맞는 것이었다.

'내 자식을 만들자.'

*삼불효(三不孝)도 면하고, 근심 꺼리도 없애고 닥쳐온 재난을 서로 구하는 것이 순리가 아니겠느냐. 똘이 엄마는 이렇게 아퀴를 지었다.

마을의 호의와 동정에 계속 말썽을 일으킬 일이 아니어서 주어진 운명에 순응하여 적응키로 했다.

혼자 몸으로 농사일 하랴, 젖먹이 기르랴 어려움이 한두 가지가 아니겠으나 속죄하는 심정으로 살자고 결심했다.

그리해 놓고 보니 큰 짐을 벗은 듯 홀가분하기까지 했다.

*수양딸로 며느리 삼기 아니한 것이 암만해도 옳은 처사인 듯

---

* 고달: 칼, 송곳 따위의 몸뚱이가 자루에 박힌 부분.
* 사개(가) 맞다: 말이나 사리의 앞 뒤 관계가 딱 들어맞다.
* 삼불효: 부모를 불의에 빠지게 하는 일. 부모를 가난 속에 버려두는 일, 자식이 없어 조상의 제사를 끊기게 하는 일.
* 수양딸로 며느리 삼기: 경위를 안 가리고 제 편할 대로만 일을 처리하는 경우를 두고 이르는 말.

했다.

그리고 아이 애비가 최군관이라고들 했지만, 똘이 엄마는 그러냐고 수긍하는 척 하면서도 반신반의했다.

확실한 증거도 본 사람도 없이 추측만이 아니던가?

그러나 상인 아버지와 최군관의 외모나 *몸피를 누구보다도 잘 아는 똘이 엄마는 아이가 누구의 혈육이냐를 판단할 수 있는 때가 다가오고 있었다.

사람들의 추측은 그냥 추측이 아니었다.

아이가 돌 지나 두세 살이 되면서 제 아버지를 눈에 띄게 닮아가고 있었다.

콩 심은 데 콩 나고, 팥 심은 데 팥 난다는 얘기가 아니더라도, 우선 아이의 몸집이 씨를 속이지 못했다.

희멀건 살갗에 무엇보다 짧고 꼬불꼬불한 머리카락이 증명하고 있었다.

역시 피는 못 속이는구나. 아들은 애비를 닮고 송아지는 옆집 황소를 닮는다더니-.

후에 비록 *진피아들이 된다 하더라도 대를 이을 자식이 있으니 조상에 대한 예도 갖출 수 있고 짝 잃은 기러기가 핏줄이 쓰여 효도를 볼 수도 있을 것 같았다.

*굽은 나무가 선산을 지킨다고 아이가 커 가면서 남의 자식

---

* 몸피: 몸통의 굵기.
* 진피아들: 지지리 못난 사람.
* 굽은 나무가 선산을 지킨다: 쓸모없어 보이는 것이 도리어 제구실을 한다는 뜻.

같지 않게 어미 봉양을 잘 하자 사람들은 자기 일같이 좋아하며, 그저 입만 열면 칭찬이었다.

아이는 *닦은 방울처럼 *부닐어 제 어미뿐 아니라 모두의 귀염둥이가 됐다.

생각할수록 잘한 일이었고 *벗바리가 좋은 때문이었다.

자라면서 아비 없는 후레자식 소리 한 번 듣지 않았다.

*불고 쓴 듯하던 살림은 소문 나지 않은 *난거지 든부자가 되었고, 아들이 나이 차 혼인하고 나서 더욱 손끝에 물이 올라 똘이 엄마는 *음지에 개팔자가 돼 있었다.

이렇게 *사십에 첫버선으로 호강을 하는 것도 남의 새끼 잘 기른 덕이었다.

복 있는 과부는 앉아도 요강 꼭지에 앉는다고 그 때 마을의 제의를 마다했다면, 지금 신세가 어찌 됐을까 생각만 해도 아슬아슬했다.

이미 정해진 *삼생이라면 노심초사하지 않았을 것을-.

인수는 문득, 끝마무리가 임박했음을 깨닫고 현실로 돌아왔다

똘이 엄마는 가슴에 서리고 맺힌 온갖 이야기를 분풀이하듯

---

* 닦은 방울 같다: 하는 짓이 매우 똑똑하고 영리함을 이르는 말.
* 부닐다: 붙임성 있게 굴며 잘 따르다.
* 벗바리가 좋다: 뒤에서 돌보아주는 사람이 많다.
* 불고 쓴 듯하다: 너무 가난하여 아무 것도 없이 휑하니 비었다는 말.
* 난거지 든부자: 겉으로는 가난해 보여도 실속은 살림이 올찬 사람.
* 음지에 개팔자: 남 보기에는 시시해 보여도 당사자에게는 좋은 처지임을 이르는 말.
* 사십에 첫 버선: 늙어서야 뜻한 바를 이루게 됨을 이르는 말.
* 삼생: 불교에서 전생(前生)과 금생(今生), 후생(後生)을 이르는 말.

다 털어놓고 나서 어두운 창문을 내다보며 예의 그 버릇이 되어
버린 깊은 한숨을 쉬었다.

누구에게든 꼭 하고 싶었던, 그냥 묻어두어서는 안 될, 마땅히
해야 할 어쩌면 유언 같은 소소곡절이었다.

그는 또 담배를 피워 물었다.

그는 이야기를 하는 동안 계속 줄담배를 피웠다.

그의 표정은 묵은 빚을 청산한 듯 가볍고 밝았다

그리고 *미추룸해 보였다.

*서른 세 해만의 꿈이야기를 마친 똘이 엄마는 취기는 커녕
새벽 찬 샘물에 막 세수하고 난 듯 생기가 있었다.

인수는 무슨 말을 해야 할 의무감을 느꼈다.

"*태산을 넘으면 평지를 본다고, 이제 팔자가 늘어지셨습니다
그려."

"그런가 보우."

곱슬머리 아들이 둘이 있는 방을 들여다보았다.

"아직 안 가셨군요?"

여태껏 가지 않고 뭘 하느냐 힐난조로 들렸다.

아들은 손님이 가신 줄 알았다고 시치미를 뗐지만, 갈 때를
이제나 저제나 기다리고 있다가 두 사람의 화제가 현재 시점으
로 바뀌는 낌새가 있자, 얼른 와서 들여다 본 것이었다.

------

* 미추룸하다: 한창 때에, 건강하여 이들이들 하고 아름다운 데가 있다.
* 서른 세 해만의 꿈 이야기: 오래 묻어두었던 일을 이야기함을 비꼬는 말.
* 태산을 넘으면 평지를 본다: 고생 끝에 낙이 온다는 말.

손님이 갈 시간보다도 과음이 노모의 건강을 해칠까 걱정이었
다.

"어머니, 인제 주무셔야죠."

우리 어머니 주무셔야 하니까 빨리 가 달라는 소리로 들렸다.

인수는 눈치가 보였다.

"아니, 벌써 시간이 이렇게 됐나? 이거 너무 늦도록 있었습니
다. 말씀 아주 재미있었습니다. 어서 주무십시오."

인수는 *오매에도 잊지 못하는 과제를 풀어낸 듯 홀가분한 마
음으로 하직 인사를 했다.

문벌, 학식, 지위, 재산이 없는 *촌맹(村氓)들이 이념 충돌의
피해자가 되어 철저하게 망가졌다.

인수는 억울했고 속이 상했고 분했다.

진저리나게 참혹한 일을 만들고도 아무 탈없이 *어연번듯하게
활보하는 인간들이 얼마나 많을까?

당대는 물론 3대를 없애야 마땅하지 않겠는가 말이다.

똘이 엄마는 신을 부정하였고, 똘이 아버지는 이념을 흘겨보
았다.

무식하기 때문에 그들 생각이 순수할 것이었다.

이들에게는 목숨을 걸고 부대끼면서 얻은 결론보다 더 앞서는
것이 있을까?

---

* 오매: 깨어 있는 때와 자는 때.
* 촌맹: 시골에 사는 백성. 촌맹이. 촌민. 촌백성 .향맹. 향민.
* 어연번듯하다: 어디 내놓아도 어엿하고 번듯하다.

상인네는 청년단 단장이었다는 까닭으로 몰살했고, 똘이네는 그들 편에 잠깐 섰다는 죄로 도망 다니다가 부자가 객사했다.

인수는 여지껏 차창 밖을 내다보면서 왔지만, 눈 따로 머리 따로 시야에 들어온 건 아무것도 없었다.

동공과 피사체 사이의 허공에 머물러 있었다.

서울 시내로 들어왔다.

끝없이 이어지는 차량의 불빛, 터지는 굉음, 쏟아지는 인파와 들끓는 아우성, 임립한 간판, 덕지덕지한 선전물, 찬란한 네온의 조명, 터지고, 깨지고, 부글부글 끓고 그러지 않으면 생존할 수 없는 것 같은 거대한 불가마의 소용돌이—.

신작로에 가득한 피난민의 행렬, 젊은 날 똘이 엄마의 웃는 모습, 헝겊으로 싸맨 상인이의 얼굴이 주마등처럼 차례차례로 혹은 뒤섞여 떠오르고 흘러갔다.

인수는 의자에 등을 기대며 눈을 감았다.

눈물이 고였다.

—끝.

유년기 체험의 절절함과
토속어의 진미

조건상(소설가·성균관대학교 명예교수)

올해로서 한국전쟁이 발발한 지 육십 년이 지났다.

그 동안 한국전쟁으로 인한 우리 민족의 외상(外傷)과 내상(內傷)은 실로 엄청난 무게와 깊이를 지니고 있다. 따라서 이 같은 우리의 상처에 대한 진단과 처방은 결코 단순치 않다. 산술적으로 계산될 수 없는 환부의 아픔과 그에 따른 고통의 후유증 때문이다.

그리하여 이에 대한 문학적 대응 역시 혼란스럽고 난감한 것은 당연한 일이었다.

1950년대의 한국 문학은 당대의 엄청난 사건을 경악과 비명으로 받아들이고, 현실에 대한 저주와 비탄의 신음소리를 내며, 패배주의와 허무주의의 망령에 시달리는 군중들의 의식 세계를 그려 왔다. 그러나 1960년대 이후 이 같은 문학적 경향이 점차로 인식의 변화를 몰고 와서 역사적 성찰의 시각 속에서 전쟁의 의미를 새롭게 조명하여 해석하려는 경향이 나타나게 되었다.

그 중의 하나가 한국전쟁을 성장기의 비극적 체험으로 인식하고 있는, 1940년을 전후로 해서 태어난 작가들에 의하여 씌여진 일련의 전쟁 체험 소설이 그것이다.

물론 작가들에 있어서 전쟁 체험의 유무나 당시의 연령이 작품의 성격을 규정 짓는 결정적인 요인이 될 수는 없겠지만 체험의 형상화라는 측면에서 볼 때 전쟁의 한복판에서 실제로 전쟁에 참가하고 이데올로기의 망령에 쫓겨 생사의 갈림길에서 수난을 겪은 작가와 유년기 혹은 십대의 소년 소녀로서 전쟁을 경험했던 작가들이 전쟁을 인식하는 소설적 시각은 서로 다를 수밖에 없을 것이다.

이 소설의 작가 임억준은 유소년의 나이로 한국전쟁을 체험했다. 따라서 이 소설은 형식적으로 유소년기 화자(話者)의 당대 체험의 형상화 양상을 띠고 있기 때문에 눈 앞에 보이는 전쟁의 실상을 전경화(前景化)시켜 놓았으면서도 심각한 이데올로기의 망령에 쫓기지 않고 유소년의 적나라한 감정과 원초적 본능에 따라 느끼고 생각하고 욕구하는 현상들을 꾸밈없이 보여주는 질박한 서술 형태를 취하고 있다.

그러나 소설 속의 주인공 소년이 전쟁의 와중에서 겪는 비극적 상황과 고통의 절절함은 비록 소리 높여 외치는 절규는 아닐지라도 전쟁의 참혹성과 비극성을 은유적으로 증언하는 고발과 항변의 목소리로 받아들일 수밖에 없다.

또한 소년이 겪게 되는 빈곤과 굶주림과 죽음과 이별, 그리고 어른들 사회의 사악함은 소년의 마음을 위악의 구렁텅이에 빠뜨리기도 하고 정신을 병들게도 할 수 있지만, 이런 통과 제의의 과정을 거치면서 소년은 성장하고 의식의 눈을 뜨게 됨으로써 새로운 인간형으로 탈바꿈할 수 있다는 긍정적 가치도 우리에게 시사해 주고 있다.

또한 작품의 곳곳에 보석처럼 박혀 있는 감칠 맛 내는 토속어의 진미를 발굴하여 음미해 보는 즐거움도 맛볼 수 있는 이 작품은 잃어버린 우리의 유년기를 되찾아 주고 친근하고 생동감 넘치는 서정의 세계로 이끌어 주는 촉매제의 구실도 하리라 여겨진다.

고희(古稀)의 연륜을 딛고 첫 소설집을 상재한 작자의 집념과 투지에 경이로움과 찬탄을 금할 수 없다.

아직도 한국전쟁을 소재로 한 작품이 질적으로 흡족치 못하여 못내 아쉬운 우리 문단에 이 작품이 하나의 작은 보탬이 됐으면 하는 바람이다.

-끝.

용서하여 준다면
더 쓰고 싶습니다.

1. 아프다.

많이 아프다. 어쩌면 내 삶이란 죽음보다 더 어두운 인고의 세월이었는지도 모른다. 빗장 없는 시간에 갇혀 살아온 사람에게는 생활의 풍요라는 견고한 울타리가 있을 리 없다.

가난을 넝마 줍듯 주어 불행의 저울에 달아서 팔아버린 눈금 없는 일상들. 채색되지 않은 꿈의 조각들 때문에 그림자처럼 머물고 싶었던 어느 한 지점에서 나는 방황하는 세상을 보았다.

아니다. 내가 비틀거리고 있었다. 끝없이 이어진 비탈길, 그 끝에는 삶과 죽음이 돌처럼 수목처럼 자라면서 나를 기다리고 있었다.

2. 나는 보았다.

유년의 별같은 시간들이 항상 열려 있는 들판에 머물러 있음을. 그런데 빛이 없었다. 그것은 시간의 벽, 단절이었다.

어둠 속에 갇혀 있는 또 다른 어둠, 그 곳에 심연보다 더 깊은 유년의 시간들이 정지된 채 머물러 있었다. 어둠이 없으면 보이지 않는 것들이다. 빛을 싫어하여 형체도 움직임도 없었다.

아니다. 뭔가 있었다. 지독한 화약 냄새가 포연처럼 과거 속에서 폭발하고 있었다. 추억의 용암이 기억의 계곡을 타고 흘러내렸다.

거기에 불꽃놀이 전쟁이 있었고 연출자 없는 무대 위의 배우들은 모두가 주인공이었다. 그때 나는 결심했다. 그들을 위한 꼭 한 편의 이야기를 써보겠노라고.

그로부터 50여 년이 흘렀다.

「서근배미 사람들」—처음이자 마지막이 될 것이다.

3. 놀라운 세상이다.

외계어, 이모티콘, 인터넷 신조어 등등 의사표현 방법의 다양성은 나 같은 사람을 현대판 아낙군수로 만들었다.

구석구석 파고드는 현대문명의 예리한 촉수는 옛 것, 우리 것까지 폄하, 훼손하고, 괄세 받고, 외면되어 무용지물이 된 것들 중, 특히 우리 '낱말'이 있다.

불과 얼마 전까지만 해도 널리 쓰이던 단어들이 지금 와서는 무슨 뜻인지 모르기는커녕, 아예 없어져 버린 게 아닌가 하는 생각까지 든다.

잘못된 어휘의 사용도 그렇다.

'얇은 팔, 두꺼운 다리, 가능할 수 있다, 늘 상주하다, 피살

당하다, 일견 보기에, 아름다운 미모, 평소 때, 축구 차다, 빨래 빨다, 수상 받다, 수임을 받는다, 이번 차제에, 타전을 보낸다, 시구를 던졌다, 응수를 받다, 동고동락을 같이 하다, 역전 앞, 역전 뒤, 매일 마다'등등 헤아릴 수 없이 많다.

묻혀가는 우리 글을 되살려 내어 보급시키고 오용되는 말을 고쳐보겠다는 등의 거창한 뜻으로 이 글을 썼다면 욕심이리라. 다만 청맹과니의 증가폭이 조금이라도 줄었으면 하는 불목하니의 낮은 마음이 있을 뿐이다.

수레에서 한 삽 떠 내어 먼지 떨어 진열대에 내놓았다.

완전 공짜니까 마음에 드는 것 있으면 몇 개 골라 내 것으로 만들어 생활하면서 수시로 사용했으면 한다.

전 성균관대 조건상 교수의 채찍질과 시인 강우식 교수의 격려와 김진성, 노원석, 이기철, 김기웅 동문의 수고로움과 평생 동안 안 팔리는 책만 출판한다는 한국 출판계의 괴물 「문지사」 홍철부 사장에게 감사드린다. 이 외에도 많은 이들에게 고마움을 전하고 싶다.

2011년 봄에
임 억준씀